ARCHE

Jens Steiner

AMEISEN UNTERM BRENNGLAS

Roman

Roman Steiner

ARCHE

MONTAG

I.

Seine Hand zittert, die Lider flimmern, der Mund fühlt sich an wie ausgetrocknet. Toni Manfredi räuspert sich und schluckt, doch die Dürre am Gaumen will nicht weg. Er lässt die Hand mit der Schere sinken und blickt hoch. An der Wand die Küchenuhr, das Ticken ihres Sekundenzeigers wie ein Stupsen in den Rücken. Verfluchter Nervösmacher, dieser Hüpfzeiger. Toni hebt die Hand erneut, macht ein-, zweimal Probeschnippeln in der Luft und nimmt die Raupe abermals in den Blick. Genauso grün wie der Basilikumzweig, auf dem sie sitzt. Sogar der Knick in ihrer Mitte hat etwas Pflanzenartiges. Aber Toni lässt sich nicht täuschen. In einer Minute wird der Scheinzweig sich in ein gefräßiges Teleskoptierchen zurückverwandelt haben, er weiß das.

In seinem Kopf eine Stimme: Ein Schnitt und ihre Tage sind gezählt, hopp jetzt! Aber Toni schafft es nicht. Madre mia, zischt die Stimme, diese Küche ist dein Revier, mach der Fressraupe den Garaus! Die Hand beginnt wieder zu zittern, im Kreuz meldet sich der alte Schmerz. Vor seinem inneren Auge sieht Toni, wie das Tier ihm den Basilikum Blatt für Blatt wegfressen wird. Seit Jahren schaut er diesen giftgrünen Mottenraupen zu, wie sie seine Küchenkräuter zugrunde richten. Und ist nicht imstande, etwas dagegen zu tun. Nur aufregen kann er sich. Aufregen ist sein Spezialgebiet.

Toni schleudert die Schere auf den Küchentisch, sie rutscht über die Kante und fällt zu Boden. Die Stimme in seinem Kopf grollt weiter. Sein Blick wandert zum Fenster, tastet sich durch das Wimmelbild von Straßen, Grünflächen und Häusern. Immer schön in die Ferne schauen, denkt er. Und dann loslassen! Einfach loslassen.

Sein Blick pflückt sich hier und dort etwas, lässt es fallen, wandert weiter. Lass los, alter Junge, lass jetzt los! Genieß, was du hier hast! So eine Sicht wie du haben wenige hier, das weißt du. In der Tat steht Toni in seinem achtzehnten Stock über allem. Nun ja, fast. Auf jeden Fall über Bethlehem, und das ist doch schon mal etwas. Wohnsilos, Scheibenhäuser, Plattenbau, dazwischen gezähmte Vegetation und verkehrsberuhigte Straßen, das Ganze eingefasst vom langen Bogen der Autobahn. Alles andere als der Geburtsort eines Menschenerlösers, dieses Bethlehem, aber auch keine so üble Gegend, wie überall gesagt wird. Eine Herberge für all jene, die von weit her gekommen sind und sich hier so etwas wie eine neue Heimat geschaffen haben. Ja, es ist ein besonderes Temperament, das in den Betonblöcken von Bern-Bethlehem wohnt. Doch dieses Temperament hat gelitten in den letzten Jahren. Eines Tages wird es komplett ruiniert sein, Toni weiß das besser als jeder andere, und er könnte sich endlos darüber aufregen. Aber man muss sich zusammenreißen. Alle hier müssen sich zusammenreißen, porca miseria!

Zehn Minuten später brodelt es in der alten Moka Express. Als die Kanne zu röcheln beginnt, dreht Toni dem Herd das

Gas aus, klappt den Deckel auf und rührt zweimal um. Kurz darauf ergießt sich ein brauner Strahl in seine Lieblingstasse. Dieser Duft, herrlich! Kurzer Seitenblick zum Basilikumstrauch. Egal jetzt, soll das verdammte Tier sich totfressen dran. Toni geht mit der dampfenden Tasse ins Wohnzimmer. Der Tisch mit dem Schnitzwerkzeug, die Wand mit den Fotos, die Vitrine mit Mutters Nippsachen. Toni sieht sich das alles an und nickt. Tutto bene così. Er hebt die Tasse und trinkt. Tiefschwarz wie reines Pech, das Zeug. So stark, dass es wummert zwischen den Ohren. Genau so muss Kaffee sein. Und jetzt Schnitzen!

Toni stellt den Fernseher an, den Ton leise. Dann setzt er sich hin und greift zum Josef. Konzentriert geht er an die Arbeit, links und rechts seines Mundes vertiefen sich die Grübchen. Der Josef ist stets die erste Figur, wenn Toni eine neue Krippe in Angriff nimmt. Erste, weil einfachste. Stehfigur, fast symmetrisch, ohne Zwischenräume. Danach Ochse und Esel, etwas schwieriger, und dann, als größte Herausforderung, die Maria mit dem Jesuskind. Für Toni auch sonst der Gipfel der Gefühle. Selbst vierzig Jahre in Bern haben den Katholiken in ihm nicht umbringen können. Einmal Weihrauch in der Nase gehabt und du kommst nicht mehr los von dem Zauberkram. Zum Ausklang wird er die drei Könige machen. Auch keine einfachen Figuren, aber nach der Santissima Madre und dem Sohn Gottes arbeitet seine Hand so sicher, dass nichts mehr schiefgeht. Er ist jetzt ganz ruhig. Es gibt in diesem Moment nur ihn und seine Schnitzerei. Tutto bene così.

Ja, loslassen geht noch immer am besten mit der Schnitzerei. Bereits vor zwanzig Jahren hat er angefangen damit, aber richtig gut geworden ist er erst nach der Frühpensionierung vor vier Jahren. Chronisches Rückenleiden, dieser alte Kettenhund, der ihm Nacht für Nacht den Schlaf raubte. Lange war er zurechtgekommen damit, hatte die Schmerzen kleingeschwiegen, doch dann knüppelte das Biest ihn von einem Tag auf den anderen nieder. Sechs Wochen lang steif wie ein Brett. Irgendwann rief er dann doch bei Morgenthaler an. »Ich schreibe Ihnen jetzt dieses Attest. Für die Überbrückung bis zur Rente. Dafür machen Sie gefälligst Ihre täglichen Übungen, Herr Manfredo, sonst kann ich für nichts mehr garantieren!«, sagte dieser nach der Untersuchung. Lausiges Namensgedächtnis, aber sonst ein guter Mann, der Doktor Morgenthaler. Kein Laueri, wie so viele andere hier. Die Sache immer ohne Umschweife auf den Punkt.

Frühpension also, zwei Jahre vor dem Termin. Mit dem Schnitzen verdient Toni sich auch heute noch einen Zustupf. Man sieht's der Wohnung an, klar. Er ist zwar ein reinlicher Mensch, auch Junggesellen können das, was einem die Frauenzimmer ja nie glauben, aber die Holzschnipsel liegen halt doch überall herum. Bekommst du einfach nicht weg. Eine Werkstatt kann er sich nicht leisten, aber ehrlich gesagt, warum sollte er? Es gefällt ihm hier oben.

Damals, als er die Wohnung bezog, war das anders. Nicht einen Schritt wagte er auf den Balkon raus, ihm wurde schon schlecht beim Gedanken daran. Minchia, hatte er Schiss damals! Der Bruder lachte ihn aus, er selber schämte sich in Grund und Boden. Aber das ist bald vierzig Jahre her, und mittlerweile ist Toni überzeugt: einmal achtzehnter Stock, immer achtzehnter Stock.

Punkt neun Uhr piepst der Wecker. Zeit für die erste Morgenthaler-Übung. Hinstellen vor dem Fernseher, Füße schulterbreit auseinander, langsam in die Knie, fünf Sekunden halten und wieder hoch, Rücken schön gerade. Und das fünfzehn Mal. »Vergessen Sie den ganzen Fitness-Kram, Herr Manfredini«, sagt Morgenthaler, »mehr als fünf, sechs einfache Übungen für zu Hause brauchen Sie nicht, um den Rücken zu stärken.«

Beim zehnten Durchgang brennt im Fernseher ein Haus. Ein Feuerwehrmann in Vollmontur gibt schreiend ein Kurzinterview. Über seinem Kopf kreisendes Blaulicht, zu seinen Füßen ein halbes Dutzend sandgelber Schläuche. Danach ist ein Mann mit einer Isolationsdecke auf den Schultern zu sehen, in seinem Blick eine Schicksalsergebenheit, wie man sie nur noch selten sieht. Geduldig gibt er dem Journalisten Auskunft, hinter ihm steht eine Schar Kinder. Dann wieder das Haus. Toni hält inne in seiner Übung. Genau wie damals, denkt er. Ein Lodern in den Fenstern, über dem Dach dicker, schwarzer Rauch und die Funken. Exakt das gleiche Bild! Toni stolpert zur Fernbedienung und stellt lauter.

»... konnten sich sämtliche Bewohner der umgebenden Häuser auf die Straße retten. Die Romanshorner Feuerwehr hat den Brand unter Kontrolle gebracht. Die Ursache ist unbekannt, Brandstiftung kann nicht ausgeschlossen werden.«

Das brennende Haus verschwindet und macht einem Politiker Platz, der mit einer Schere ein rotes Band zerschneidet und dafür tosenden Applaus bekommt. Toni steht noch immer reglos da, den Blick jetzt zur Decke gerichtet. Das Gedächtnis, dieses alte, undichte Gedächtnis, jetzt funktioniert es mit einem Mal. Ja, er erinnert sich. Das Dorf, wo die Großmutter lebte, wenige Kilometer nördlich von Salerno. Die Villa außerhalb des Dorfes, ein Herrschaftssitz, fast schon ein Palast! An jenem Tag aber gab's nur Flammen, Rauch und bestialischen Gestank. Und Hitze. Toni weiß noch, wie es sich auf dem Gesicht anfühlte. Wie es ihm fast die Wimpern verbrannte, obwohl er, sein Bruder und die Nonna mindestens hundert Meter von der brennenden Villa entfernt standen.

Nur etwas war anders als hier in Romanshorn: keine Feuerwehr. Und niemand, der etwas unternahm. Alle hatten gewusst: Die Feuerwehr kommt nicht, und wir helfen nicht, wir können nicht, wir dürfen nicht. Alle hatten für sich gedacht: das System. Jeder wusste Bescheid über die Machenschaften der örtlichen Clans und wünschte sich insgeheim, nie etwas davon gehört zu haben.

Toni stellt den Ton wieder auf leise, macht seine Übung fertig. Dann geht er zurück an den Schnitztisch, setzt das Messer an, und die Holzschnipsel fliegen erneut. Aufpassen jetzt, bloß nicht verschnitzen! Doch das mit dem Aufpassen ist einfacher gesagt als getan. Elender Hausbrand, denkt er. Warum piesackt der ihn so? Warum geht der ihm nicht mehr aus dem Schädel? Er steht auf, macht sich in der Küche einen weiteren Kaffee. Dann wählt er die Rohlinge für Ochse und Esel, die Maria mit dem Jesuskind und die drei Könige aus, bügelt zwei Hemden, schaut nach der Raupe im Basilikum, ohne sie zu finden, spült die Kaffeetasse, blickt aus dem Fenster. Er probiert's mit Hinlegen, danach mit einem Schachproblem, aber es nützt alles nichts. Die Hände bleiben feucht, der Mund trocken, im Kopf noch immer die Unruhe. Als er sich vor den Fernseher stellt, um die nächste Morgenthaler-Übung zu machen, erscheint erneut das brennende Haus von Romanshorn. Wieder der Griff zur Fernbedienung.

»… die Täterschaft ist unbekannt, aber da in dem Haus zwei jüdische Familien wohnhaft sind, kann ein rassistisches

Tatmotiv nicht ausgeschlossen werden. Im Moment konzentriert sich die Suche auf einen gestohlenen Fiat Ducato der Firma Carrosserie Bischofberger in St. Margrethen, der kurz vor Ausbruch des Brands in unmittelbarer Nähe des Hauses gesichtet wurde. Hinweise aus der Bevölkerung nimmt die Polizei unter folgender Nummer entgegen ... «

In Tonis Kopf wieder die Bilder von damals, der quellende Blumenkohl aus schwarzem Rauch, der einstürzende Dachstock der Villa, das Bullern der Flammen, die Explosionen, das Schweigen der Leute, die Angst seiner Nonna. Toni wischt mit dem Handrücken den Schweiß von der Stirn, stellt den Fernseher auf leise und öffnet die Balkontür. Kurz Luft schnappen, dann zurück zum Josef. Er will ihn unbedingt bis zum Mittagessen fertig haben.

Unglaublich, dieses Wetter, denkt er, als er sich an die Balkonbrüstung stellt. Wie die Sonne seit Tagen herunterbrennt. Als ob der Oktober Sommer spielen wollte. Unten auf dem Parkplatz kein Mensch. Auf der Autobahn, von der zwischen den Bäumen ein kleines Stück sichtbar ist, der übliche Nachmittagsverkehr. Bald ist Stoßzeit. Schräg gegenüber Block 4a. Alles in Ordnung dort. Abgesehen von der Flagge. Rui Tavares, dieser Schlufi, hat sie immer noch draußen hängen. Obwohl die WM längst vorbei ist. Irgendwann ist doch genug, denkt Toni. Irgendwann muss man sagen, wir gehen jetzt wieder zur Alltagsordnung über, oder etwa nicht? Und dann diese Größe. Herrgott noch mal! Toni hat ja selber zwei im Blumenkasten gehabt, eine Schweizer- und eine Italienerflagge, beide gleich groß, wegen der Dankbarkeit, aber Tavares mit seiner überdimensionierten Portugiesenflagge! Passt doch nicht auf so einen kleinen Balkon. Schon aus ästhetischen Gründen. Aber wundern tut's einen dann doch wieder nicht. Haben kein Auge fürs richtige Maß, die Leute hier. Da sieht's auf der anderen Seite der Stadt, bei den Gutsituierten in Muri oder im Spiegel, schon anders aus. Aber da gehören sie nicht hin, weder Tavares von Block 4a noch Toni selber, das ist schon klar. Sie gehören hierhin nach Bethlehem. Das ist ihr Biotop, ihre Herberge, der sie ihrer Lebtag nicht entkommen werden.

So, jetzt aber! Zurück an die Arbeit. Toni tritt in die Wohnung und schmeißt die Balkontür mit lautem Scheppern hinter sich zu.

II.

Der Geruch von frischem Harz. Ein Mistkäfer, der einen Wurzelstock quert. Und jetzt aus dem Lichtkorridor weit vorne ein Geräusch. Trapp-di-trapp, trapp-di-trapp. Der Junge späht zwischen den Tannenstämmen hindurch. Vorne auf dem Weg ein schwarzes Pferd und sein Reiter. Geschwind wie der Wind kommen sie heran. Ab ins dichte Unterholz, aber schnell, und tief hinuntergeduckt!

Trapp-di-trapp, trapp-di-trapp. Wie ein Geist zieht die Silhouette des Reiters hinter dem Tannenspalier vorbei. Blickt stur geradeaus, der Reiter, im Kopf nur seine Mission. Niemand auf der Welt weiß, was für eine Mission. Aber irgendeine wird er schon haben. Weil Quizfrage: Welches Menschenwesen hat keine Mission?

Als der Reiter nicht mehr zu sehen ist, erhebt sich der Junge, greift an seine rechte Gesäßtasche. Steinschleuder immer noch da. Glück gehabt. Er greift nach seiner linken Gesäßtasche. Karten auch da. Doppelglück! Er nimmt den Stapel, mischelt ihn auf, sucht nach einer bestimmten Karte, wie hieß sie nochmals, eine von diesen Ritter-Karten war's. Ah, da ist sie. Rächender Ritter Parshath. Doch das Pferd dieses Ritters ist geflügelt, und vor allem ist es weiß. Passt nicht. Er sucht weiter. Hier, hier ist er. Gaia, Ritter des Dunklen Windes. Sein Schwert furchterregend, das Pferd blauschwarz glänzend vor lauter Kraft. Ja, vielleicht der.

Der Junge studiert die Karte, hebt den Kopf, schaut sich um. Gaia, Ritter des Dunklen Windes, wo bist du hin? Über ihm greift Wind ins Laub, in der Ferne ertönen eine Autohupe und ein aufheulender Motor, dann herrscht wieder Stille. Trügerisch. Eine lumpige Trickkiste, diese Stille. Hat dieser Ritter Gaia sich etwa versteckt und lauert, hinter dem dicken Stamm einer Eiche vielleicht, mit Morgenstern und Streitaxt?

Ihm ist schon klar, dass die Ritter ausgestorben sind, seit mindestens fünfhundert Jahren, vielleicht auch tausend, aber vorsichtig sollte er trotzdem sein. Vorsicht ist der Vater der Blauen Mauritius, sagt sein Opa jeweils mit verschmitztem Lachen, wenn er seine Briefmarkensammlung hervorholt. Dann stellt er die Kaffeetasse außer Reichweite und greift mit seinen feinen Zahnarzthänden zur Pinzette. Eine Blaue Mauritius hat sein Opa zwar nicht, aber er wird schon recht haben mit seinem Spruch. Warum? Weil er eine reine Wundertüte des Wissens ist, ganz einfach.

Der Junge weiß selber auch schon einiges. Mehr als viele andere in seinem Alter jedenfalls. Zum Beispiel, was ein Wiedergänger ist. Oder wie alt Riesenschildkröten werden. Oder wie die heimliche Freundin vom Gemeindepräsidenten heißt. Oh ja, weiß er. Und noch ein paar Sachen dazu.

Unwillkürlich hält er den Kartenstapel an die Nase und schnuppert daran. Immer noch dieser komische Geruch. Cheeseburger Royal oder so. Er steckt die Karten in die Hosentasche. Übrigens findet er nicht, dass man das Klauen nennen muss. Hatten halt dagelegen, auf der Ablage neben dem Waschbecken der Schulhaustoilette, und er hatte gedacht: Die Putzfrau schmeißt die sowieso weg, weil Quizfrage: Welche Putzfrau auf der Welt interessiert sich für Yu-Gi-Oh!-Karten? Also nehm ich sie besser in meine Obhut.

Obhut. Komisches Wort. Obhut, Heldenmut, Tunichtgut. Simsalabim, zackbumm, heirassa. Und jetzt weitergehen! Tippeln durchs Laub, Kontrollblick nach links, Kontrollblick nach rechts, nichts regt sich. Laub ist was Tolles! Das Rascheln unter den Füßen! Komische Wörter sind auch toll. Rambassa, zambassa, schnapsibumba! Knister, plister, hello Mister!

Natürlich hätte er die Karten schon lange an den rechtmäßigen Besitzer zurückgeben müssen. Hat er aber nicht, weil wie soll man das anstellen? Zurückgeben ist definitiv komplizierter als Nehmen. Und jetzt sind Herbstferien, und der richtige Besitzer der Karten ist mit seinen Großeltern in Frankreich. Im ganzen Schulhaus hat der Blödi es herumgetrötet: drei Tage Euro Disney, als Höhepunkt irgend so eine Glöckner-von-Notterdam-Show, dann Paris mit Eiffelturm und Shoppen auf der Schangselisee, auf dem Rückweg noch schnell vorbeischauen im Europapark. Angeber!

Rechts hinter den Brombeeren, nur einen halben Steinwurf entfernt, taucht der Fluss auf. Bisschen die Beine ins kühle Wasser wäre nicht schlecht jetzt, aber an der Stelle kommen immer die Hundehalter vorbei. Hat er keine Lust drauf. Er dreht nach links ab. Als er an einem Pilz vorbeikommt, der wie ein riesiges Ohr an einem Baumstamm hängt, hebt er einen toten Ast auf. Große Pilze wollen, dass man sie anstochert. Weltgesetz. Warum sollen sie sonst so groß sein?

Ratsch, patsch, flatsch! Schnatschdiwatsch, patschdiflatsch! Als der Pilz komplett zerfetzt ist, lässt er den Ast fallen und nähert sich einem feuchten Baumstumpf. Er greift in die linke Gesäßtasche, nimmt blind drei Karten und steckt sie ins weiche Fleisch des Holzes. Er geht ein paar Schritte zurück, sammelt Steinchen und zieht die Steinschleuder aus der rechten Gesäßtasche. Er zielt, schießt und verfehlt. Noch einmal. Und noch einmal. Beim dritten Versuch ist ein dünnes Schmatzen zu hören.

Er geht zum Baumstumpf hin. Eine der Karten ist links oben angefetzt. Möbius, der Frostmonarch. Blitzschnell dreht der Junge sich um. Nein, nichts. Diese magische Drohung: Du schaust die Figur auf der Karte an und eine Sekunde später steht sie leibhaftig hinter dir.

Es wäre wirklich besser, die Karten wieder loszuwerden. Vor allem als Sohn eines Schulpflegemitglieds. »Wir stehen unter erhöhter Beobachtung«, sagt Mama immer. Was eine Schulpflege ist und was sie dort genau macht, weiß er nicht. Mit Putzen hat's jedenfalls nichts zu tun. Was er aber weiß, ist, dass er braver zu sein hat als die anderen. Mama sagt: »Ich will ja nicht so sein, und du weißt, dass ich nicht so bin, aber mach mir um Gottes willen keinen Blödsinn, sonst flieg ich aus dem Gremium raus.«

Draußen vor dem Wald jetzt ein Rauschen. Schnell hinter den Baumstumpf gekauert. Ein Auto, auf dem Feldweg. Kastenwagen oder so was. Rumpeln, Rauschen, Staubwolke. Hat Möbius, der Frostmonarch, jetzt etwa ein Fahrzeug? Nein, es ist die Carrosserie Bischofberger. Aus St. Margrethen. Steht da schwarz auf weiß. Schnell lesen kann er nämlich. Im Rechnen immer das Schlusslicht, dafür im Lesen der König. Seit der ersten Klasse. Über dem Bischofberger-Schriftzug prangt ein roter Blitz. Sieht komisch aus, anfängermäßig irgendwie. Der Wagen verschwindet hinter einem Hügel. Wieder ist es still.

Und wenn Mama doch aus dem Gremium rausfliegt, was dann? Müssen sie auf der Straße betteln gehen? In Kartonschachteln schlafen, beim Warenlager vom Lidl vielleicht oder bei der Rollschuhanlage? Mama will immer eine von den Guten sein. Gehört zu ihrer Mission. Deshalb ist sie in diesem Schulpflege-Gremium, deshalb geht sie jeden Samstag drei Stunden lang auf dem Markt einkaufen, damit auch alle sehen, wie sie die lokalen Bauern unterstützt, deshalb ist sie in jedem dämlichen Sportfest-Komitee. Und nie zu Hause.

Er schaut sich um. Er denkt: Wer will schon einer von den Guten sein? Lieber obdachlos und immer auf der Hut. Lieber schnell weg von hier.

III.

Links von ihm ein Glucksen, rechts ein Rotz-Hochziehen, dann auf beiden Seiten Stille. Martin Boll stellt den Topf mit den Fusilli hin, sagt: »So, und jetzt fehlt nur noch das Gemüse.« Keine Reaktion. Links Mia, die grinsend mit dem Daumen übers Handy wischt, rechts Noah, mit einem zerknüllten Papierschnipsel Tischfußball spielend.

»Das Gemüse!«

Immer noch keine Reaktion.

»Mia!«

Mia wischt und grinst weiter. Ohne aufzublicken, sagt sie: »Ich hab gestern.«

»Noah!«

Noah steht auf und geht in die Küche. Martin blickt ihm streng hinterher. Die liebste Bande auf der Welt, keine Frage. Trotzdem. Verwöhnung lauert überall. Man darf der Bande nicht böse sein deswegen. Die Strenge soll sie dennoch zu spüren bekommen.

Martin greift zur Schöpfkelle und verteilt die Fusilli in die Teller, dann nimmt er die Fleischgabel und macht dasselbe mit den Hamburgern. Herrlich! Endlich wieder mal etwas Rechtes zu futtern. Grundehrliche Kohlenhydrate und Proteine. Und wenn das Gewissen noch seine Portion Gemüse braucht, bitte, dann tun wir dem Gewissen halt den Gefallen!

Noah kommt mit dem Gemüse. Martin blickt auf das Grünzeug, presst die Lippen zusammen und denkt: Was muss, das muss.

Mia guckt auf ihr Handy und grinst. »Na, was gibt's?«, sagt Sandra, die hinter ihrem Rücken auftaucht.

»Nichts.«

»Was, nichts?«

»Jenny eben.«

»Führt sie wieder mal neue Kleider vor?«

»Nö. Sie macht Scheiß.«

»Anständig reden, Mia«, ruft Martin.

»Was denn für Scheiß?«, sagt Sandra und stupst Mia an.

»Sandra!«, ruft Martin.

»Vergiss es«, murmelt Mia, wirft sich die Haare über die Schulter und macht ein Foto von sich.

»An den Tisch, Kinder, wir essen!«

»Apropos Kleider«, sagt Sandra. »Pimkie hat die Preise runtergesetzt. Die hellblaue Jeans, die wir probiert haben vor zwei Wochen, die kostet jetzt nur noch neunundzwanzig neunzig. Wollen wir noch mal hin, Schätzchen?«

Mia setzt sich, ohne vom Handy aufzublicken. »Hm. Vielleicht.« Sie grinst und macht noch ein Foto.

»Mia«, sagt Martin. »Wir essen jetzt, und du weißt, was das bedeutet.«

Mia verdreht die Augen und legt das Handy neben ihren Teller. Martin setzt den strengen Blick auf. Man muss einfach hartnäckig sein. Kaum hat man sich's versehen, ist das Verwöhnkästchen wieder in ihrer Hand. Ständig funkt es ins Leben hinein mit seinen Schmeichelbildchen und Aufforderungspiepschen.

Am Rand seines Gesichtsfelds, ganz links außen, regt sich etwas. Ein Insekt? Martin dreht den Kopf blitzschnell nach links, aber da ist nichts, da ist nur Noah, der seine Fusilli schlabbert, beziehungsweise doch, da ist durchaus noch etwas anderes, und zwar eben dieses undefinierbare Dings, dieses Sich-noch-immer-Regende, immer noch am Rand seines Gesichtsfelds, das sich mit seinem Kopf nach links bewegt hat. Noah blickt von seinem Teller auf, Martin dreht den Kopf zurück, und das Dings, das Sich-immer-weiter-Bewegende dreht sich mit. Blasig, irgendwie bunt, eine Art langsam rotierender Saugtrichter. Jetzt kommt das Dings tiefer hinein in das Sehfeld, dreht sich schraubenmäßig weiter. Martin blinzelt, blinzelt, blinzelt, aber das Dings geht nicht weg, er schüttelt den Kopf, kurz und möglichst unauffällig,

Sandra sieht es trotzdem, schaut auf, sagt »Hm?«, und er sagt »Nichts«, senkt den Kopf, und da ist das Dings schon wieder weg.

Martin versetzt dem Hamburger mit der Gabel einen herzhaften Hieb, schneidet sich ein Stück ab, steckt es sich in den Mund. Endlich Stille am Familientisch. Nur das Klappern des Bestecks und das Schlabbern, wenn Noah die Fusilli wie ein Staubsauger in den Mund zieht. Martin überhört es großmütig.

Damit er nicht über dieses Blasendings in seinem Augenwinkel nachdenken muss, sich nicht fragen muss, was und woher und warum, sagt er: »Ich hab jetzt also freigenommen für morgen. War nicht so einfach. Dass mir bloß keiner krank wird. Dienstag ist der beste Tag, müssen wir ausnützen. Besser als Mittwoch und auch besser als Freitag und besser als Samstag sowieso. Wobei, morgen hat's bestimmt auch nicht wenig Volk.«

Sandras Lächeln die reinste Zustimmung. »Was meinst, Schatz? Um neun Uhr losfahren? Dann wären wir um zehn oder so in Konstanz. Ach, mir egal, du bist der Häuptling. Auf jeden Fall zuerst zum Aldi. Damit der mühsame Kram schnell erledigt ist. Dann muss ich zum dm, ich brauch dringend ein Schaumbad und Bodylotion und einen Vorrat Ladyshave, und Mia bestimmt auch ganz viele Sachen, was, Schätzchen? Dann könnt ihr den Rest. Media Markt und so, was weiß ich. Ich geh dann noch einen Espresso am See und bisschen Sonnenschein ins Gesicht.«

Martin sagt nichts. Er könnte. Aber er tut's nicht. Meine herzensgute, wunderbare, liebe Sandra, denkt er stattdessen. Meine herzensgut-wunderbar-liebe-Espresso-am-See-Sandra. Espresso-am-See-und-ein-veganes-Crispy-Cracker-Dingsbums-dazu-und-im-Gesicht-die-viel-zu-große-Sonnenbrille-weil-dies-das-Näschen-kleiner-und-süßer-aussehen-lässt-Sandra. Ein wahrer Jungbrunnen ist sie, wirklich, mit ihrer Unbekümmertheit, ihrer Begeisterung, aber manchmal …

»Poah«, ruft Mia. »Nazi-Anschlag in Romanshorn. Die haben ein ganzes Haus abgefackelt! Krasse Typen!«

»Mia, hab ich nicht gesagt, dass das Handy … «

»Aber in dem Haus haben Juden gewohnt, Daddy!«

»Zeig mal her«, sagt Sandra und stibitzt ihrer Tochter das Gerät aus den Fingern.

»Sandra, jetzt Herrgott noch mal!«, ruft Martin und lässt die Faust auf den Tisch sausen. Es knallt und scheppert, lauter, als er wollte.

Sandra hält sich Mias Handy an die Brust und schaut ihren Mann entgeistert an. »Entschuldigung«, flüstert sie, »Entschuldigung, Schatz, ich, ich wollte nur kurz … « Sie legt das Handy auf den Tisch, Martin schnappt es und lässt es in seiner Hosentasche verschwinden.

Martin Boll hält seine Familie für die beste und lustigste Bande weit und breit, dazu hat er jedes Recht der Welt. Nur gerät sie manchmal aus dem Ruder. Manchmal ist es von allem ein bisschen zu viel, doch seine Bande merkt es nicht, macht einfach weiter, wird lauter, gröber, überdrehter, wie eine Horde Kleinkinder, wie Teenager, wie die Seniorengruppen in der Rigibahn nach dem ersten Frühschoppen. Aber auch die beste Bande der Welt soll mal zur Ruhe kommen. Da wird er zum Prinzipienreiter, was er sonst nicht ist, doch in diesem Fall lässt er sich das gern zum Vorwurf machen.

»Woran erkennt man eigentlich Juden?«, fragt Noah.

»Am Käppi«, sagt Sandra.

»Die meisten Juden haben kein Käppi. Borat zum Beispiel«, wendet Mia ein.

»Borat ist ein Jude?«

»Den Schauspieler meine ich. Der, wo Borat spielt. Wie heißt er noch mal? Baron Sascha oder so. Aber meistens erkennt man sie am Namen. Alles mit Grün zum Beispiel ist jüdisch, oder Gold, oder Baum.«

»Was, Baumgartners sind Juden?«, ruft Noah.

»Nö, die sind bestimmt keine Juden. Juden sind gescheit. Baumgartners nicht«, sagt Sandra und lacht. »Ab und zu stimmt das mit dem Namen eben doch nicht, gell, Schatz? Wie auch immer. Ich jedenfalls behandle jeden gleich, ob er nun ein Jude ist oder sonst irgendwas. Und das solltet ihr auch tun.«

»Mama hat recht. Und das Käppi heißt Kippa. Wer nimmt noch ein Stück Fleisch?«, sagt Martin und spießt einen Hamburger auf die Gabel.

»Grüninger!«, ruft Noah.

Mia rümpft die Nase. »Welcher Grüninger?«

»Der vom Sportladen. Ist der Jude?«

»Noah, Fleisch?«

»Juden machen keinen Sport.«

»Warum machen sie keinen Sport?«

»Noch einen Hamburger, Mia?«

»Dürfen sie eben nicht. Wegen den Gesetzen.«

»Dann nehm ich ihn halt selber«, sagt Martin, »es sind übrigens nur die Orthodoxen, die nicht dürfen. Die andern sind genauso wie wir. Fast.«

»Und warum muss ich nächste Woche ins Fußballtrainingslager? Ist das auch ein Gesetz?«, ruft Noah.

Mia seufzt. »Klappe, Noah!«

Martin weiß, er sollte der Diskussion ein Ende setzen. Aber das geht jetzt gerade nicht. Das drehende Blasendings ist nämlich wieder da. Ein blasiges Drehdings, ein sich schraubender Blasentrichterballon, wie soll man es denn nennen? Jetzt wandert es vom Rand in Richtung der Mitte. Wenn man zu ihm hinschaut, schneller. Wenn man geradeaus schaut, langsamer. Also besser geradeaus schauen. Sowieso besser gar nichts tun. Eben noch war es hellblau, aber nun wird es orange und entfaltet dazu ein komisches Muster, aber woher kommt es denn, dieses farbspuckende Drehblasendings, und woher kennt er das, irgendwie kommt es ihm bekannt vor? Und noch wichtiger: Was macht das Ding hier, was sagt es ihm? Denn irgendwas sagt es doch, es ist ja nicht für nichts da, es hat eine Mitteilung für ihn, dieses Blasendings. Wenn man es nur wüsste, aber er kann sich nicht konzentrieren, der Lärm rundherum wird immer lauter, das Schwafeln wird zum Plärren, das Plärren zum Kreischen, Namen drängeln sich in seine Gehörgänge, Felix Grüninger, Mark Zuckerberg, Hans-Peter Baumeler, Jeff Goldblum, jemand lacht schallend, jemand anderer kreischt, das Drehfarbendings flimmert weiter, Martin hebt die Hand und knallt sie auf den Tisch, einmal, zweimal, dreimal, das Geschirr scheppert, ein Wasserglas kippt um und entleert sich, und dann ist endlich Ruhe am Tisch, und das Schraubenmusterdings weg.

IV.

Mit einer geübten Bewegung lässt Toni Manfredi die Fixfertigrösti und die Bratwurst von der Pfanne in den Teller gleiten. Er greift zum Zweiliterkarton, schenkt sich Wein ein, trägt Teller und Glas ins Wohnzimmer, schaltet auf den Regionalsender um und setzt sich hin. Er dankt dem Herrgott für das täglich Brot, nickt still dem gerahmten Bild seiner Mutter zu. Dann schneidet er die Bratwurst in kleine Stücke, legt das Messer hin und beginnt zu essen.

Im Fernseher die Ankündigungsmelodie der Mittagsnachrichten. Erst Syrien, das übliche Herunterleiern von Scharmützeln, Anschlägen, Anzahl der Toten, die abermals fruchtlosen Bemühungen auf dem politischen Parkett. Dann Berlin, London, Jerusalem und irgendeine internationale Konferenz in irgendeinem Kurort, die Teilnehmer stellen sich gut gelaunt zum Gruppenfoto auf. Dann endlich Romanshorn.

Der Brand bei zwei jüdischen Familien sei vielleicht nur die Nebenwirkung eines gescheiterten Banküberfalls gewesen, heißt es. In dem Gebäude nebenan befinde sich nämlich die Filiale einer regionalen Sparkasse. Womöglich hätten die Einbrecher, die offenbar durch den Keller ins Gebäude eingestiegen seien, einen Kurzschluss und in der Folge den Brand ausgelöst, definitive Schlüsse könne man aber noch nicht ziehen. Dem Antisemitismus-Motiv werde man weiter nachgehen.

Dann ein Interview mit einem Anwohner, der behauptet, einen der Täter gesehen zu haben. Toni stellt lauter und spießt ein Stück Wurst auf die Gabel.

»Wie sah der Mann denn aus?«

Bart, mittelgroß, dunkel.

»Wie dunkel?«

Ziemlich dunkel.

»Schwarz?«

Der Interviewte überlegt. Nein, sagt er. Aber dunkel. Der sei ihm sofort aufgefallen.

»Weil er dunkel gewesen ist?«

Der Interviewte wiegt den Kopf. Nein.

»Warum dann?«

Weil er irgendwie auffällig gewesen sei.

»In welcher Weise auffällig?«

Das könne er jetzt nicht mehr sagen.

Romanshorn wird abgelöst von Oberhofen am Thunersee, wo ein Rentner in seinem Dacia Duster einen Abhang hinuntergerollt ist. Das Auto habe Totalschaden erlitten, heißt es, der Rentner sei wie durch ein Wunder mit ein paar Prellungen davongekommen. Auch hier ein Interview mit einem Anwohner.

»Was genau haben Sie gesehen?«

Gesehen habe er gar nichts. Nur ein blechiges Rumpeln gehört. Er sei sofort aus dem Haus gerannt.

»Und was haben Sie dann gesehen?«

Den umgedrückten Zwetschgenbaum in seinem Garten. Dreißig Jahre lang habe er ihn gehegt. Und jetzt sei er futsch.

»Und das Auto?«

Jesses, das habe halt da gelegen.

»Und der Fahrer?«

Ja, Herrgott, der auch, wo denn sonst?

Toni Manfredi putzt die letzten Reste Rösti vom Teller. Dann starrt er auf die alten Fotos an der Wand. Er selber in jungen Jahren, mit der Fußballmannschaft und dem Pokal, den sie für den Aufstieg in die dritte Liga gewannen, er selber und der Bruder mit der Nonna auf Capri, wenige Monate vor ihrem Tod, er selber mit den Arbeitskollegen beim Kegeln in der Eintracht, er selber mit den Neffen Maurizio und Gianni im Europapark.

Einmal mehr schnürt es ihm den Hals zu. Seit der Frühpensionierung passiert ihm das öfter. Wenn er die Fotos an der Wand sieht, wenn er an die Nonna denkt, wenn er an weit zurückliegende Jahre denkt, an diesen jungen Mann, den er kaum noch erkennt und der doch wenig anders war, als er jetzt ist. Ein kleines Leben. Doch er braucht sich nicht zu schämen dafür. So weit kommt's noch! Klein, aber wahrhaftig war sein Leben, und darauf kommt es an, auf die Wahrhaftigkeit. Immer viel gearbeitet natürlich. Einzige Möglichkeit, dem schlechten Ruf seiner Landsleute in der Schweiz etwas entgegenzustellen. In vierzig Jahren war er jedenfalls keinen einzigen Tag arbeitslos gemeldet. Ein Leben ohne große Sprünge. Auch ohne Frau. Ohne Familie. Nein, er ist alles andere als ein Egoist, er hat sich immer um andere gekümmert. Die Mutter, die er vier Jahre lang hier bei sich in Bethlehem hatte, bis sie fast zugrunde ging vor Heimweh und zurück nach Kampanien fuhr. Und wenige Monate später tatsächlich starb. Seine zwei Neffen, zu denen er in den Jahren ihres Heranwachsens schaute und auch jetzt noch. Zumindest solange sie es zulassen. Und dann der alte Hungerbühler, sein erster Chef damals in den Siebzigern. Ein Mann, dem er viel zu verdanken hat. Eigentlich alles.

»Bist einer der Besten, die ich hatte, Toni. Aber am Schluss kommt's raus wie bei allen andern. Wirst mich vergessen, ich weiß es. Am Schluss denkt keine Seele mehr an den alten Hungerbühler. Ich nehm's euch nicht übel, aber traurig ist's trotzdem.« Hungerbühler hatte unrecht. Immer hat Toni Kontakt zu ihm gehalten. Als Hungerbühler nicht mehr gut zu Fuß war, hat er ihm die Einkäufe besorgt, mehr als fünf Jahre lang. Und als der Alte schließlich vom Krebs zerfressen im Bett lag und seinem Tod entgegensiechte, auch da hat Toni ihn nicht im Stich gelassen.

Hungerbühler. Polterer. Streithahn. Unermüdlicher Jasser in der Eintracht. Und Italienerbeschützer. Gab's nicht viele davon, damals in den Siebzigern.

Man muss für die Menschen da sein. Toni hat's nie einfach gehabt, aber die anderen auch nicht. Das ist seine Überzeugung, und zwar nicht erst, seit er Hungerbühler kennengelernt hat. Toni trinkt nochmals einen Schluck und wischt sich mit Zeige- und Mittelfinger über den Schnauz. Er wird heute Nacht nicht schlafen, er weiß das. Dieser verdammte Brand! Und natürlich auch der andere Brand, damals, die Nonna, ihre ständige Angst, ihre Armut, sein Vater, der kaum je Geld nach Hause brachte und noch vor seinem fünfzigsten Lebensjahr starb, all das. Porca Madonna! Und dann sein eigenes Leben, diese Lotterstraße von Salerno bis Bethlehem, voller Fehltritte und Versäumnisse. Kein Auge wird er zudrücken. Er kennt sich.

V.

Martin Boll betrachtet die zwei öligen Fusilli und den Salzstreuer auf dem Weißglas des Esstischs. Dann schaut er sich um. Keine Menschenseele in der Nähe. Er schüttelt den Kopf, kurz und heftig, wie eine Schneekugel. Er hält still und schaut den herumwirbelnden Flocken seines Bewusstseins zu. Flocken über Flocken, aber keine Blase, die zu wuchern beginnt.

Schade, irgendwie. Mit der Blase hatte er wenigstens sein privates Amüsement. Wenn die anderen ihn schon allein sitzen lassen. Warum lässt du mich jetzt im Stich, Blase? Nochmals schüttelt er den Kopf und wartet, sondiert mit der Nase in seinem Blickfeld herum, sucht und sucht, aber die Blase will und will nicht kommen.

Draußen in der Küche Geschirrgeklapper und Stimmen. Mia übt wieder mal ihre holländischen Sätze, nach jedem Versuch lacht Sandra schallend. Martin weiß, sie bestrafen ihn für seinen Wutausbruch von vorhin, für seinen Handknall auf die Tischplatte.

Ein Schlurfen ertönt, Martin schrickt auf. Es ist Noah. Stumm lässt der Junge sich aufs Sofa fallen und greift zur Fernbedienung. Seit wann braucht der Junge einen Fernseher? Der hat doch seit Monaten nicht mehr geglotzt! Jedenfalls nicht mehr, seit die Playstation in seinem Zimmer steht. Im Fünfsekundentakt wechseln die Sender, Werbung, Basketball, Talkshow, Werbung, Talkshow, Kochsendung, und es nimmt kein Ende. Martin lächelt. Zappen, das kenne ich, denkt er. Das haben wir auch gemacht, damals, vor zwanzig Jahren, als wir selber noch jung waren. Und zappen tut auch mein Sohn, mein komischer Sohn.

Martin wendet seinen Blick ab. Nicht anstarren! Nicht nach dem Vorfall von letzter Woche. Der Junge spürt es, er spürt alles, er ist ein sensibles Kind. Wir nehmen ihn, wie er ist, gerade in diesem Alter ist das wichtig. Martin sammelt die zwei Fusilli auf dem Tisch ein, reiht sie nebeneinander auf, tupft mit der Fingerspitze die Salzkörner zusammen. Vielleicht hat er den Jungen komplett missverstanden letzte Woche. War ohnehin eine merkwürdige Situation. Er saß bereits im Auto, als er merkte, dass er seine Sachen fürs Wasserballtraining vergessen hatte. Also nochmals zurück ins Haus, da sieht er Noah in einem Rock aus dem Badezimmer kommen. Ja, Rock. So wie in Damenrock. Kurzer Blickwechsel, wie zwei scheue Waldtiere auf einsamer Lichtung. Blitzschnell eilt Noah in sein Zimmer und schließt die Tür hinter sich ab. Martin erst mal nur sprachlos. Was war das? Das war, nein, doch, das war einer von Mias Miniröcken, er hat sich nicht getäuscht, Noah ist eben gerade in einem Rock seiner großen Schwester aus dem Badezimmer gerannt. Muss er jetzt zu ihm hin? Muss er mit seinem Sohn reden? Muss er überhaupt etwas?

Er tat dann nichts, das heißt, er tat schon etwas: Er ging zurück ins Auto. Und fuhr los. Und wurde nicht schlau aus der Sache. Das Schwimmzeug fürs Training hatte er natürlich vergessen.

Von der Küche her hört er jetzt wieder Sandras schallendes Lachen. Sie sagt: »Wie ging das noch mal? Huuchaatheit? Und damit lässt sich dieser Aaron anbaggern, glaubst du?«

Martin legt das Kinn in die Hand und seufzt. Aaron, die Bohnenstange aus Apeldoorn. In den Sommerferien auf Rhodos hat Mia sich zum ersten Mal einen Schwarm ausgesucht. Ein Holländer sollte es sein, was denn sonst. Groß gewachsen, strohblond, das Gesicht na ja. Attraktiv wäre anders, findet Martin, aber das ist in diesem Fall wohl nicht so wichtig. In Mias Alter geht es darum, sich einen auszuwählen, den noch keine andere ausgewählt hat, und dann mit Inbrunst loszuschwärmen. Das ist jetzt bald drei Monate her, und noch immer hat es nicht nachgelassen. Martin ist erstaunt über diese Hartnäckigkeit, die passt so nicht zu Mia.

Er weiß, jetzt wäre der Zeitpunkt. Jetzt noch etwas Kleines anreißen, um seiner Bande ein Gemeinschaftserlebnis zu bescheren. Lange wird er sie nicht zusammenhalten können, aber das muss auch nicht sein. Zehn Minuten, eine Viertelstunde. Ein Spiel auf der Wiese draußen, ein kleines Feuerwerk vielleicht. Hat er nicht noch einen Vulkan vom Nationalfeiertag?

Sandra und Mia kommen aus der Küche. Wie siamesische Zwillinge mit zusammengewachsenen Köpfen glotzen sie auf Mias Handy. Es macht klick, Sandra prustet los, Mia wirft sich die Haare aus dem Gesicht. Jetzt, denkt Martin, jetzt müsste ich aufstehen, sie aus ihren Egotrips herausreißen. Er schafft es nicht. Mia lässt eine Kaugummiblase knallen und verschwindet nach links. Sandra biegt nach rechts ab. Noah zappt weiter.

Martin setzt sich zu seinem Sohn aufs Sofa. Werbung, Talkshow, Fußball, dann ein niedergebranntes Haus und ein Polizist im Interview. Das hatten wir heute schon mal, denkt

Martin. Aber wann, und wo? Der Interviewer sagt etwas von Dschihad, worauf der Polizist etwas von komplizierter Gemengelage antwortet. Dann fallen die Worte Antisemitismus, IS und mangelhafte Integration, und sogleich entsteht auch in Martins Gedankenwelt eine Gemengelage, die etwas unerhört Präzises hat und doch nicht zu fassen ist. Angst und Unschuld treffen sich in ihr zu einem kuriosen Stelldichein, und Martin hat das Gefühl, dass diese Gemengelage sein Leben betrifft wie nichts anderes, ja, er hegt den Verdacht, dass die Gemengelage nur hier ist, um ihm ein Bein zu stellen, also muss er wachsam sein, und er denkt, wie schön wäre es jetzt, wenn die Blase käme, sie würde einen Schutzwall um mich herum erbauen, bitte, Blase, denkt er, bitte, komm zurück!

Noah zappt weiter. Martin wartet. Die Blase kommt nicht zurück.

VI.

Ist er eingedöst? Der Junge stemmt sich aus dem Gras, schaut sich um. Vor ihm der Fluss, hinter ihm Prärie mit Stoppelgras und Panzersperren. Er steht auf. Im Magen ein knurrendes Loch. Er muss jetzt unbedingt nach Hause, um etwas zu essen. Quer über die Prärie wäre am schnellsten. Das Blöde an der Prärie: Hier sehen dich alle. Und schauen komisch. Also besser den Fluss entlang.

Einsamer Junge am Fluss ist allerdings auch verdächtig. Jungen spielen Fußball. Oder Games. Oder sitzen mit dem Handy in der Hand an der Bushaltestelle und steigen nie ein.

Aber allein am Fluss! Und in der Hosentasche Yu-Gi-Oh!-Karten, die einem nicht gehören. Verdächtig mal zehn. Er hat die Karten zwar nicht geklaut, aber trotzdem. Und dann ist da noch die Sache mit dem Autoreifen. Hat vor zwei Wochen am Bachufer gelegen, am oberen Rand der Stadt, wo der Fußweg zum Schloss abzweigt. Er hat den Reifen gleich aus dem Bachtobel zu hieven begonnen, weil Umweltsünde. Doch dann machte der Reifen sich selbstständig, und als er selber endlich aus dem Tobel gekraxelt war, sah er den Reifen gerade noch um eine Biegung wackeln. Zehn Sekunden später hörte er von weit unten ein Quietschen und einen dumpfen Knall. Er beschloss, sich schnell zu verziehen. Am nächsten Tag Polizist Enderlin in der Schule und der Rektor mit lauter Stimme: »Zeugen haben es ganz klar gesehen, es war ein Schüler. Wenn wir den Übeltäter erwischen, kann er was erleben! Bestraft wird er allerdings auch so, denn sein schlechtes Gewissen wird ihm keine Ruhe lassen. Ich rufe also jeden dazu auf, sein Herz zu befragen!« War bei ihm nicht nötig. Er hatte ja niemandem etwas Böses gewollt. Im Gegenteil. Seine Beine schlotterten trotzdem wie verrückt, als der Rektor seinen Blick über die Köpfe der Schüler schweifen ließ.

Jetzt links das Sommerbad. Dahinter der Kanal, der zur Papierfabrik geht. Und im Hintergrund tauchen auch schon die Lagerhallen auf und das große Silo mit den Rohren, um die Lastwagen abzufüllen. Bald ist die Prärie überstanden. Dann kann er sagen, er geht zur Haltestelle, falls einer ihn verdächtigt. Wenn der ihn dann nur nicht fragt, wo sein Handy ist.

Er stellt sich vor, wie er sich als Obdachloser hier im Industriegebiet ein Plätzchen suchen würde. Er würde einen

Schuppen aufbrechen oder sich in eine der unbenutzten Lagerhallen verkriechen. Und abends, wenn die Arbeiter nach Hause gegangen sind, würde er zum Fluss hinuntergehen, da gibt's herrliche, gut versteckte Plätze, sich ein Feuerchen machen und eine Wurst braten, die er sich bei Metzger Rombach am Hintereingang erbettelt hat, während die Guten von Sitzung zu Sitzung hetzten, von Gremium zu Gremium, von Elternrat zu Kirchenrat und der ganze blöde Kram.

Er fragt sich, was wohl im Kühlschrank steht. Wenn Mama mal kocht, dann immer extra viel, sodass er am nächsten Tag die Reste aufwärmen kann. Gestern hat sie allerdings nicht gekocht. Und er hat auch keine Lust aufzuwärmen. Lieber gucken, ob's noch Chips oder Kekse gibt. Ist sie halt selber schuld, wenn sie das ungesunde Zeug herumliegen lässt. Oft findet er einen Zettel in der Küche, wenn er von der Schule zurückkommt: »Bin noch in einer Sitzung, danach Chor, komme spät nach Hause. Vergisst Du Hansi nicht, bevor Du zu Bett gehst? Bussi!«

Hansi-Schmansi. Er hat das noch nie jemandem erzählt, aber es nähme ihn schon wunder, was passieren würde, wenn er Hansi mal vergäße. Nicht nur einmal. Sondern gleich zwei oder dreimal hintereinander. Was der Piepvogel wohl machen würde? Würde er durchdrehen und wie ein Wahnsinniger gegen die Gitter schwirren? Oder würde er einfach nur zu pfeifen aufhören und tot auf den Käfigboden fallen?

Jetzt kommt die Autowerkstatt. Definitiv einer seiner Lieblingsorte auf der unteren Seite der Bahngleise. Das Areal um die Werkstatt herum ist vollgestellt mit Autos. Dicht an dicht stehen sie, manche die reinsten Rumpelkisten, andere mit Abgastest und Preisschild. Manchmal sieht er Leute zwischen den Autos herumspazieren. Meist bleiche Männer in Jeansjacke und Trainerhose. Bücken sich und halten ihre Hände, die wie viel zu große Muscheln aussehen, ans Fenster, um ins Innere der Autos zu blicken. Tacho ablesen und so. Dann geben sie dem Reifen einen Kennertritt und schlurfen weiter. Man sieht auf den ersten Blick, wer nur gucken will und wer Geld hat.

Auch heute hängt das Vorhängeschloss am Zauntor vor der Garage. Auch heute ist es nicht abgeschlossen. Der Chef, ein übellauniger Mann mit unheimlichen Augen und fettiger Mähne auf dem Kopf, vergisst es ständig, oder er ist zu faul. Heizner heißt er. Vielleicht auch Heizer. Heizer würde besser passen. Wie mit dickem Kohlestift aufs Gesicht gemalt, seine Augen, und darüber die Borstenbrauen.

Der Junge stößt das Tor auf. Im selben Moment fährt ein Motorrad heran. Er duckt sich und schleicht zwischen den geparkten Autos von der Straße weg. Das Dröhnen des Motorrads entfernt sich. Als er seine Nase an das Fenster eines Alfa Spider drückt, um herauszufinden, bis wie viel km/h der Tacho geht, sieht er auf der anderen Seite des Fahrzeugs den Kastenwagen von vorhin. Er kann sich noch an die Aufschrift erinnern: Carrosserie Bischofberger, St. Margrethen. Darunter der rot-schwarze Blitz, wie von einem Bubi hingekleckert.

Er geht um den Alfa Spider herum zum Kastenwagen. Im Führerhaus liegen ein Paar schmierige Arbeitshandschuhe und eine leere Zigarettenschachtel. Er blickt in den Seitenspiegel, fährt sich mit der Hand durch die Haare, lächelt. Dann wendet er sich ab und geht weiter.

Vorne am Zaun ein Range Rover, pechschwarz, mit blitzenden Raddeckeln. Schon deutlich interessanter als die

Rostlauben auf der anderen Seite. Neben Porsche eine seiner Lieblingsmarken. Fett, stark wie ein Stier, und schnell. Er schaut sich um und hebt die Hand an den Türgriff. Nur mal probieren. Eine Sekunde später weiß er: Es hat sich gelohnt. Schnell schlüpft er in den Wagen.

Im Handschuhfach ein Ringheft mit Straßenkarten von ganz Europa, eine leere Kekseschachtel und ein Marmeladeglas mit Blumensamen. Komisch. Samen in einem Range Rover? Soll er sie mitnehmen? Mama eine Freude machen und sie im Garten verstreuen?

Ein Knall schreckt ihn auf. Da vorne, die Tür zur Werkstatt. Aber es ist nicht Heizner oder Heizer mit den Kohleaugen. Es sind ein Mann und eine Frau. Der Mann dünn, mit Sonnenbrille und Stoppelbart, sie ebenfalls dünn und fast so groß wie der Mann, dunkles, hochgebundenes Haar, ihr Gesicht irgendwie indianermäßig. Er weiß, man sagt nicht Indianer. Deshalb denkt er das Wort nur, für sich allein, und meint nichts Böses dabei. Er meint bloß, dass diese Frau hier aussieht wie, äh. Er kommt nicht drauf. Jedenfalls erinnert die Frau hier ihn an eine andere Frau, aber er weiß nicht mehr, wann und wo er die andere Frau gesehen hat.

Der Mann, der sich zwei große Taschen über die Schulter geworfen hat, stolpert, lässt die Taschen fallen, flucht. Er reißt sie wieder hoch, wirft sie sich erneut über die Schulter und geht weiter. Genau in die Richtung des schwarzen Range Rover. Der Junge zwängt sich auf den Rücksitz, springt über die Lehnen in den Kofferraum und duckt sich. Zum Glück verdunkelt, die hinteren Fenster, denkt er. Zum Glück liegt da eine alte Decke. Er kriecht schnell drunter. Trotzdem, dass der Mann jetzt bloß nicht seine Taschen in den Kofferraum stellen will.

Die linke Hintertür öffnet sich und die zwei Taschen landen auf dem Rücksitz. Hintertür zu, Fahrertür auf, ein Knarren von Leder, ein Murmeln, und der Motor geht an.

VII.

Eine braune Stinkwanze auf der Windschutzscheibe. Ein Kassenbon von Aldi auf der Ablage über dem Handschuhfach: Fußcreme, Hygienetücher und eine Schachtel Raffaello-Pralinen, Total elf achtzig.

Regina wendet den Blick von dem Zettel ab und klettert über den Schaltknüppel. Sie lässt sich auf den Fahrersitz fallen und betrachtet die blaue Stelle an ihrem Schienbein. Wieder mal mit voller Wucht auf die Handbremse geknallt. Blau ist erst der Anfang, bald wird die Stelle grün sein, dann gelb. Sie zieht rasch die Hose hoch und wischt sich mit einem feuchten Hygienetuch die Hände ab. Neben ihr gibt Tomas ein wohliges Seufzen von sich.

Jetzt bloß nicht heulen, denkt sie. Dazu hast du kein Recht. Wenn du dich schon auf diese Art gehen lässt, trägst du auch die Konsequenzen.

»Hast du die Brötchen mitgebracht?«, sagt Tomas.

»Auf dem Rücksitz.«

Tomas schraubt die Rückenlehne hoch, dreht sich nach hinten. Es raschelt, er zieht ein Schinken-Käse-Sandwich aus einer Papiertüte und beißt hinein. »Morgen gehe ich zum Brunner. Fragen, was los ist«, sagt er mit vollem Mund.

Reginas Wirbelsäule versteift sich. »Untersteh dich, Tomas! Du hast beim Brunner nichts zu suchen, ist das klar?«

»Aber er ist nun mal der Einzige von der Kunstkommission, den ich persönlich kenne. Seit acht Jahren hab ich von denen keinen Beitrag mehr bekommen. Wissen die nicht mehr, wen sie an mir haben? Ich hatte fast ein Dutzend Einzelausstellungen, ich war in Helsinki, Verona, Kapstadt, ich hab vier Kunstpreise. All den Jungen mit ihren verpixelten Videos werfen sie das Geld nur so hinterher und mich lassen sie darben!«

»Trotzdem gehst du nicht zum Brunner«, erwidert Regina. »Ich kenne den auch persönlich, das weißt du. Wenn das auffliegt, bin ich geliefert.«

»Was soll denn auffliegen?«

»Herrgott, ich bin nun mal exponiert, Tomas. Ich sitze im Planungskomitee des jährlichen Sommerfests, im Ausschuss für die neue Sportanlage, im Vorstand des Gospelchors und so weiter. Ja, lach nur! Ich engagiere mich eben für Weinfelden. Doch wenn da irgendein Praktikant vom Käseblatt kommt und die falschen Fragen stellt, gelte ich plötzlich als Ämtersammlerin.«

»Was du auch bist.«

Tomas kichert schnaubend, greift erneut in die Papiertüte. Regina bindet sich die Haare zusammen. Nichts sagen jetzt, denkt sie. Erstens stimmt es nicht, das heißt, es stimmt schon, aber wer sonst übernimmt diese Ämter, wer denn bitte? Eben. Zweitens ist dies genau der Moment, in dem sie zu streiten anfangen. Immer. In den fünf Minuten danach passiert es, jedes Mal. Also schweigen jetzt. Schweigen und an nichts denken. Das wäre das Beste.

Natürlich schafft sie es nicht. Sie denkt: Tag für Tag, Woche für Woche machen wir in diesem Blechkasten hier rum, ein Ende ist nicht in Sicht. Jede Vernunft prallt an mir ab, wenn seine Hand ins Spiel kommt, seine jähe Lust, immer ist er bereit, wie ein Zwanzigjähriger. Alles hat nachgelassen zwischen uns über die Jahre, nur die Lust nicht. Ständig gehen wir uns auf die Nerven, aber diese Hingabe! Vielleicht gerade, weil wir uns so nerven. Bei den meisten Paaren ist es umgekehrt. Eigentlich bei allen, die man so kennt. Sechs Monate, auf den Tag genau sechs Monate haben wir es ausgehalten nach der Scheidung. Dann ist es zum ersten Mal passiert, und seit da treiben wir's in einer erschreckenden Regelmäßigkeit miteinander, meist in diesem Auto irgendwo am Waldrand.

Regina klappt die Sonnenblende herunter, betrachtet sich im Spiegel. Sie denkt: Wenn sich das herumspricht. Dass ich nicht nur nicht von ihm loskomme, sondern auch noch zu blöd bin, mir einen Neuen zu nehmen. So wie Conny Stühlinger zum Beispiel. So wie Anna Esposito. So wie Nina, Liz und Gunhild. So wie eigentlich alle Frauen in meinem Umkreis. Ich bräuchte nur mit den Wimpern zu klimpern, doch was mache ich stattdessen? Treibe es mit demselben Mann wie vor fünfzehn Jahren.

Fünfzehn Jahre. Verdammt.

Regina klappt mit einer schnellen Handbewegung die Blende wieder hoch, während Tomas sich die Krümel vom Bauch wischt und den Hosengurt schließt. »Was macht unser Sohn?«, fragt er.

»Sich auf die Ferientage bei seinem Papa freuen, der bestimmt schon große Pläne hat.«

»Klar. Ich bringe ihm Gipsguss bei. Hab alles schon vorbereitet. Nächstes Jahr ist der Bleiguss dran und noch ein Jahr später, als Krönung, machen wir Bronzeguss. Echtes Handwerk.«

»Du hast also vor, deinen Sohn eine Woche lang in dein Atelier einzusperren? Ihr solltet besser rausgehen, unter die Leute, das täte euch beiden gut. Es gibt doch diese Vater-Sohn-Ferienlager …«

»Wir wollen nicht unter die Leute. Und wenn er sich eingesperrt fühlt, sagt er mir das schon.«

»Nein, tut er eben nicht. Er sagt nie etwas. Raffi ist wie ein dunkles echoloses Zimmer. Ruft man etwas hinein, kommt nichts zurück.«

Tomas lacht, greift zur leeren Papiertüte und zerknüllt sie geräuschvoll. Regina reißt sie ihm aus den Händen und wirft sie auf den Rücksitz.

»Geh jetzt!«

Tomas blickt sie einige Sekunden lang belustigt an.

»Ich hab zu tun. Hau schon ab!«

Tomas steigt aus. Als er zwischen den Tannen weggeht, kurbelt Regina das Fenster hinunter und ruft: »Tomas. Ich rede mit dem Brunner, okay? Ich kümmer mich drum. Aber du hältst dich raus.«

Tomas zuckt mit den Schultern und hebt sein Fahrrad aus dem Gestrüpp.

VIII.

Bodenlose Fallgrube. Übelschar-Castor. Rächender Ritter Parshath. Oger des Scharlachroten Leidens. Wurmfutter. Was gab es noch? Möbius, der Frostmonarch. Die Phantomritter der Leisen Stiefel. Dunkler Vertrag mit dem Sumpfkönig. Explodierdrache. An mehr Yu-Gi-Oh!-Karten erinnert er sich nicht mehr. Natürlich könnte er in die Hosentasche langen. Aber vielleicht wartet das Schicksal genau darauf. Kaum zückt er den Stapel, schlägt es zu. Ja, das Schicksal ist ein übler Fallensteller.

Trotzdem. Irgendwie muss er herausfinden, wer die beiden da vorne sind. Es kommt ihm vor, als säße er bereits seit Stunden unter dieser Decke in diesem Kofferraum. Sein linkes Bein ist längst eingeschlafen. Er müsste jetzt eine Karte ziehen können, so wie vor zwei Tagen am Hintereingang der Metzgerei. In allen Details merkte er sich den Mann, der hineingegangen war, griff zum Stapel und zog – es war Dunkler Vertrag mit dem Sumpfkönig. In der gleichen Sekunde hatte er gewusst, dass dieser aufgedunsene Stiernackenmann etwas im Schilde führte. Dass er mit Metzger Rombach unter einer Decke steckte. Beim Rombach war sowieso einiges nicht geheuer, weil Quizfrage: Was hatte dieser blutverklebte Fuchsschwanz in seinem Abfallcontainer zu suchen gehabt vor ein paar Wochen?

Ja, eine Karte müsste er ziehen können. Auf diese Weise würde er herausfinden, wer der Bartmann und die Frau sind. Die Frau, die aussieht wie diese andere, von der er nicht mehr weiß, wo er sie gesehen hat. Indianermäßig irgendwie. Und er würde auch herausfinden, was die beiden für eine Mission haben. Jedes Menschenwesen hat eine Mission. Muss man nur wissen, welche. Passt die Karte Phantomritter der Leisen Stiefel vielleicht zu ihnen? Möglich. Leise sind sie jedenfalls. Kein Wort haben sie bislang gewechselt.

Stundenlang Kurven, lange und scharfe, manchmal Blinken und Abbiegen, ab und zu Kreisel, von denen ihm übel wurde. Irgendwann hat der Bartmann angehalten und beide sind ausgestiegen. Er selber blieb im Auto zurück, wie ein

Gefangener. Das Knurren in seinem Magen wurde immer lauter, und die Angst machte, dass er glaubte, ersticken zu müssen unter der miefigen Decke. Er flüsterte seiner Angst ein Märchen mit herrlichen Blumenwiesen und Schokoladekuchen vor. Süß war der Geschmack auf seiner Zunge, und das Erstickungsgefühl ließ langsam nach. Nach einer halben Ewigkeit stiegen der Bartmann und die Indianerfrau wieder ein. Es folgten zwei oder drei Kreisel, schließlich kamen sie auf die Autobahn. Keine scharfen Kurven mehr, links und rechts manchmal das Rauschen vom Überholen. Der Motor brummt und brummt, sein Magen knurrt unaufhörlich, der Bartmann und die Indianerfrau schweigen. Manchmal ein Überholschwenker, sonst immer geradeaus. Dauert jetzt auch schon ewig. Draußen beginnt es bereits zu dämmern, scheint ihm. Aber sicher ist er sich nicht, unter der Decke.

Er überlegt sich, was passieren würde, wenn er jetzt aus seinem Versteck hervorkröche. Der Bartmann und die Indianerfrau haben nicht unfreundlich ausgesehen. Andererseits ist er nicht blöd, er weiß, dass sie das Auto geklaut haben.

Jetzt sagt die Indianerfrau etwas. Zu leise, als dass man etwas verstehen könnte. Sehr tief, ihre Stimme. Erinnert ihn an die Stimme der spanischen Putzfrau im Schulhaus. Señora Ochoa. Der Mann gibt ein Grummeln zur Antwort, die Indianerfrau grummelt zurück. Dann ist es wieder still, und der Junge denkt: Auch freundliche Diebe können böse sein. Zum Beispiel gibt es solche, die sind erst mal ganz nett, doch auf einmal zeigen sie ihr böses Gesicht. Ist nicht nur bei Dieben so. Überhaupt bei Erwachsenen. Oder sie tun böse, um sich andere vom Leib zu halten, dabei sind sie es im Grunde genommen gar nicht. Nachbar Caflisch ist so einer. Seine Devise: fies dreinschauen, damit keiner auf die Idee kommt, mit ihm zu plaudern. Funktioniert fast immer. Und dann gibt es noch die Berufsbösen: Schulrektoren, Großtanten, Verkäuferinnen in der Bäckerei. Können dich vor den anderen Kindern blöd hinstellen. Oder dir Schuldgefühle ins Herz treiben, wie einen langen Nagel.

Das Auto bremst und macht einen Schwenker, ein Hupen rast links vorbei. Der Mann zischt etwas Unverständliches und bremst weiter ab. Ein Stück weit fahren sie ganz langsam, es geht über eine Schwelle, dann folgen zwei scharfe Kurven und sie halten an. Der Mann und die Frau steigen aus dem Auto. Der Junge duckt sich, so tief er kann. Dann gehen die hinteren Türen auf. Der Mann hebt die Taschen aus dem Auto, sagt leise: »Zwei Minuten lang Ratsch-bumm, und weg! Keine Sekunde länger, klar?« Seine Stimme fast ohne Ton. Die Frau sagt: »M-hm.«

Die Türen klappen zu, sie verschwinden. Zwei Minuten lang Ratsch-bumm, und weg, denkt der Junge. Tönt wie brenzlige Situation. Tönt wie dunkle Wolken ziehen am Himmel auf. Wenn es hier gleich Ratsch-bumm macht, will er nicht unbedingt mittendrin sein. Er lauscht noch ein paar Sekunden, dann hebt er den Kopf.

Autobahnraststätte. Kennt er bestens. Letztes Jahr auf der Fahrt nach San Remo alle zwei Stunden eine neue. Tanken, Pipi machen, Eis schlecken, dann weiter. Voll weltraummäßig sieht diese hier aus, so im Halbdunkel. Unten die hell erleuchteten Zapfsäulen, darüber ein riesiger, blauer Balken, der quer über der ganzen Autobahn liegt. Der Parkplatz zur Hälfte voll mit Autos. Hinter ihm stehen zwei Lkw, weiter hinten ist ein Zaun, ein Wiesenstreifen, ein Wald. Der Junge klettert über die Rücksitzlehnen. Da liegen ein Marsriegel und zwei Snickers. Er nimmt die Snickers, stopft sie sich in die Hosentasche. Zwei Minuten lang Ratsch-bumm, denkt er. Besser weg hier.

Als er über den Zaun geklettert ist und den Hang zum Waldrand hochrennt, denkt er: Vielleicht ist das alles nur ein Traum. Vielleicht schlafe ich in meinem Bett und Mama weckt mich bald. Vielleicht ist das hier die Zukunft und ich wohne schon lange unter einer Brücke, weil Mama aus dem Gremium geflogen ist, und jetzt bin ich vor lauter Hunger und Erschöpfung eingeschlafen und träume das alles. Vielleicht ist die Zukunft vorbei und ich bin tot.

Dann hört er das Knallen. Eins, zwei, drei Mal. In den Taschen waren Gewehre, denkt er. Gewehre, mit denen man Ratsch-bumm machen kann. Ein Gellen ist zu hören, danach noch ein Knall. Schnell weiter jetzt. Noch zehn Meter, dann erreicht er die Mauer von dicht stehenden Tannen und zwängt sich in den Wald hinein.

Er bleibt stehen. Schneller Atem, ein Hämmerchen verpasst ihm Schläge auf den unteren Teil des Hinterkopfs. Wenn er aus Glas wäre, würde er jetzt in tausend Stücke zerspringen. Unten im Licht der Raststätte noch mehr Schüsse, dann wieder ein Schrei, ein zweiter Schrei, ein aufheulender Motor, quietschende Reifen. Da, bei den Zapfsäulen vor dem Tankstellenshop, da steht er. Der Mann vom Auto. Trotz Batman-Maske auf dem Gesicht erkennt der Junge ihn. Von seinen langen Haaren, die auf Heizners Autohof noch straff zusammengebunden waren, hängt jetzt eine dicke Strähne hinten aus der Maske heraus. Hinter ihm steht die Indianerfrau, auch sie mit Maske. Sieht irgendwie aus wie das Gesicht eines Fuchses, die Maske. Der Mann schießt zwei Mal ins Dach über den Zapfsäulen, eine Frau ruft »Helmut!« und lässt sich hinter einem Abfalleimer zu Boden fallen. Dann rennen die zwei vorne um den Shop herum. Nochmals fallen Schüsse, wieder ein Auto, das mit quietschenden Reifen davonrast, die Frau hinter dem Abfalleimer ruft noch immer nach ihrem Helmut. Dann sind die beiden weg. Haben sie sein Gesicht im Dickicht gesehen? Holen sie ihn jetzt? Der Junge dreht sich um und verschwindet im Wald. In seinem Nacken noch immer das fiese Hämmerchen.

Ratsch-bumm. Ratsch-patsch, kladderadatsch. Er rennt. Sein Herz eine Peitsche, die ihn unermüdlich antreibt. Er rennt und rennt und rennt, erst durch wurzelfallendichte Tannendunkelheit, dann kommt er auf einen Fahrweg, rennt weiter auf dem festgetretenen Kies, bis er eine Sirene hört. Schnell biegt er wieder ins Dickicht ein. Besser niemandem in die Hände fallen, denkt er. Schon gar nicht der Polizei. Auch wenn ich unschuldig bin. Junge nachts allein im Wald ist verdächtig. Und dann noch ohne Handy. Das Hämmerchen in seinem Nacken lässt nicht nach. Er rennt weiter.

Phantomritter der Leisen Stiefel. Das war die richtige Karte. Und er selber hätte das Wurmfutter der Phantomritter sein sollen. Aber er war schlau. Auch ohne die Hilfe der Karten hat er gewusst, was kommt. Sieht aus wie eine böse Mission, die der Bartmann und die Indianerfrau haben, doch er kennt sie nicht. Vielleicht sind sie die Guten und müssen die Bösen aus dem Weg räumen. Die meisten Ritter sind gut. Ehre, Mut, Königstreue. Doch wer ist der König, dem sie dienen?

Als der Wald zu Ende ist, rennt er weiter über ein Feld, auf der rechten Seite leuchtet ein Autoscheinwerfer auf. Er quetscht sich durch ein halb offenes Tor, rennt in einen Fleck Dunkelheit hinein und stolpert, fällt, stolpert, fällt.

Feuchter Sand klebt an seinem Gesicht, als er endlich

liegen bleibt. Alles tut weh. Bin ich jetzt tot?, fragt er sich. Wenn ja, brauche ich nicht mehr zu heulen, dann ist es sowieso zu spät dafür. Und wenn ich noch immer lebe, wird's wohl nicht so schlimm sein. Immerhin bewegt sich jetzt meine Hand. Immerhin kann ich ganz normal denken. Ist bestimmt nur eine Kiesgrube, dieser Graben, und die Landung war gar nicht so hart. Eigentlich tut's auch nicht so weh. Man erschrickt halt wegen dem Schrecken. So sagt's Opa.

Er hebt den Kopf, streicht sich den Sand aus dem Gesicht. Er steht auf, klettert den Graben auf der anderen Seite wieder hoch. Als er oben ist, sieht er in einem Unterstand drei Bagger und einen riesigen Laster, bestimmt fünf Meter hoch. Ja, denkt er. Nur eine Kiesgrube. Weiter jetzt. Immer weiter, wie ein fliegender Nachtbote.

IX.

Abenddämmerung. Der Himmel im Osten bereits ergraut, am gegenüberliegenden Horizont ein Leuchten in Lila und Pfirsichfarbe. Die hügelige Landschaft wie ein Pelz – waldwärts dicht und tief, im Freien stoppelig oder blank geschoren. In der Unterwolle des Pelzes bewegen sich Sucher, Wühler, Wanderer. Unsichtbar sind sie, still und wachsam gehen sie ihrem Geschäft nach. Im Oberhaar und an den kahlen Stellen hingegen sind die Lauten, Schnellen unterwegs. Ihre Scheinwerfer schleudern achtlos Licht in die Flanken der Hügel. Das Rauschen ihrer Raserei breitet sich über die Landschaft aus wie Wasserringe.

Nach und nach wird das Dämmerbild überpinselt von

nächtlicher Dunkelheit. Unten im Tal, parallel zum Fluss, leuchtet die rot-weiße Schlagader der Autobahn auf. Stetig kommt Nachschub aus der Schwärze hinter den östlichen Hügeln und von der Biegung im Westen. Die einzelnen Bremsmanöver setzen sich zu einem auf und ab wogenden Flimmern in Rot zusammen, daneben das Gleißen in Neutralweiß. Je länger der Betrachter hinsieht, desto mehr verliert er das Augenmaß für die wahre Größe dieses Lichterstroms. Es erscheint ihm wahlweise als galaktisches oder mikroskopisches Geschehen.

Der Abend schreitet weiter voran. Vor der Raststätte am Waldrand seit Stunden kreisendes Blaulicht, zwischen den hinter-, nebeneinander und kreuzweise geparkten Polizei- und Ambulanzautos ein emsiges Hin und Her. Von Weitem sieht das aus wie eine komplizierte chirurgische Operation an einem hingestreckten Riesen. Die Geräte der Nothelfer wie Wundhaken, Pinzetten und Skalpelle, die Wärmedecken wie Baumwolltupfer oder sterile Mullverbandpäckchen. Der Riese, getarnt als Zivilisationslandschaft aus Gussbeton, Maschendrahtzäunen und Grünstreifen, tut keinen Wank. Kein Stöhnen, kein fiebriges Murmeln, kein Sich-Winden vor Schmerz. Es scheint fast, als ob er sich selbst operieren würde. Als ob er und all die Nothelfer ein sich selbst heilendes System bildeten, bloßen Algorithmen gehorchend. Als ob wir in einem Zeitalter lebten, in dem Begriffe wie Beistand, Fürsorge oder Mitgefühl überflüssig geworden sind.

DIENSTAG

I.

Draußen hinter dem Haus die Wiese, übersät von feuchten Laubklumpen. Am Zaun ein wild wuchernder Brombeerstrauch, daneben der Nussbaum. Seine Krone zerlegt das Sonnenlicht in tausend flimmernde Sterntaler, die sich auf der Hausfassade hin- und herschieben. Nach und nach fressen sie dabei den Morgentau vom Fensterglas. Auch heute deutet alles auf einen außergewöhnlich warmen Oktobertag hin.

Am Fenster macht eine Spinne Frühschicht. Sie seilt sich auf der Suche nach einem Anfangspunkt für ihr Tagewerk ab, ein Windstoß drückt sie gegen die äußere Fensterbrüstung. Dort hält sie sich fest und legt sogleich los. Erst die Trägerfäden, danach die Einrahmung und die von der Mitte her ausstrahlenden Speichenfäden, schließlich die akkurat gesetzte Spirale, die das Gebilde zum Netz macht. Wenn sie damit fertig ist, wird der wichtigste Teil ihrer Arbeit getan sein. Alles andere wird sich von selbst ergeben.

Die Sonne steigt höher, das Lichtviereck hier drin kriecht die Zimmerwand hinab in Richtung Bettmatratze. Dann schnellen die Zeiger sämtlicher Uhren im Ort auf acht Uhr, und das zerkratzte Samsung, das auf der Holzkiste neben Reginas Bett liegt, spielt »New York, New York«.

Sie seufzt, dreht sich um, presst das Gesicht ins Kissen. Nächtliche Bilderfetzen baumeln in ihr Aufwachen hinein, es ist wieder mal der alte Angsttraum: reißendes Wasser, in irrer Geschwindigkeit einen engen Kanal hinabfließend, und sie, Regina, mittendrin. Um sie herum andere Menschen, alle mit panischem Gesichtsausdruck, angesichts des schrägen Falls und des Tosens, das immer näher kommt. Dieser Sog, dieser Druck, dieses Ausgeliefertsein – wie soll man das aushalten, wie soll man sich dem entziehen?

Die Handymelodie bricht ab, Regina erhebt sich mit einem Ruck, wischt sich den Traum wie Staubfussel aus dem Gesicht und stolpert aus dem Bett. Dusche, schnelles Frühstück, eine Handvoll Körner für den Vogel und weiter geht's. Der gestrige Tag komplett verloren, das darf nicht mehr passieren. Am Morgen hat sie herumgetrödelt, der halbe Nachmittag ging für Tomas drauf, alles sinnlos verlorene Zeit, dabei hat sie so viel aufzuholen bis zum Ende der Schulferien. Wenigstens war sie abends noch bei der Sitzung im Jugendamt. Ein Blick aufs Handy, sechs Nachrichten und drei Anrufe. Die Lehrer haben's gut, können sich zurücklehnen in den Ferien, Luft holen fürs nächste Quartal. Und sie? Hat in diesen Wochen mehr Stress denn je. Ist das gerecht?

Als sie den Kühlschrank öffnet, sieht sie den Topf mit den Nudeln. Komisch, hat Raffi keinen Hunger gehabt? Oder hat er wieder mal nur Kekse und Chips gegessen, weil er zu faul war, die Nudeln aufzuwärmen? Sie schnappt sich ein Joghurt, holt die Müslimischung aus dem Schrank, gibt fünf Löffel davon in eine Schüssel, schnippelt eine Banane und einen halben Apfel hinein.

Sich Müsli in den Mund schaufelnd will sie zu ihrem Handy greifen, findet es aber nicht. Sie eilt hin und her, bis sie vor dem Garderobenspiegel über ihre Sporttasche stolpert und zugleich mit dem Arm an die Schlüsselablage stößt, worauf die Müslischale zu Boden fliegt. Sie flucht, wischt sich Müslikleckse von der Hose, zieht die Hose aus und rennt ins Schlafzimmer.

Drei Minuten später packt sie ihre Sachen zusammen, eilt zur Ablage im Flur, dann in die Küche, dann ins Schlafzimmer, wo sie schließlich ihre Tasche findet. Sie wühlt darin herum, eilt wieder in die Küche, dann ins Badezimmer, zurück ins Schlafzimmer, doch das Handy ist nicht zu finden. Sie schlägt sich mit der flachen Hand auf die Stirn, rennt zum Kühlschrank. Zwischen Tofuburger und Butterschale liegt das Samsung. Sie geht zur Schlüsselablage im Flur, zieht einen Geldschein aus dem Portemonnaie und kritzelt einen Zettel: »Heute bis um sechs Arbeit, dann gleich Sitzung. Bin vor zehn Uhr nicht zu Hause. Du weißt ja, wo Du mich findest, wenn was ist. Putz Dir die Nase, kauf Dir eine Pizza, mach's gut, kleiner Stupser! PS: Sorry wegen der Sauerei. PPS: Hab Dich lieb!«

Auf halbem Weg zwischen Haustür und Auto kehrt sie um, schließt nochmals auf, schnappt sich das Handy von der Schlüsselablage. Seufzen, Kopfschütteln. Als sie auf den Fahrersitz ihres Renault Clio plumpst, erblickt sie neben der Handbremse ein zerknülltes Hygienetuch. Sie nimmt es mit den Fingerspitzen, steigt aus und befördert es in den Müllcontainer. Als sie wieder im Wagen sitzt, betrachtet sie ihre Hände und greift reflexartig zur Tüte mit den Hygienetüchern, bricht die Bewegung wieder ab und wischt sich die Hände schließlich an der Hose ab. Kurz fällt ihr Blick auf den Arm, der bereits blau anzulaufen beginnt. Sie fährt los.

Auf der Fahrt fällt ihr Tomas' Idee ein. Natürlich denkt sie nicht im Traum daran, Brunner anzusprechen. Ganz recht, dass die Kunstkommission Tomas aushungert. Damit er sich bewegt. Damit er endlich mal was tut. Er wird leiden, aber letztlich wird es ihm guttun. Wobei, sicher ist Regina nicht, ob er sich noch einmal aufbäumen kann. Zehn Jahre lang hatte er als Künstler aufgrund glücklicher Umstände Oberwasser. Nun dümpelt er seit einer gefühlten Ewigkeit im Mittelmaß herum.

Links das Selbstbedienungssolarium, rechts der Blumenladen, der seit den Sommerferien nur noch drei Tage die Woche offen hat. In Reginas Gesicht flackern die letzten Spuren ihres Traums auf, dieses Angst- und Lusttraums, der mit seinen Fingerkuppen ihre Brauen anstupst und über ihre Stirn fährt. Dann tippt er ihre Lippen an, die seiner Süße, seinem schäumenden Abgang in sparsamen Bewegungen nachspüren. Kurz vor Enderlins Polizeiposten passiert das Unvermeidliche: Der Renault Clio gerät zu weit nach links, quert den Mittelstreifen, in Reginas Gesicht noch immer der tastende Traum, dann endlich begreift sie doch noch, reißt das Steuer herum, leider zu fest, reißt das Steuer wieder nach links, nach rechts, nach links, der Wagen rauscht schlingernd an Enderlins Polizeiposten vorbei. Ein Schrei des Schreckens, rasendes Herzklopfen, die Fahrt geht weiter.

Schließlich das Schulhaus, Regina biegt in den Parkplatz ein. Auf dem vordersten Parkfeld der rote Nissan mit dem Plüsch-Snoopy am Rückspiegel. Regina flucht. Schmidhauser, die Schulleiterin, immer schon da. Wie der Igel im Wettrennen mit dem Hasen.

Regina steuert ihren Lieblingsparkplatz an. Den einzigen hier, aus dem man nicht rückwärts hinausfahren muss. Sie eilt an der halb offenen Tür des Schulleitungsbüros vorbei, weiter zu dem Raum, den sie mit Conny Stühlinger, der Heilpädagogin, teilt. Conny ist zum Glück die ganzen Ferien weg. Zwei Wochen Trommeln in der Toskana. Sich mal richtig austoben und trotzdem etwas Sinnvolles tun. So hat sie es ausgedrückt. Regina fragt sich, was genau am Trommeln sinnvoll sein sollte. Nicht dass sie etwas gegen Conny hätte. Faire Kollegin, ausgeglichen, immer ein Lächeln parat. Nur dass Conny alles anders als die anderen machen muss! Diese Originalitätssucht. Und dann das Zurschaustellen, wie glücklich sie dabei ist! Nicht nur im Beruf, auch in Beziehungsdingen. Seit zwei Jahren ist Conny mit diesem zehn Jahre jüngeren Tae-Bo-Lehrer zusammen, und noch immer schwärmt sie davon, wie wahnsinnig gut das einer Frau tut.

Regina greift in ihre Handtasche, aber das verdammte Handy ist wieder mal nicht zu finden. Liegt's im Auto? Zurück will sie nicht, auf keinen Fall nochmals am halb offenen Schmidhauser-Büro vorbei. Aber wie bitte schön soll sie sich jetzt von dem Conny-Stühlinger-Gedanken lösen, wie soll sie auf diese Weise mit ihrer Arbeit anfangen? Na, erst einmal das Ritual. Fünf Minuten, keine Sekunde mehr. Kleines, hässliches Ritual, von dem niemand weiß.

Sie fährt den Computer hoch, macht mit schnellem Doppelklick den Firefox auf, geht ins YouTube rein. Das übliche Stichwort, Klick auf den ersten Film, los geht's. Hundert Mal gesehen, sie kennt alles auswendig, aber trotzdem. Dieses Gefühl! Ein Welt-Katalog der Blödigkeit, und man bekommt nie genug davon! Dummheit, Dummheit, Dummheit! Sucht, Sucht, Sucht! Mit eingezogenen Schultern starrt Regina auf den Bildschirm. Auf den ersten Film folgt der zweite, auf den zweiten der dritte. Die fünf Minuten gehen vorbei, nach und nach löst sich die Anspannung in ihren Schultern.

II.

Der Schmutz auf dem Fensterrahmen wie hauchdünne Flechten, das Sims übersät von toten Fliegen. Wolkenspiegelbilder ziehen über die Fensterscheibe. Im schummrigen Raum dahinter steht eine Vitrine mit Nippsachen, an der Wand daneben eine Fotogalerie: Familie, Kegelklub, Geburtstagsfest, Fußballmannschaft. Darunter ein Sofa und eine Topfpflanze, im Hintergrund ein Tisch. Weiters eine Kaffeetasse, halb fertige Schnitzfiguren, eine große Landkarte und ein Mann auf einem Stuhl. Wie ein gemaltes Bild sieht das alles aus. Nur wer sehr lange hinschaut, bemerkt, dass es sich bewegt.

Toni Manfredi greift zur Kaffeetasse. Schlürft leise. Stellt die Tasse hin. Und beugt sich wieder über die Landkarte. Er liebt Landkarten. Die Übersicht, die sie einem verschaffen. Alles da, auf einen Blick. Er besitzt sämtliche 1:50 000er-Karten der Schweizer Landestopografie. Stets parat liegen sie in der ersten Schublade unter der Vitrine. Er greift oft auf sie zurück.

Eben gerade war im Radio die Rede von Würenlos. Genauer gesagt von der dortigen Autobahnraststätte. Der Fressbalken, weitherum bekannt. Tanken ist nebensächlich, hier macht man in erster Linie Rast, um sich den Bauch vollzuschlagen. Mit dem Restgeld wird geshoppt. Toni selber war auch schon da, ist aber Jahre her. Als er noch Fußball spielte und alle paar Wochenenden eine Auswärtspartie hatte. Ein Balken war das tatsächlich, was da quer über den sechs Spuren thronte. Aber wo der genau stand, das wusste Toni bis eben gerade nicht mehr. Irgendwo im Aargau. Irgendwo mittendrin in diesem helvetischen Mittelland. Darum hat er die Karte hervorgeholt.

Was ist nur mit dieser Welt los? Gestern das brennende Haus, diese Nacht die Schießerei am Fressbalken. Reiner Zufall, sagt der gesunde Menschenverstand. Aber manchmal kommt so vieles in kurzer Zeit zusammen, dass man sich halt doch seine Gedanken macht. Noch hat es keinen Krawall gegeben im Land. Aber die Vorboten. Die sind jetzt da. Ja, Romanshorn und Würenlos sind die Vorboten von dem, was noch kommt. Und natürlich auch die Echos von dem, was bereits war. Paris, Brüssel, London und Istanbul. Das ganze Übel dieser Gegenwart. La maledetta malattia. Und alle glauben, die verdammte Krankheit erklären zu müssen, alle meinen, sie seien Doktor Wasweißich und könnten ihr Stethoskop an die Brust des Heute halten: Aha-aha, ich sehe, na, hab ich mir schon gedacht. Doch genau das ist es, was den Krawall auf den Plan ruft, dieses unablässig und überall herausposaunte Ich-sag-euch-jetzt-was-hier-schiefläuft.

Andererseits, aus dem Nichts kommt es ja auch nicht. Irgendwo muss das Futter liegen, von dem sich diese Herumexpertiererei ernährt. Wer sich hier in Bethlehem umschaut, braucht jedenfalls nicht lange zu suchen. Die Nationalflaggen auf den Balkons zum Beispiel. Ist es sinnvoll, wenn einer, der, sagen wir mal, vor dreißig Jahren in Mitrovica geboren wurde und seit zwanzig Jahren in Bern lebt, heute ständig und überall seine Albanerflagge herzeigt? Die Flaggen sind aber nicht das Einzige. Da wären auch noch die Abfallsäcke, die regelmäßig in der Zufahrt zum Gebäude stehen. Wo sie natürlich nicht hingehören. Sollte eigentlich jeder wissen. Tut er auch, weil er von der Gemeinde jedes Jahr aufs Neue die Abfallbroschüre nach Hause geschickt bekommt. In zehn Sprachen. Hält sich aber nicht an das, was da drinsteht, dieser verflixte Jeder. Ist ja noch nicht der Weltuntergang, trotzdem fängt da das Herumgifteln an, porca miseria!

Tonis Finger liegt noch immer auf Würenlos. Kleiner unscheinbarer Ort im östlichen Aargau, kurz vor dem Zürcher Siedlungsbrei. Ganz anders die Raststätte. Seit Jahrzehnten eine Legende. Da also haben die Terroristen geschossen. Genau zwanzig Schüsse, hieß es im Radiobericht. Keine Toten zum Glück. Nicht mal Schwerverletzte. Nur eine geborstene Fensterfront und ein paar zerlöcherte Autokarosserien. Was das wieder für ein Gerede gibt!

Die Uhr zeigt 8:31 Uhr an. Toni springt auf und schaltet den Fernseher ein. Das lokale Frühstücksfernsehen macht alle halbe Stunde einen Newsflash, eben gerade ist der Bericht von der Raststätte zu Ende gegangen. Interview mit einem Lkw-Fahrer, der Zeuge des Geschehens war.

Was genau vorgefallen sei?

»Da war ein Mann, mit Batman-Maske. In der Hand ein Sturmgewehr. Hat wie ein Verrückter geschossen und herumgeschrien.«

Was der Mann denn geschrien habe?

»Ich war ja weit weg. Hinten am Zaun. Aber es hat wie ›Tod dem Kardinal‹ geklungen.«

Tod dem was?

»Kardinal. Oder so.«

Tod dem Kapital?

»Vielleicht. Oder Kannibal. Ich finde allerdings, es hat wie Kardinal geklungen.«

Ob der Mann allein gewesen sei.

»Da war noch eine Frau. Älter. Auch sie hat etwas geschrien.«

Was denn?

»Helmut!«

Wie bitte?

»Helmut hat sie geschrien. Oder Heilbutt. Irgend so etwas.«

Heil Hitler?

»Nein. Die war kein Nazi.«

Und sonst?

»Eine zweite Frau. Die hat wahrscheinlich zum Mann mit der Maske gehört. Ihr Gesicht habe ich nicht gesehen, weil auch sie eine Maske aufhatte, aber irgendwie hatte sie etwas Indianerhaftes.«

Etwas Indianerhaftes?

»Wegen der Haare, der halbdunklen Haut, und überhaupt. Wie sie sich bewegt hat. Wie Nscho-tschi, die Schwester vom Winnetou.«

Ob er denn nicht davonrennen wollte, als die Schießerei losgegangen sei?

»Ist jetzt peinlich, aber ich hab grad mein kleines Geschäft erledigt. Hinter dem Strauch am Zaun. Wollte nicht noch mal zurücklaufen, also hab ich hier schnell, und da konnte ich nicht einfach so davonrennen. Und außerdem war da vorne die Indianerfrau. Mit fünfzehn war ich voll in Nscho-tschi verliebt, wissen Sie? Drum wollte ich sie nicht aus den Augen lassen.«

Toni stellt auf leise, geht auf den Balkon. Er schleicht hin und her wie ein Tiger in seinem Käfig. Immer wieder Nachrichten gucken macht's auch nicht besser, er weiß es ganz genau. Solche Sachen können ihm grausam nahegehen, auch das weiß er, aber so schlimm wie heute war es schon lange nicht mehr. Gestern Romanshorn, Antisemiten wahrscheinlich, und heute die Antikardinalisten von Würenlos. Oder Antikapitalisten oder was auch immer.

Die Krankheit der Gegenwart, denkt er und schnappt nach Luft. Niemand weiß, was wirklich los ist, und genau das macht alles noch schlimmer. Denn jetzt fallen die Reizwörter, die man zur Genüge kennt, und schon fangen die Gifteleien an. Die man auch zur Genüge kennt. Nazis, Juden, Kapitalisten, und so weiter. Und dann sind da noch die Flaggen und Abfallsäcke. Auch die Sturmgewehre, die in den Kleiderschränken so vieler Schweizer Männer stehen. Die Gewalt, die jeden Augenblick ausbrechen kann, die steht da jeden Tag bei Fuß und dreht Däumchen. Als Sturmgewehr, aber auch als Abfallsack oder Flagge. Oder als Ordnungswahn.

Drinnen schrillt das Telefon. Jetzt nicht, denkt Toni. Bitte, Rita, nicht jetzt! Er weiß genau, dass sie es ist. Die notorische Schwätzerin vom Bocciodromo. Rita, die es auf ihn abgesehen hat und ständig plaudern will und wahrscheinlich mehr als das. Aber das geht jetzt nicht, unmöglich, er kann der Rita jetzt nicht zuhören, reden schon gar nicht.

Das Telefon schrillt. Und schrillt. Und schrillt. Toni hetzt und hetzt und hetzt. Tiger im Käfig, Balkonzwinger, Gummizelle. Warum schafft er es nicht? Warum kann er es dieser Rita nicht endlich klar und deutlich sagen? Dass das nie etwas wird mit ihnen zwei? Schadet doch beiden. Was für ein Elend. So wie damals. Die alte Geschichte, die er nicht vergessen kann. Die alte Geschichte, die ...

Das Schrillen bricht ab. In Tonis Kopf tobt es. Rita. Fressbalken. Kapital. Kardinal. Kannibal. Nscho-tschi. Sturmgewehr. Alles ballt sich. Dinge, die gefälligst auseinanderbleiben sollten, rotten sich zusammen. Kannibalen am Fressbalken. Rita mit Sturmgewehr. Nscho-tschi und der Tod des Kapitals. Und jetzt schlägt sein Herz auch noch Kapriolen. Herrgott, das Herz, Morgenthaler hat's ihm tausendmal gesagt, dass er auf sein Herz aufpassen muss.

Toni dreht sich auf dem Fußballen um, schließt die Balkontür hinter sich, holt die Schnitzsachen hervor. Hinsetzen, Augen schließen, tief durchatmen. Ganz ruhig jetzt. Augen wieder öffnen, Griff zum Esel. Und losschnitzen. Losschnitzen und durchschnitzen. Bloß keine Pause machen. Bloß nicht aufschauen. Weiter, weiter, immer weiterschnitzen.

Toni setzt das Schnitzmesser an. Und kippt im selben Moment vom Stuhl. Und bleibt liegen.

III.

Heu, Heu und nochmals Heu. Gut so! Heu kann Leben retten. Er hat nicht gewusst, dass Oktobernächte so bitterkalt sein können. Jedes Mal, wenn er aufwachte, grub er sich noch tiefer in den Haufen. Am schlimmsten war es, als es dämmerte und draußen die Vögel zu pfeifen begannen. Wie Fieber fühlte es sich an. Trotzdem. Was für ein Glück, dass er am Abend diese Scheune gefunden hat. Voll das Zauberzeugs, dieses Heu! Und riechen tut's auch affig lecker.

Jetzt ist alles wieder gut. Die Angst und das Zittern sind weg, das Pochen in den Ohren auch. Langsam kämpft er sich aus dem Heu heraus und blickt zum Dach hoch. An einem der Balken hängt ein graues Gebilde, wie ein Pilz sieht es im Halbdunkel aus. Bestimmt ein Wespennest. Erinnerung an den letzten Herbst, als er mit dem Rechen in das Nest unter dem Dach von Gislers Schuppen hineinstocherte und Gisler krähend aus dem Haus gestürmt kam: »Weg, du Zwerg. Bist dumm in der Birne? Sofort weg!« Und tatsächlich, von einer Sekunde auf die andere quoll am Nest ein dunkler Schwarm auf und er rannte und rannte und rannte und warf schließlich die Tür von Vaters Atelier hinter sich zu. Grad noch davongekommen! Das Nest hier hat ein großes Loch auf der Seite und scheint leer zu sein.

Er kriecht zum Rand des Bodens und späht hinunter. Der Wagen, über den er gestern im Dunkeln hinaufgeklettert ist, steht noch immer da. Es ist gerade so hell, dass er die gummiartigen Gebilde erkennt, auf denen er gestern stand. Zuckerrüben. Stehen in Frauenfeld manchmal ganze Züge mit dem Zeugs herum. Fünfzig Waggons oder mehr, alle randvoll.

Er springt, landet weich und fast geräuschlos auf den Rüben. Eine Sekunde später hört er das Niesen. Sofort legt er sich flach hin. Nochmals ein Niesen, dann ein Rascheln. Und lange Pause. Schließlich beginnt der Wagen zu wackeln. Der Junge macht die Augen zu.

Blöd ist er nicht. Aber vielleicht hilft es ja doch, denkt er. Vielleicht bin ich unsichtbar, wenn ich die Augen geschlossen halte. Zum Wackeln des Wagens gesellt sich nun ein Rumpeln, dann fällt Licht in die Scheune. Jemand hat das Tor geöffnet, denkt der Junge. Und noch immer hat mich keiner gesehen. Manchmal helfen solche Zaubertricks eben doch. Abrakadabra, piff, paff, puff, und weg bin ich!

Stille jetzt. Was ist los? Ist der andere, der das Tor geöffnet hat, weggegangen? Ein Landstreicher, der ebenfalls in der Nacht Schutz gesucht hat? Wenn tatsächlich ein anderer Landstreicher hier Unterschlupf gefunden hat, dann hat er selber es jedenfalls nicht schlecht gemacht. Ja, er hat ein Talent fürs Landstreichertum. Dumm für Mama, dass sie nicht da ist. Diesmal hätte ihr Lieblingssatz gepasst. Weil immer wenn sie ihn bei einer Beschäftigung erwischt, egal was, kommt ihr Lieblingssatz zum Zug: Du hast ein Talent dafür, Knuddel! Auch wenn's gar nicht stimmt. Typische Erwachsenenlüge.

Just als er sich erhebt, ertönt unten ein Quietschen. Er duckt sich erneut. Es folgt ein Klappern. Dann ein Röhren, ohrenbetäubend. Alles krümmt sich, alles vibriert. Die Luft um ihn herum, der Wagen, die Rüben, sein Magen. Eine panische Stimme in ihm ruft: Das ist der Weltuntergang, jetzt öffnet sich das Tor zur Hölle und verschlingt dich! Der Junge kugelt sich zusammen, so fest er kann, drückt die Augen zu. Nicht sterben, nicht jetzt, bittebitte nicht jetzt! Abrakadabra, Jesusmaria, Hilfe! Dann begreift er: Es ist ein Traktor. Der Wagen, auf dem ich draufliege, hängt an einem Traktor.

Es stinkt noch immer nach Rauch und Diesel. Der Junge zieht sich das T-Shirt übers Gesicht. Der Wagen setzt sich mit einem Ruck in Bewegung.

IV.

Manchmal erwacht man in eine Stille hinein, die einem derart kostbar erscheint, dass man sich nicht zu rühren wagt. Als sei man im Schlaf auf wundersame Weise in eine Seifenblase geraten, die weit über allem irdischen Tun schwebt. Man bleibt liegen und wartet. Was für eine Stille in dieser Seifenblase, auf ihrem Flug über den Himmel von Bethlehem.

Toni dreht den Kopf zur Seite. Autsch. Schon ist die schöne Seifenblase geplatzt. Unter ihm der Wohnzimmerteppich, links, am Rand seines Gesichtsfelds, der Ficus. Und an seinem Hinterkopf eine Beule. Er weiß schon, wie sie dorthin gekommen ist. Die Wut, der Ärger, das Herz. Und dann der Fall. Bei dem ihm irgendein Möbel im Weg gestanden haben muss.

Schlimm war der Fall zum Glück nicht. Ein Surren, wo die Beule wächst. Sonst alles in Ordnung mit dem alten Schädel. Dennoch steht Toni nicht auf. Nicht nur wegen der Stille. Da ist noch etwas anders. Die alte Geschichte. Die Geschichte von damals, die alles Glück, das man sich auf dieser Welt vorstellen kann, in sich barg. Und dann in sich zusammenkrachte und ihn dastehen ließ wie den hinterletzten Armleuchter.

Ganz am Anfang der Geschichte aber stand da ein Jungspund. Aufmüpfig, beharrlich, attraktiv. Ein Exemplar, das sich sehen lassen konnte. Oh, ja, Toni war in jungen Jahren durchaus zum Anschauen gewesen. Dazu ein guter Fußballer. Exzellenter Schwimmer. Passabler Schachspieler. Auch das handwerkliche Geschick. Und dann war da sie gewesen. Jeden Donnerstagabend waren sie sich begegnet. Eine von den Feldhockeyspielerinnen, die am gleichen Abend trainierten wie die Fußballer. Roselle Berthod. Piemonteserin, aus dem Aostatal. Mamma mia, was für eine Frau! Herbes Temperament, immer ernst, schon fast streng. Die heimlichen Blicke in seine Richtung hatte sie trotzdem nicht lassen können. Er registrierte sie alle, wie ein hochsensibler Schwingungsmesser, wie eine Erdbebensonde erfasste er jede ihrer Regungen. Er hatte nicht gewusst, dass so eine sein Typ Frau ist, aber als er Roselle Berthod zum ersten Mal erblickte, war alles klar. Keine Sekunde brauchte er nachzudenken. Die war es, genau die!

Meistens sah er sie nur aus der Ferne. Manchmal aber kreuzten sie sich bei den Garderoben. Diese Haltung, dachte er dann. So stolz, so unerschütterlich! Sie hatte die Haare beim Training immer zu einem Knoten aufgebunden, aber diese paar losen Strähnen im Nacken! Dio mio! Kein Künstler auf der Welt hätte das besser gekonnt! Und dann ihre Beine. Dieser Bogen der Waden! Überhaupt hatte alles an ihr etwas Amphorenhaftes. Er kann es nicht anders ausdrücken. In Worte gefasst, wirkt das alles plump, aber er sieht es jetzt ganz genau vor sich. Schönheit, die im Grunde genommen nicht zu bewältigen ist.

Wenige Sekunden nur dauerten diese Begegnungen mit Roselle, aber von diesen Sekunden konnte er eine ganze Woche zehren. Sein Gang durch die Stadt war ein anderer, er war auch leichter, und das war nicht nur eingebildet, er aß ja kaum mehr vor lauter Verliebtheit. Und irgendwann war der Tag gekommen, als Roselle mit einer Freundin nach dem Training an der Haltestelle stand und er im Schlepptau seiner Fußballkumpels hinzukam. Sergio wollte wieder mal mutig sein und lud die beiden Mädchen ein, noch eins trinken ums Eck, na, ihr zwei, kommt ihr auch? Die Freundin von Roselle hatte gesagt, ja, warum nicht, und Roselle hatte nur genickt und dann Toni angeschaut, und dann waren sie losgezogen, immer wieder und immer nur ganz kurz hatte Roselle zu ihm herübergeschaut, aber nichts gesagt. Und so gingen sie weiter in Richtung der Wirtschaft Grüneck, Roselle und ihre Freundin in der Mitte, Sergio, der Anführer, auf ihrer linken Seite, Paolo und Giusi auf der rechten, Toni neben Sergio, ganz außen. Sergio mit seinen Sprüchen, die Toni schon hundert Mal gehört hatte, aber in diesen Minuten war er ganz froh drum.

In der Grüneck war Sergio noch immer im Vollgasmodus, die ganze Gruppe schaukelte darauf wie ein Partyboot auf einem nächtlichen See, doch irgendwann spürten sie alle, dass die Fahrt in die falsche Richtung ging. Sergio drehte mehr und mehr auf, der hatte keine Bremsen eingebaut in seinem System, mit jedem Glas Wein wurde es schlimmer, seine Sprüche dümmer und derber, beim vierten Glas schwadronierte er bereits so laut, dass alle eine Handbreit zurückwichen. Toni in seiner Ecke längst am Verzweifeln, und als er sah, dass Roselle nur noch auf die Tischplatte starrte, wusste er, dass er jetzt irgendetwas, keine Ahnung, aber irgendetwas musste er jetzt unternehmen, oder wenigstens sagen, aber er schaffte es nicht, denn Sergio ließ das nicht zu, Sergio hatte hier das Kommando und man folgte ihm oder ging nach Hause, und das tat Toni dann auch. Wie ein begossener Pudel schlich er durch die Straßen, lange nachdem Roselle und ihre Freundin davon waren. Es folgte eine der schlimmsten Nächte, die er je durchgemacht hatte. Kein Auge tat er zu.

Aber letztlich, nein, letztlich war es nicht Sergios Schuld. Am Schluss war alles Tonis ureigene Schuld. Denn auch in den folgenden Wochen schaffte er es nicht, die Hürde zu nehmen. Auf Roselle zuzugehen. Irgendetwas zu sagen, und wenn's nur ein verdammter Pieps war. Natürlich, da war die Mutter gewesen, die damals in seiner Zweizimmerwohnung war, weil es ihr gesundheitlich nicht gut ging, aber trotzdem, ein Mann muss mit so etwas zurechtkommen, er muss Lösungen finden. Toni macht sich den Vorwurf noch heute, immer wieder. So ängstlich kann nur ein Trottel sein. Absoluter Obertrottel! Ein Idiot, wie er im Buche steht. Roselle war geduldig gewesen, er hatte das gespürt, die hätte gewollt, aber den einen Schritt hätte er tun müssen, an irgendeinem dieser verdammten Donnerstage hätte er den einen, winzigen Schritt tun müssen. Was hatte ihn daran gehindert? Die Mutter? Die Angst? Aber Angst wovor? Oder war es etwas ganz anderes? Mehr als dreißig Jahre später hat er immer noch keine Antwort darauf. Er kann sich bloß immer noch die Haare raufen deswegen.

Das Telefon klingelt. Nein, jetzt nicht, Rita. Jetzt auf gar keinen Fall, vergiss es, ich werd nicht rangehen. Gib's auf, Rita! Das Telefon klingelt weiter, Toni rührt sich nicht. Erst als es wieder still ist, erhebt er sich vom Flauschteppich, sucht mit den Fingern die Beule auf dem Hinterkopf. Kaffee jetzt, pechschwarz, ein Durchschüttler, das ist, was er jetzt braucht. Vielleicht ein paar Kekse dazu. Da ist noch eine halbe Tüte Cantuccini vom Schachnachmittag vorgestern. Ja, Kaffee und Cantuccini. Und dann weiter.

V.

Rauch und Dieselgestank, ein Traktor gibt Gas. Hinaus aus dem düsteren Heuschober, hinein in den frischen Herbstmorgen. Eine Krähe hüpft zwei Schritte zur Seite, hebt sich flatternd in die Lüfte. Auf dem Anhänger eine Fuhre Rüben und ein Junge, der sich mit T-Shirt über dem Gesicht unsichtbar macht.

Der Rauch und der Gestank verwehen, die Fahrt nimmt Fahrt auf, und irgendwann findet der Junge doch, dass er das T-Shirt wieder vom Gesicht herunterziehen kann. Hupps! Er begreift, dass er nicht allein auf dem Anhänger ist. Da ist noch eine Frau. Sofort erkennt er sie. Die Haare, die Augen, das Gesicht. Und jetzt weiß er auch, an wen sie ihn erinnert. An jene Frau auf dem Poster in Mamas Schlafzimmer. Die mit dem unheimlichen Blick und den dicken Augenbrauen.

Da entflieht er dem Ratsch-bumm am Fressbalken, verkriecht sich zu später Stunde in einem Heuschober, überlebt die Nacht nur dank viel Knisterheu und landet am nächsten Morgen prompt wieder in den Händen seiner zwei Banditen. Alles nur ein Traum? Oder hat das mit seiner angeborenen Blödheit zu tun? »Voll die Missgeburt«, sagt sein Banknachbar Berat jeweils, wenn er wieder mal etwas verbockt hat, »so viel Dummheit in der Birne kann gar keiner haben.«

Da sitzt sie, am vorderen Ende des Wagens, die Indianerin

mit den wunderschönen Haaren. Neben ihr liegen die zwei großen Taschen, die schon im Auto dabei waren. Keine Sekunde lässt sie ihn aus den Augen. Dieser Blick! Aber sie ist keine Böse, der Junge spürt das. Sie und der Mann sind auf einer gefährlichen Mission. Deshalb lässt die Frau ihn nicht aus den Augen. Doch sie weiß auch, dass ein zehnjähriger Junge manchmal etwas Aufmunterung braucht. Deshalb lächelt sie ihm jetzt zu. Oder fast.

Wie gestern erscheint ihm die Fahrt endlos lang. Er stellt sich den Mann am Steuer des Traktors vor, mit seinem grimmigen Blick. Immer wieder wechselt der Kerl von der Landstraße auf kiesige Fahrwege, fährt an Wäldern vorbei oder mitten durch sie hindurch. Dann wieder Landstraße, um vor dem nächsten Dorf in den nächsten Kiesweg einzubiegen.

Der Junge denkt: Ein Abenteuer ist wie ein Fangnetz, da kommst du nicht mehr so schnell raus. Wie Donald Duck, der wieder mal in der Patsche sitzt, zappelst und tobst du, aber das nützt dir gar nichts. Musst eben mitmachen bei dem Abenteuer. Vielleicht ist das deine Mission. Hast nie gewusst, was deine Mission ist. Bitte schön, jetzt hast du eine. Mitmachen und alles sehen. Jedes Abenteuer braucht einen, der alles sieht und in seinem Gedächtnis behält.

An Bächen entlang, quer über die Felder, hinein in dunkle Wälder und auf der anderen Seite wieder heraus. Immer wieder blickt die Frau in die Ferne, als ob sie dort etwas suchen würde. Und auf einmal, wie aus dem Nichts, weiß der Junge, was die Mission der beiden ist. Ja, sie sind die Phantomritter der Leisen Stiefel. Aber er selber ist nicht ihr Wurmfutter. Sie stehen im Dienst einer viel größeren Mission. Weil warum? Ist doch klar! Als Phantomritter der Leisen Stiefel können sie sich unbemerkt durchs Land bewegen, und weil sie das können, ist es ihre Aufgabe abzulenken. Nichts anderes tun sie die ganze Zeit. Ablenken, damit die große, die wahre Mission, in deren Dienst sie stehen, durchgeführt werden kann. Was für eine Mission das ist, ergibt sich fast von alleine aus seinen Beobachtungen: Es geht um das Volk der Frau. Ihr Volk will die Geister seiner Ahnen besuchen, doch diese Geister befinden sich in feindlichem Territorium. Deshalb die Mission und alles.

Aber was ist der Mann? Kein Indianer wie die Frau, nein. Vielleicht ihr Helfer, ihr Fährtenleser, ihr Lotse. Ein Waldläufer. Ja, ein Waldläufer, der in seinem richtigen Leben Tiere jagt, um ihnen das Fell abzuziehen und es teuer zu verkaufen. Waldläufer verstehen sich gut mit den Indianern, das weiß er von dieser Serie, die er mit seinem Vater geschaut hat auf DVD. Die mit dem letzten Mohikaner. Chingachgook. Der am Schluss weinend seinen toten Sohn auf den Armen davonträgt.

Mitten in einem kühlen Buchenwald kommt der Traktor zum Stehen. Die Indianerin kriecht über die Zuckerrüben zu dem Jungen heran und hält den Zeigefinger an den Mund. Dann formt sie mit den Lippen ein Wort. »Bleiben!« Bevor er reagieren kann, hat sie die beiden Taschen über den Rand des Wagens geworfen und ist hinabgesprungen. Von unten her ist die Stimme des Mannes zu hören. Zu undeutlich, um etwas zu verstehen. Dann das Knirschen von Schuhen auf Kies, allmählich leiser werdend. In dem Augenblick, als er nichts mehr hört, merkt der Junge, was für einen Bärenhunger er hat. Er schnuppert an den Rüben und denkt: Wenn sie giftig wären, würden sie nicht Zuckerrüben heißen. Er greift sich eine, wischt sie am Ärmel ab, beißt vorsichtig hinein.

Voll süß, die Dinger! Klar. Sind ja Zuckerrüben und keine Salzrüben.

Als er zur zweiten Rübe greift, denkt er an die Frau. An ihre langen, dunklen Haare, ihr Gesicht, vor allem aber an ihren Blick. Wie er auf ihm ruhte. Ein geduldiger Blick. So hat ihn Mama noch nie angeschaut. Bei ihr geht alles schnell. Zu schnell. Die Blicke, die Bewegungen, die Sätze, die sie ihm ständig zuwirft wie einen Ball. Überhaupt, Mama ist in jedem Moment schon im nächsten Moment. Und wenn dieser nächste Moment gekommen ist, ist sie bereits weiter, im übernächsten. Ganz anders diese Frau. Definitiv keine Böse, denkt er. Sie hat nur ihre Mission zu erfüllen.

Er selber hat auch eine Mission. Er ist der Abenteuerbeobachter. Allesseher. Nichtsvergesser. Eine stille Mission, aber das stört ihn nicht. Im Gegenteil. Beste Mission der Welt, wie für ihn gemacht. Er lässt die halbe Zuckerrübe fallen und erhebt sich. Graue Buchenstämme rundherum, wie riesige Elefantenbeine. Hier und da diese Büsche mit den glänzenden Piksblättern. Sonst nur Brombeergestrüpp. Und eine Kiesstraße.

Er springt vom Wagen hinunter. Er lauscht. Stille, die hinter den Piksbüschen hockt und ihn beobachtet. Er würde jetzt gerne unsichtbar sein. Oder wieder zu Hause. Zum allerersten Mal, seit er gestern ins Auto gestiegen ist, denkt er an zu Hause. An sein Zimmer, seine Lieblingssachen, sein Bett. An Nepomuk, seinen einohrigen Kuschelaffen. An die alten Fotos vom Opa, als dieser durch den Dschungel reiste und allen, die ihm über den Weg liefen, gratis die Zähne zog. Das alles vermisst er. Abenteuer ist anstrengend. Und er hat noch immer Hunger. Ja, nach Hause wäre schön. Doch zu Hause wartet auch Mama, und die wird ihm von der ersten

Sekunde an blöde Fragen stellen, die er nicht beantworten will. Eltern, die in einem Gremium sind und im Chor und überall, die wollen immer alles ganz genau wissen, und wenn man zurückfragt, warum willst du immer alles wissen, dann sagen sie, oh, oh, der junge Mann fühlt sich beobachtet, aber ich interessiere mich halt für meinen lieben Sohn, ich möchte wissen, was er erlebt, wie er die Welt sieht.

Weiter jetzt. Doch wohin? Abenteuer, was willst du? Er schließt die Augen, holt Atem, wie vor einem Tauchgang. Und geht links ab. Trippelidipp, trapp-trapp. Erst quer durch Brombeergestrüpp, dann lautlos durch einen dunklen Tannenwald. Trapp-trapp, trippelidipp. Nach den Tannen kommt wieder Buchenwald und er kämpft sich erneut durch stachliges Gestrüpp, dann steht er am Waldrand. Weit vorne Häuser, zwischen den Feldern und Äckern ein Weg. Zwei Gestalten verschwinden eben gerade in einer Senke. Indianerfrau und Waldläufer.

Der Junge marschiert ins Helle hinein. Senke, Hügel, Senke, dann der Dorfrand. Er späht hinter einer Briefkastenwand hervor, die Indianerin blickt zurück, ganz kurz nur, ohne dass ihr Waldläufer es bemerkt. Der Junge folgt ihnen. Als er an der nächsten Ecke angelangt ist, sieht er, wie ein Auto an ihnen vorbeifährt. Die Indianerin bleibt stehen und gibt dem Waldläufer einen langen Kuss. Phantomrittertrick, um nicht erkannt zu werden. Genial! Er blickt dem Auto hinterher. Als es um die nächste Ecke gebogen ist, sind die beiden plötzlich weg, wie vom Erdboden verschluckt.

Der Junge geht zur Stelle, an der sie eben noch gestanden haben, lugt über die Gartenzäune links und rechts. Ein älterer Herr in Bundfaltenjeans und Polohemd kommt heran. Seine Augen hinter einer viel zu großen Sonnenbrille, die

Füße in diesen hohen, wackligen Gesundheitsschuhen. Als ob er auf Luftballons ginge.

»Was machst du hier, Bub?«

Besser nichts sagen.

»Wo ist deine Mama?«

Mit fremden Männern nicht sprechen. Niemals.

Der Mann zieht die Sonnenbrille auf der Nase herunter. Blaue Glupschaugen. Er sagt: »Du bist nicht von hier, was?«

Schweigen.

»Woher kommst du?«

Weiterschweigen.

»Was ist los mit dir, Bub?«

»Ich spreche nicht mit fremden Männern.«

Der Mann lacht. »Hat dir bestimmt deine Mama gesagt. Aber sie hat vielleicht nicht unrecht. Und deshalb solltest du jetzt schleunigst nach Hause gehen. Hier wimmelt's nämlich von fremden Männern.«

Der Mann lacht. Der Junge schaut sich um.

»Jaja, schau nur. Aber lass dich nicht täuschen. Auf den ersten Blick harmlos, die Gegend hier«, sagt der Mann, »doch die sind überall, verstehst du? London, Istanbul, Brüssel, Steinhausen. Nein, das verstehst du nicht. Bist nur ein kleiner, dummer Bub. Also, mach dich vom Acker!«

Der Junge setzt sich rückwärts in Bewegung.

»Jaja, zisch ab«, sagt der Mann. »Geh nach Hause und spiel Lego.«

Der Junge dreht sich um und eilt weiter. Als der Mann außer Sichtweite ist, erblickt er ein Loch in einer Hecke und bleibt stehen. Er duckt sich, kriecht hindurch, richtet sich wieder auf. Und steht auf einem perfekt gemähten Rasen. Vor ihm zwei ebenso perfekt geschnittene Pyramidensträucher. Wohnt hier Edward mit den Scherenhänden oder was? Weiter hinten ein Kindertrampolin, ein Kugelgrill, daneben ein grauer Tisch und vier Stühle. Unter dem Tisch liegen vier Fußbälle. Grün-gelb, rot-blau, blau-weiß, rot-weiß. Er geht zu dem Tisch hin und bückt sich. In diesem Moment legt sich eine Hand auf seinen Mund und ein haariger Arm schlingt sich um ihn.

VI.

»Noah, jetzt mach endlich!«

Aber Noah macht nicht. Noah steht nur da. Vor ihm ein Korb voller Fußbälle in allen Farben der großen Fußballnationen, blau-weiß-rot, grün-rot, blau-gelb, schwarz-rot-golden, und Noah steht seit zehn Minuten da wie bestellt und nicht abgeholt.

»Noah, in fünf Minuten sind alle Plätze besetzt und wir können im Stehen essen«, zischt Sandra. Sie zupft ihr kanariengelbes Sport-Top glatt, wirft einen fordernden Blick zu ihrem Mann.

Martin lehnt sich über den Einkaufswagen und verfolgt in aller Seelenruhe das Geschehen. Noah noch immer unentschieden, welchen Ball er nehmen will. Mia am Handy. Sandra ungeduldig und gereizt, bereits den nächsten Programmpunkt im Auge. Immer voll im Element, wenn sie in Konstanz sind, und Martin ist froh drum. Die Anfahrt ist anstrengend genug, da lässt er sich gern ein paar Stunden mitziehen. Er denkt ein bisschen an Drohnen, er denkt ein bisschen an Vasic aus dem Büro, dem die Frau davongelaufen ist und der sich exakt zwei Tage später eine Harley-Davidson gekauft hat. Er denkt auch an die Neue im Büro. Ihr Parfum. Diesen Bleistiftrock und die enge Bluse, die sie gestern getragen hat. Wie aus dem Ei gepellt, die Frau, jeden Tag. Auch nach einem Zwölfstundentag im Büro sieht sie aus wie eben gerade aus dem Dornröschenschlaf erwacht. Und dann ihr Lächeln, mit dem sie zu geizen weiß, doch wenn sie es mal herzeigt, dreht das halbe Büro durch. Am meisten Vasic.

»Noah, ich zähle auf zehn!«, sagt Sandra.

Die Sportabteilung im Karstadt ist Noahs Boxenstopp, sie machen den Umweg nur seinetwegen. Wie viele Bälle liegen mittlerweile in seinem Zimmer herum? Fünf, sechs? Der Junge redet ständig davon, dass das Fußballtraining ihm verleidet sei, dass er aufhören will. Und macht dann doch weiter. Martin versteht es. Aufhören hieße, gegen den Strom zu schwimmen, sich zu positionieren. Nicht gerade Noahs Stärke. Trotz alledem steuert er bei jeder Konstanzfahrt im Karstadt sofort den Korb mit den Fußbällen an. Martin weiß nicht, ob er sich darüber amüsieren soll.

Links von ihm hat sich ein klobiger Typ ein Kompressionsshirt angezogen und betrachtet sich im Spiegel. An den Oberarmen reißt das Shirt fast, der Mann scheint zufrieden damit zu sein. Er spielt ein bisschen mit seinen Muckis, dann stellt er sich seitlich hin und betrachtet sein Profil. Hinter dem Muskelmann steht noch einer. Kleines Bäuchlein, nicht schlimm, aber doch ein bisschen schlampig, findet Martin. Der Mann versucht sein Bäuchlein einzuziehen, es gelingt ihm nicht ganz. Martin schmunzelt. Bis er merkt, dass das er selber ist.

»Herrgott noch mal, was soll das, Noah!«, ruft Sandra, die noch immer nicht begonnen hat, auf zehn zu zählen.

Noah greift zum grün-roten Ball, dreht ihn ein paar Mal in den Händen und schnuppert daran. Schnuppern ist gut, denkt Martin. Ganz das Kind, unser Noah. Kinder müssen an neuen Sachen immer und sofort und vor allem ganz fest schnuppern. Genau wie Bonobos, Makis und Orang-Utans. Das Spinnennetz der Evolution, aus dem wir uns seit Jahrtausenden ohne Erfolg herauszuzappeln versuchen. Martin grinst. Er erinnert sich, wie er selber als Kind alles beschnuppern musste: Katzen, getragene Socken, Bücher, die Haare seiner Schwester. Alle paar Wochen einen neuen Fußball zum Beschnuppern gab es bei ihm allerdings nicht. Dafür hatte er 1982 den offiziellen WM-Ball. Tango España. Vom Onkel Kurt zum sechsten Geburtstag. Oh, wie sie ihn beneidet haben darum!

Noah legt den grün-roten Ball zurück, kratzt sich am Kopf, ergreift den blau-gelben. Und schnuppert wieder. »Dann nimm halt beide meinetwegen«, sagt Sandra und wirft einen Hilfe suchenden Blick zu Martin. Er nickt. Wenn das dem Wohlbefinden seiner Bande hilft, soll der Junge beide Bälle nehmen.

Aber Noah will offenbar auch nicht beide zusammen. Was will er denn? Will dieser zwölfjährige Schlurf überhaupt etwas? Er legt den blau-gelben zurück und blickt auf einen Fernseher, der an der Decke hängt. Ärmliche Lehmhütten im Vorder-, ein halbes Dutzend Range Rover im Hintergrund, dazwischen ein Meer von begeisterten Kindergesichtern, und in der Mitte Lionel Messi, einem Mädchen mit Rastalocken einen Kuss auf die Stirn verpassend. Noahs Blick klebt an dem Bildschirm fest, die Bälle warten weiter.

Martin sieht das alles, den reglosen Sohnemann, seine

Frau, die sich mit beiden Händen durch die Frisur fährt, Tochter Mia, aufs Handy starrend, was denn sonst, und auf einmal begreift er: Der Junge will überhaupt nichts kaufen! Der Junge will nur schauen, das ist alles. Sich diese herrliche Fülle reinziehen und dann weitergehen und an einem anderen Ort weiterschauen. Das ist alles, was er will. Hat er etwa kein Recht darauf? All die Bälle, die in seinem Zimmer herumliegen, die hat er nur uns zuliebe gekauft. Ein Lächeln zaubert sich in Martins Züge. Dieser schrullige Popeljunge, denkt er und betrachtet seinen Sohn.

»Fertig, Schluss, ich mach das nicht mehr mit«, ruft Sandra derweil und greift mit beiden Händen in den Korb. »Wir nehmen jetzt zwei, egal welche, und beenden das Theater. Martin, seid ihr so gut und geht ihr bitte schon mal voraus und besetzt einen Tisch, sonst verlier ich endgültig die Nerven. Ich zahle und komme nach. Auf geht's, husch, husch!«

Eine Viertelstunde später stippt Mia ein Chicken Nugget in die Barbecuesoße und blickt auf ihr Handy. Sandra stochert in ihrem Currysalat herum und macht ein saures Gesicht. Noah beißt in seine Bratwurst und schaut aus dem Fenster.

»Mmh, perfekt«, macht Martin und beißt ebenfalls in seine Bratwurst.

»Na ja, geht so«, sagt Sandra. »Nächstes Mal nehme ich wieder das Asia Special.« Sie hebt mit der Gabelspitze ein Krümelchen aus der gelben Soße und seufzt. Dann streift sie das Krümelchen am Tellerrand ab.

»Das hab ich nicht gemeint«, sagt Martin. »Super, dass wir das Pflichtprogramm schon hinter uns haben. Jetzt kommt die Kür. Ihr Frauen wollt Kleider shoppen, nehm ich mal an. Ich würd mich derweil im Media Markt umschauen, wenn's recht ist. Kommst mit, Noah?«

»Wo ist der Fressbalken?«, sagt Mia.

»Der was?«

»Fressbalken.«

»Was interessiert dich der Fressbalken?«

»Schießerei letzte Nacht. Ein Mann, zwei Frauen.«

»Was du wieder weißt«, sagt Martin und beißt in seine Bratwurst.

»Selbst wenn ich es nicht weiß, weiß ich es. Es huscht einfach an mir vorüber und lächelt mich an, ob ich nun will oder nicht. Ich bin voll das Handy-Opfer«, antwortet Mia, wedelt mit ihrem Kästchen in der Luft herum und lächelt.

Noah nimmt die Ketchupflasche und schüttelt kräftig. Da der Klappdeckel nur halb zu ist, fliegt ein Klecks im hohen Bogen zum Tisch hinter ihnen und landet auf dem Baseballhut eines älteren Herrn. Dieser beißt in eine Bratwurst und sagt: »Mmh.«

Mia schaut von ihrem Handy auf. »Was heißt Kapital?«

Martin schluckt seinen Bissen hinunter. »Hm?«

»Kapital, so wie in ›Tod dem Kapital‹?«

»Hat das mit der Schießerei zu tun oder was?«

»Der Mann vom Fressbalken hat das gerufen, als er herumgeballert hat«, antwortet Mia. »Er hatte eine Kalaschnikow.«

»Dann war es ein linker Chaot.«

»Das heißt es hier auch«, sagt Mia und streckt ihrem Vater das Handy hin. »Aber was Kapital bedeutet, steht hier nicht.«

Martin zuckt die Schultern. »Wenn jemand von Kapital

redet, ist er meistens ein Linker. Aber das kann uns sowieso egal sein. Wir sind weder links noch rechts. Wir sind Mitte.«

»Warum sind wir Mitte?«, fragt Noah.

»Weil wir keinen Streit mit niemandem wollen.«

»Hier schreibt einer, die Linken sollen sich alle nach Venezuela verpissen«, sagt Mia, »dort seien sie am richtigen Ort, weil die Amerikaner Venezuela ausbluten lassen würden. Wieso ausbluten? Ist ja voll krass.«

Martin, mit halb vollem Mund: »Sagt er nur so.«

»Warum?«

»Du sagst auch ständig nur so die krassesten Sachen«, wirft Sandra ein.

Stille.

Noah: »Wenn sie ›Tod dem Kapital‹ sagen, wollen sie nicht das Kapital töten, sondern die Kapitalisten.«

Martin blickt auf seine Bratwurst und sagt nichts.

»Der Zeuge ist sich sowieso nicht sicher«, sagt Mia. »Er stand weit weg. Vielleicht haben sie auch ›Tod dem Kardinal‹ gerufen, sagt er.«

»Da ist der Fall wenigstens klar. Ein Kardinal ist weder links noch rechts, sondern katholisch«, sagt Sandra und streift ein weiteres Krümelchen am Tellerrand ab. »Dieser Currysalat ist einfach widerlich. Kein Wunder bei diesen Preisen.«

»Auf Rhodos ist auch alles billig«, ruft Mia. »Und trotzdem leckerstens. Ich jedenfalls habe auf Rhodos nie etwas Schlechtes gegessen. Alles heel lekker! Hat der Aaron immer gesagt. Er ist so süß!«

Sie lächelt versonnen, tunkt ihr Handy in die Barbecuesoße, hebt es an den Mund und beißt drauf. »Autsch!«

Noah lächelt kaum merklich, Mia schaut sich das soßenverschmierte Handy an und blickt sich um. Dann greift sie zur Serviette und versucht das Handy von der Soße zu befreien.

Martin schielt bereits zum dritten Mal in den letzten zwanzig Sekunden zur Selbstbedienungstheke. Eine Frau, groß, mittellanges blondes Haar, dunkelgrauer Hosenanzug. Könnte fast die Neue vom Büro sein, denkt er. Aber es ist nicht die Neue. Die ist im Büro, so wie immer. Seit sie da ist, gelten in der Firma neue Maßstäbe. Und alle ziehen mit, ausnahmslos alle! Vor sieben Uhr geht kaum einer nach Hause. Martin hat nie gezögert, Überstunden zu machen. Wenn's nötig ist, ist's halt nötig. Aber jetzt wird es immer schwieriger für ihn. Wie soll das denn gehen, drei-, viermal pro Woche bis um neun oder zehn arbeiten, wenn du Familie hast? Aber er muss das Spiel mitmachen, er kann die anderen nicht davonziehen lassen. Die Frau an der Selbstbedienungstheke geht mit ihrem Tablett davon. Martin denkt: Was sie wohl macht, die Neue, spätabends, wenn sie nach Hause kommt? Gibt es da einen? Niemand im Büro weiß es. Aber da wird wohl einer sein! Man sieht es ihr an irgendwie, man spürt, dass es da einen gibt, der es ihr besorgt. Dennoch hofft die ganze Männerwelt im Büro, dass der Eindruck täuscht. Allen voran Vasic.

»Also dass ich das nächste Mal wieder das Asia Special nehme, ist beschlossene Sache«, sagt Sandra. »Heute habe ich sowieso keinen großen Hunger. Außerdem müssen wir weiter. Apropos: Was willst du eigentlich im Media Markt, Schatz? Ist die neue Kamera schon nicht mehr gut genug?«

Martin sagt nichts.

»Huhu, Schatz, bitte melden! Wem guckst du da eigentlich hinterher?«

»Was? Äh, niemandem.«

Sandra starrt ihn wortlos an.

»Wie, ach so, Media Markt? Ich will mich nur mal bei den Drohnen umschauen. Kommst du mit, Noah?«

Sandra verdreht die Augen und schiebt ihren Teller weg, Martin nimmt einen Zahnstocher von der Menage, zupft ihn aus der Plastikverpackung und blickt Noah an. Dieser schiebt mit leerem Blick sein Essen auf dem Teller herum. Martin fällt der Schreckmoment von letzter Woche ein. Noah im Minirock seiner Schwester, die stumme Flucht ins Zimmer. Fünf Sekunden, und der Spuk war vorbei. Aber was heißt das nun? Martin weiß es noch immer nicht, es kann alles Mögliche heißen, und doch hat man gewisse Gedanken. Die in eine ganz bestimmte Richtung gehen. Die Richtung, dass Noah, na ja, wie soll man das jetzt neutral und korrekt, halt vom anderen Ufer und so. Aber vielleicht ist das voreilig, vielleicht bedeutet die Minirock-Affäre etwas anderes. Dass Noah zwar grundsätzlich am selben wohnt, aber zwischendurch mal gern ans andere wechselt. Ufer und so. Was wäre die politisch korrekte Bezeichnung dafür? Hat das jetzt mit diesem LGTBI zu tun? Oder LTGBI? LTBGI? Er hat da keinen Durchblick, ehrlich gesagt, es hat ihn auch nie interessiert. Wie auch immer, es ist ja okay. Es ist völlig egal, an welchem Ufer Noah lebt. Das ist heutzutage so. Jedes Ufer ist heutzutage okay. Auch alle Ufer zugleich. Darauf hat man sich geeinigt. Als Gesellschaft. Was soll er, Martin, sich dagegen auflehnen? Er hat sich noch nie angemaßt, gegen die allgemeine Sicht zu rebellieren. Warum auch? Nur um des Rebellierens willen oder was?

Noah beugt sich zur Seite und blickt in die Tüte mit den Fußbällen. Martin stupst ihn an: »Und, kommst du mit?« Noah richtet seinen Blick zur Fensteraussicht und sagt: »Okay.«

VII.

»Das Vorbedenken des Todes ist Vorbedenken der Freiheit.«

Schlicht und ergreifend, wie ein montaignesches Apercu nur sein kann. Eine trockene Denkgeste, und doch steckt da drin das ganze, pausenlos quellende Menschheitsdrama. Jacques Rance legt den Zeigefinger zwischen die Seiten und klappt das Buch zu. Er lässt den Kopf zurücksinken, das Leder des Sessels knarrt leise. Acht kurze Wörter, die geistige Weite dahinter endlos. Ein Gedanke wie eine Landschaft unter flimmerndem Horizont. Schönheit, Melancholie, Freiheit. Wer einmal Montaigne gelesen hat, liest ihn für den Rest seines Lebens und hört nicht mehr auf zu staunen. Über das Leben. Über sich selber. Über das Sterben.

»Das Vorbedenken des Todes ist Vorbedenken der Freiheit.«

Jacques Rance erinnert sich genau, wann er diesen Satz zum ersten Mal gelesen hat. Es war im zweiten Jahr seines Studiums gewesen, er hatte etwas gebraucht, das ihn von den öden Statistiken der Ökonomie wegholte. Der Pléiade-Band mit Montaignes Werken hatte schon länger in seinem Regal gestanden, ein Geschenk seines Großvaters zum achtzehnten Geburtstag. Nachdem er eine ganze Nacht lang über das Buch gebeugt verbracht hatte, wusste er, dass Montaigne ihn nicht nur durch dieses Studium bringen würde. Tatsächlich ist der gottbegnadete Skeptiker ihm all die Jahre unten in Lausanne und auch die bald sechs Jahrzehnte hier oben auf dem Hügel über Belmont treu geblieben.

»Das Vorbedenken des Todes ist Vorbedenken der Freiheit.«

Den Tod als das ganz Andere im Bewusstsein zu bewahren, ihn als das Seil zu betrachten, auf dem das Leben balanciert. Darum geht es. Wer dem Tod sein Leben lang standhaft und zugleich demütig ins Angesicht blickt, bewahrt sich die Freiheit! Wer den Tod sowohl auf die Menschheit wie auch auf sich selbst bezogen als die *condition humaine* schlechthin denkt! Wer die richtigen Konsequenzen daraus zieht und sich täglich ein paar Minuten Todesmeditation schenkt! Und wer es dann, im Augenblick der Wahrheit, zustande bringt, aufrecht und ohne Furcht in das Gebäude des Todes einzutreten ...

Ein Pfeifen, ein Schnarren, nein, eine Art Pfeifschnarren schreckt Jacques Rance auf. Er blickt um sich. Was war das? Ach, er selber wieder mal. Sein eigenes Pfeifschnarren. Er ist eingedöst. Beim Belauschen seiner eigenen Gedanken. Was dann geschah, erinnert ihn an seine Jugendjahre. Stundenlang lag er abends im Bett und hatte diese Halbträume, diese logorrhoischen Fantasien, rhetorischen Welteroberungsorgien. Seit Kurzem ereilen ihn diese Anfälle erneut, aber nur tagsüber.

Bewusstseinskollaps könnte man es auch nennen. Eines der großen Ärgernisse, die mit dem hohen Alter einhergehen. Man meint, man denke. Und schläft stattdessen. Wobei, das mit dem Schlaf ist so eine Sache. Wann ist Wachsein, wann ist Schlaf? Sein Bewusstsein taumelt sich durch Tage und Nächte, manchmal schlüpft das Wachsein in das Schaffell des Schlafs, manchmal schmückt sich der Schlaf mit dem sommerlichen Blumenkleid des Wachseins. Was für eine Idiotie, diese Senilität.

Jacques Rance legt das Lesezeichen ins Buch und das Buch auf das Beistelltischchen. Dann macht er sich an die mühselige Arbeit des Aufstehens. Er schiebt seinen Hintern auf die Kante, sucht mit der rechten Hand die Stelle, an der er sich hochdrücken muss. Er holt Atem, drückt und kommt auf Anhieb hoch. Jetzt muss er sich nur noch mit Schwung abstoßen, doch anstatt ganz hochzukommen, stößt er die Sitzfläche des Drehsessels unter seinem Hintern weg. Wieder mal hat er die richtige Stelle nicht ganz gefunden. In geradezu wahnwitziger Langsamkeit wendet das lederbezogene Ungetüm sich von ihm ab. Und Jacques Rance fällt. Und landet lautlos auf dem Kaschgai-Teppich. O, Leben, du! O jammerlappiges Erdendasein! Bon sang de bonsoir!

Wie ein zappelnder Käfer auf dem Rücken liegt er da, und natürlich kommt ihm bei diesem Gedanken gleich der arme Gregor Samsa in den Sinn. Schräg über ihm die fünfarmige Deckenleuchte, rechts daneben ein hässlicher Fleck. Jacques Rance hebt den Kopf, legt ihn wieder hin. Und muss die Augen schließen. Rotes Flimmern, dann Schwärze. Träumen, Wachen, alles das gleiche trübselige Aquarium. Irgendwann den Kopf heben, sofort der Schwindel, schnell wieder hinlegen und die Augen schließen. Das Flimmern in Rot, dann die Schwärze. Und wieder dieses Herumlungern seines Geistes vor den Pforten des Schlafs. Und die Zeit, die stopft sich derweil ein neues Pfeifchen, die wackelt fröhlich mit den Zehen und lacht sich ins Fäustchen. Sacré nom de Dieu! Mit achtundachtzig ist man eine Nussschale, die im endlosen Ozean der Stunden schaukelt. Winzig, hilflos, unendlich lächerlich. Man weiß nur, dass die Hausangestellte erst um sechzehn Uhr zurückkommt. Schlafend, wachend, schlafend wartet man. Träumend, denkend, träumend. Wenigstens ist der Kaschgai schön weich.

Nein, er ärgert sich nicht über sein Missgeschick. Es ist der Preis für die Selbstständigkeit, die er sich bewahrt hat. Auch für seine Sturheit. Er weiß um die Tücken des Drehsessels, aber das ist nun mal ein Lieblingsstück. Ärgern aber wird er sich über den Blick der Hausangestellten, wenn sie zurückkommt und ihn am Boden sieht. Er wird sich ärgern, weil es nur sie sein kann, weil es nur noch sie gibt. Eine Hausangestellte ist nun mal ein notwendiges Übel, doch jede neue ist bei Jacques Rance noch notwendiger und noch übler. Auf die Notwendigkeit hat er keinen Einfluss, auf das Übel durchaus. Eine üble Hausangestellte ist genau das, was Jacques Rance braucht. Eine Hausangestellte, die er keine Sekunde länger anschauen will als nötig, so soll es sein. Er hat seine Lektion gelernt, Jahre ist es her. Seit da nie mehr eine Hausangestellte, die auch nur im Ansatz ein erotisches Interesse weckt.

In dem Geplätscher von Jacques Rance' Bewusstsein taucht nun ein Brief auf. Der eine Brief. Der mit Verspätung, mit sehr großer Verspätung geschrieben wurde. Der bereits vor zwanzig Jahren hätte geschrieben werden müssen. Vor ein paar Wochen ist es endlich geschehen. Das Problem: Er hat bereits wieder vergessen, was genau er in dem Brief geschrieben hat. Da war eine ganz bestimmte Idee gewesen, mit der sich die uralte Zwietracht vielleicht ein für alle Mal auflösen lässt. Aber worin die Lösung genau besteht, daran kann Jacques Rance sich beim besten Willen nicht erinnern.

Auf einmal überkommt ihn eine jähe Zuneigung zum Adressaten des Briefs, er weiß nicht, wo sie herrührt, aber die Zuneigung ist da, und sie ist grenzenlos, durchflutet ihn geradezu. Er hat keine Ahnung, wie der Adressat aussieht, er hat ihn nie gesehen, hat ihn jahrzehntelang von sich ferngehalten. Doch nun stellt ihm sein plätscherndes Bewusstsein prompt ein fertiges Bild hin: hellbrauner Wuschelkopf, grüne, kluge Augen, ein stets freundlich fragender Blick, überhaupt erscheint ihm dieses Adressatenwesen als die Freundlichkeit in Person, geradezu grotesk freundlich, sodass es fast nicht wahr sein kann, aber Jacques Rance lässt sich von dem wunderbaren Bild gerne einlullen, und überhaupt, was spricht dagegen, dass die uralte, leidige Chose sich in ein weich schimmerndes Wunder mit Wuschelkopf und grünen Augen verwandelt? In seiner Gegenwart rieseln sich am Ende alle Unterschiede glatt. Man meint, man denke. Und schläft stattdessen. Man meint, man schlafe. Und denkt stattdessen.

Monsieur Rance liegt als pfeifschnarrender Käfer auf dem weichen Teppich. Monsieur Montaigne liegt als Pléiade-Band auf dem Beistelltischchen und wacht über Leben und Tod. Es gibt kein Entwischen.

VIII.

Martin Boll umklammert das Steuerrad fester. Langsam schrauben seine Fäuste hin und her, sodass der Kunststoff knarrt. Er schaut kurz nach rechts, sogleich entweicht seinem Mund ein Seufzer.

Nun haben ihre Finger also wieder ein Spielzeug gefunden. Das Autoradio und seine Drück- und Schraubknöpfchen. Der Sendersuchlauf ist dafür da, Sender zu suchen, stimmt schon, da hat sie völlig recht. Auch wenn man längst einen wunderbar passenden Sender mit schöner, entspannender Musik gefunden hat. Man muss halt trotzdem weitersuchen, weil wofür ist der Sendersuchlauf sonst da? Außerdem ist jetzt sowieso Knöpfchendrückzeit. Ist eigentlich immer Knöpfchendrückzeit, aber jetzt offenbar noch mehr als sonst. Knöpfchendrück-Mitträller-und-die-Musikauswahl-der-Sender-Kommentier-Zeit. Für manche Sachen hat seine Frau ein hervorragendes Gedächtnis. Zum Beispiel für die Gepflogenheiten der Knöpfchendrück-Mitträller-und-die-Musikauswahl-der-Sender-Kommentier-Zeit. Die kennt sie aus dem Effeff. Knöpfchen-drücken-mitträllern-die-Musikauswahl-der-Sender-kommentieren-und-als-Schlusspunkt-eine-Kaugummiblase-laut-platzen-lassen. Und dann alles von vorne.

Haargenau erinnert Martin sich an die Worte, die Onkel Kurt ihm damals vor der Hochzeit ins Ohr flüsterte. Ob ihm klar sei, was für einen ausgemachten Wildfang er sich geschnappt habe? Ob er wisse, dass bei so einer nichts mehr zu reparieren sei? Wie hat er Onkel Kurt gehasst für diesen blöden Rat. Kurt, die Dusche, nennt man ihn in der Familie, weil jedes Mal, wenn Onkel Kurt das Wort an einen richtet, ein Sprühregen von Speichel auf einen herabgeht. Aber Onkel Kurt hatte recht. Seine Frau war ein ausgemachter Wildfang damals. Und ist es noch immer. Es hat kaum nachgelassen in den letzten fünfzehn Jahren. Charmant, aber irreparabel. Süß, aber ganz ehrlich, und ganz unter uns, nicht unbedingt die hellste Funzel im Kronleuchter. Jedoch, das eigentlich Schlimme ist: So, wie er Onkel Kurt damals gehasst hat, hasst er sich nun selbst. Dafür, dass er selber zum alten Mann wird, der seine ungehobelten Urteile über die Welt hegt und pflegt wie niedliche, pelzige Haustiere.

Martins rechter Fuß tritt ein bisschen mehr aufs Gas, das Auto gleitet an einem gelben VW-Bus vorbei, den Clio mit Oma am Steuer und Hund im Fond packt er auch noch gleich ein. Dann an den Hintern eines Audi A4 angedockt und weitergedüst.

Wenige Minuten später setzt Martin den Blinker, wechselt auf die Ausfahrtspur und bremst ab. Blick auf die Uhr. Hundertundzehn Kilometer in einer Stunde und zwölf Minuten. Nicht schlecht. Wenn Noahs Kotzstopp kurz vor Winterthur nicht gewesen wäre, hätte es locker zum Rekord gereicht. Wie auch immer. Hauptsache, dem Jungen geht's wieder besser. Martin sucht ihn im Rückspiegel. Noahs Gesicht schmiegt sich an Mias Schulter, ein Speichelfaden aus seinem Mund streckt sich nach ihrem T-Shirt. Ach. Schön. Wenn nur dieser irritierende Vorfall nicht gewesen wäre letzte Woche.

Vor dem großen Kreisel beim Dorfeingang stehen zwei Polizisten. Martin verlangsamt. Einer der Polizisten bückt sich und wirft einen Blick ins Innere des Wagens, dann winkt er sie durch. Sandra blickt Martin bedeutungsvoll an. Kurz darauf der nächste Kreisel. Mitten in der Kurve bremst Martin abrupt ab, Sandra japst nach Luft.

»Was ist los, Schatz?«

»Hab gedacht, da kommt etwas.«

»Was denn?«

»Weiß nicht. Irgendein ... keine Ahnung.«

»Bist ein bisschen übermüdet, gell! Bald sind wir da.«

Martin fährt weiter.

»Nicht dass du mir jetzt noch einen Unfall baust, Bärchen!«

»Hab ich das jemals gemacht?«

»Nein!«

Was war das gerade? Wie die Blase von gestern ist es von links unten gekommen, aber es war nicht die Blase. Eher ein Flimmern, ein Flackern, aber nur kurz. Kaum aufgetaucht, schon wieder weg.

Am kleinen Kreisel vor der Post nochmals zwei Polizisten.

»Was ist denn los hier?«, sagt Sandra und dreht die Lautstärke herunter. »Fahr mal ran.«

Sandra lässt das Seitenfenster heruntersurren. »Einen wunderschönen Tag, die Herrschaften. Ist etwas passiert?«

»Wir hatten einen kleinen Zwischenfall, aber es ist bereits alles wieder unter Kontrolle. Fahren Sie ruhig weiter.«

»Zwischenfall?«, sagt Sandra.

»Keine Angst. Ihre Sicherheit ist gewährleistet. Drum sind wir da.«

»Jetzt mach ich mir aber erst recht Sorgen«, sagt Sandra und streckt den Kopf zum Fenster hinaus.

»Ich kann Ihnen im Moment leider nicht mehr sagen. Unsere Arbeit besteht darin, die Bevölkerung zu schützen. Und diese Arbeit soll nicht unnötig verkompliziert werden. Es ist alles in Ordnung, wirklich.«

Sandra schenkt Martin einen bedeutungsvollen Blick. Martin duckt sich, damit er dem Polizisten in die Augen sehen kann, und sagt: »Danke, Herr Kommissar.«

»Wachtmeister.«

»Wachtmeister. 'tschuldigung.«

»Kein Problem. Schönen Tag noch.«

Sie fahren am Schulhaus und am Sportplatz vorbei, dann folgt die Blocksiedlung aus den Siebzigern. Bis vor wenigen Jahren ein Schandfleck sondergleichen, seit der Sanierung einigermaßen erträglich. Zwei Typen mit Sportlersonnenbrille auf der Nase und den Händen in den Hüften stehen an der Straße. Komisch, denkt Martin, die passen da so gar nicht hin.

Als Martin vor dem Haus anhält, steigen Sandra und Mia aus und öffnen die Kofferraumklappe. Martin zieht den Zündschlüssel und bleibt sitzen. Langsam dreht er den Kopf nach links. Da, in der Ecke, ganz weit draußen, ist da nicht etwas? Ein Flimmern oder Flackern oder doch wieder die Blase? Nein, ja, nein. Nicht so ganz klar. Er sieht nichts, aber er hat das Gefühl, dass es sich knapp außerhalb des Rands befindet. Die Blase oder das Flimmern oder Flackern versteckt sich, denkt er, hinter dem Rand meines Gesichtsfelds, aber ich sehe es trotzdem. Er dreht den Kopf schnell nach rechts, dann wieder langsam nach links. Im Außenrückspiegel bewegt sich etwas. Es ist keine Blase. Auch kein Flackern oder Flimmern. Es ist Nachbar Hollenstein. Gemütlich eiert er heran auf seinen komischen Wiegeschuhen. Martin steigt aus.

»Aha, die Bolls waren, scheint's, wieder mal im Deutschen draußen. Große Einkaufstour, hä?«

»So ist es«, sagt Martin und geht zum Kofferraum.

»Dann haben sie aber ganz schön was verpasst, die Bolls.«

Hollenstein ist ein unverbesserlicher Tratschonkel, und man sollte die Ohren besser auf Durchzug stellen, wenn er den Mund aufmacht. Aber was hier los war, möchte Martin schon ganz gern wissen.

»So? Was denn?«

»Ich will jetzt nicht angeben, Sie kennen mich ja, Boll, so bin ich nicht, aber ich war nun mal der Erste, der sie gesehen hat.«

Mia kommt zurück, beugt sich in den Kofferraum. Hollenstein wirft einen Blick auf ihren Hintern.

»Wen?«, fragt Martin.

»Wen? Die Banditen natürlich.«

»Welche Banditen?«

»Na, die Terroristen, wer denn sonst? Die vom Fressbalken. Und von Romanshorn. Heißt ja neuerdings, das wären die gleichen.«

Mia lässt eine Aldi-Tüte fallen, fährt herum und ruft: »Scheiße, die sind bei uns?«

Hollenstein lacht und wiegt auf seinen Wiegeschuhen hin und her. Dann sagt er: »Keine Angst, Mädchen, sie sind schon wieder weg. Aber dass sie hier waren, kann ich persönlich bezeugen. Wie gesagt, ich hab sie als Erster gesehen. Ein junges Paar, auf den ersten Blick unscheinbar, wie zwei Turteltauben sind sie durchs Dorf spaziert. Aber ich hab ihn sofort erkannt. Von der Tankstellenkamera her hab ich gewusst, dass er diesen Leberfleck hinterm Ohr hat. Daran hab ich ihn erkannt. Hat man schon gestern im Fernsehen gesehen. Aber nur wer genau hinschaute. In meinem Newsfeed übrigens auch. Den hab ich hier auf dem Handy. Immer griffbereit. Hat mir der junge Mann vom Elektronikcenter draufgetan, ohne etwas zu verlangen dafür. Nette Leute dort, und dieser Service, picobello! Jedenfalls, der Fleck. Sieht aus wie der Bodensee hochkant. Ich würd mal sagen, aufgrund bekannter Erfahrungswerte, dass der Mann Tunesier ist. Oder Syrer oder so etwas in der Art. Libyer. Algerier, irgend so was. Vielleicht auch Palästinenser. Aber die kommen heutzutage kaum mehr vor bei uns. Keine Ahnung, wohin die verschwunden sind. Wie auch immer, das alles hab ich den Polizisten gesagt. Also das mit dem Leberfleck vor allem. Sie haben es genauestens protokolliert. Sehr vorbildlich, die Jungs.«

Martin mustert Hollenstein und sagt: »Was haben die denn gemacht hier?«

Hollenstein gluckst und schüttelt sich. »Weiß man nicht, mein lieber Boll. Das ist es ja, Potzdonner! Bis jetzt wurde kein Raubüberfall oder so was in der Art gemeldet. Nichts, assolutamente niente.«

»Und wie weiß man, dass sie weg sind?«

»Ein Hündeler hat sie im Steinhauserwald oben gesehen. Vor zwei Stunden oder so. Haben auf einem Jägerhochstand offenbar was gesucht. Als die Polizei kam, waren sie natürlich über alle Berge.«

Hollenstein erblickt auf einem Trafokasten eine Katze, die ihrerseits ihn anblickt. Er geht ein paar Schritte auf sie zu und macht dabei laute Zischgeräusche. Die Katze springt vom Trafokasten und drückt sich unter dem nächsten Zaun hindurch.

»Drecksvieh. Ach, übrigens. Eben gerade hat mir der Baumeler von der Mattenstraße drüben gesteckt, dass sie im Wald oben auch einen Traktor mit Anhänger gefunden hätten. Der soll aus Otelfingen sein, das ist gleich neben Würenlos. Damit hätten wir praktisch den Beweis, wenn Sie mich fragen.«

»Was für einen Beweis?«

»Dass unsere Banditen die gleichen sind wie die vom Fressbalken. Kombinieren, Boll, kombinieren! Aber wer weiß schon, was in den Köpfen von diesen Leuten vorgeht. Müsste man erst mal wissen, woher die genau kommen. Und dann die Religion. Sunniten, Schiiten, Salafisten, für uns ist das alles dasselbe, aber für die ganz und gar nicht. Und ein sunnitischer Syrer funktioniert im Kopf oben wieder ganz anders als, sagen wir mal, ein sunnitischer Iraker, verstehen Sie?«

Mia, die die ganze Zeit hinter Hollenstein stand und auf ihrem Handy herumfingerte, hebt den Kopf und sagt: »Angelas Geheimarmee.«

»Hä?«, macht Boll und dreht sich um.

»Die Syrer. Angela Merkel hat die kommen lassen, um ihre geheime Armee aufzubauen. Oder so.«

»Was redest du denn da für einen Quatsch, Mädchen?«

»Gehst du jetzt bitte ins Haus, Mia, und räumst die Sachen ein? Ich komm gleich nach«, sagt Martin.

Mia, zu Hollenstein: »Kein Quatsch. Das sagen alle.«

»Mia, bitte!«

Hollenstein: »Wer alle?«

»Na, alle auf YouTube natürlich.«

Hollenstein lacht: »Ihr seid mir ja eine Nummer mit eurem YouTube. Angelas Geheimarmee! Mädchen, Mädchen!«

Aus dem Hintergrund ein Rufen: »Miiiaaa, kommst du mal schnell zu mir, Schätzchen?«

Mia, Martin und Hollenstein drehen sich um. An der Tür Sandras Gesicht unter zwei wild fuchtelnden Armen. Mia geht ab, Hollenstein äugt ihr hinterher, dann klopft er Martin auf die Schulter und sagt: »Angelas Geheimarmee, tststs. Unglaublich, was dieses Internet alles zusammenfabuliert.« Er zieht Martin näher an sich heran, flüstert ihm ins

Ohr: »Doch jetzt Obacht, Boll. Das braucht Ihre Frau nicht unbedingt zu wissen, aber das alles ist erst der Anfang, ich sag's Ihnen. Da kommt noch einiges auf uns zu, auch ohne Geheimarmee. Wir müssen zusammenhalten. Als Nachbarn. Als Dorf. Und als Nation.«

Martin blickt die Hand auf seiner Schulter an und sagt: »Jetzt sind sie immerhin mal weg von hier.«

Hollenstein presst die Lippen zusammen und schaut Martin lange an. Dann hält er zwei Finger an seine Schläfe, macht seinen üblichen Militärgruß und dreht ab. »Schönen Abend noch, Boll. Wir hören voneinander.«

Martin blickt Hollenstein hinterher. Er dreht den Kopf und schaut zur Haustür. Was passiert hier eigentlich? Warum habt ihr alle eine Erklärung und ich nicht? Und wo ist mein flimmerndes Drehdings?

Er nimmt gleich vier Tüten aufs Mal und stapft los.

In der Küche stapelt Sandra Tüten mit Esswaren, Kartons mit Direktsaft und Mineralwassergebinde. Sie sagt: »Puh!« Und stemmt die Hände in die Hüften. Neben ihr Mia am Handy.

Sandra, zu Mia: »Sag mal, wo sind deine Klamotten vom Karstadt?«

»In meinem Zimmer. Warum?«

»Darf ich nachher das gelbe Top anprobieren? Ich wollte mir im Laden auch eins schnappen, aber ich weiß ja, wie zickig du darauf reagierst, wenn ich, na ja, du weißt schon. Anprobieren würd ich's trotzdem gerne. Nur schnell, zum Schauen, ob's mir steht, weißt du?«

Martin geht ins Wohnzimmer, blickt auf die Anordnung der Kissen auf dem Sofa, die Anordnung der Zeitschriften auf dem Sofatischchen, die Anordnung der Stühle um den

Esstisch herum. Eine leichte Übelkeit steigt in ihm hoch. Bestimmt weil er zu wenig getrunken hat. Er wird sich nachher ein großes Glas frischen Apfelsaft holen. Wieder schaut er sich im Raum um, und unwillkürlich beginnt er sich zu fragen: Lag *TV Spielfilm* heute Morgen nicht ganz oben auf dem Zeitschriftenstapel? Hat Noahs Stuhl am Esstisch schon am Morgen so schräg dagestanden? Ja, gut möglich, warum nicht. Alles in Ordnung hier, alles normal, sagt er sich. Niemand war hier, und jetzt sind sie sowieso weg, und sie kommen nicht wieder.

Er wendet sich der Kartonschachtel vom Media Markt zu. Eigentlich wollte er im Laden nur mal schauen. Nun hat er doch eine gekauft. Der Preis war einfach zu verlockend. Zwar weiß er nach wie vor nicht, was genau man mit einer Drohne anstellt, aber er wird es schon herausfinden. Schließlich haben es Tausende anderer Männer vor ihm auch herausgefunden.

Hinter ihm taucht ein Schatten auf. Martin dreht sich um. Ach. Noah, auf dem Weg zum Fernseher. Martin schaut ihm hinterher, dann sagt er: »Geht's besser?«

Noah nickt stumm, lässt sich aufs Sofa fallen, greift zur Fernbedienung.

»Wo sind deine Fußbälle?«

Noah macht mit dem Kopf eine Bewegung in Richtung seines Zimmers. Dann hebt er die Fernbedienung in die Luft und drückt auf den grünen Knopf.

Martins Übelkeit ist jetzt noch stärker. Er kommt sich vor wie eine ausgetrocknete Zwiebel. Als ob sich seine inneren Schichten allmählich voneinander trennten. Welk und schwer fühlt es sich an, und die Lufträume zwischen den Schichten dehnen sich aus, bis die Schichten davonzufliegen scheinen, angefangen mit der innersten. Wie ein umgekehrtes Abschälen seiner selbst. Martin geht in die Knie, kauert vor der Kartonschachtel, sich mit einer Hand am Boden abstützend.

Während er auf Besserung wartet, sieht er etwas. Hinter der Kartonschachtel. Klein, dunkel, unförmig und dennoch irgendwie bedeutsam kommt es ihm vor. Kein Flimmern im Auge diesmal, keine Blase, nein, es ist wirklich da. Martin sinkt auf die Knie, schiebt die Schachtel zur Seite, rutscht näher heran. Krümelig, ziemlich zerfetzt. Aber was genau ist es? Er streckt die Hand aus. Dunkel, aber nicht schwarz. Feucht, aber nicht nass. Erde? Jedenfalls keine aus dem Garten. Ausgeschlossen. In diesem Klumpen hier hat's nämlich Laubstücke drin. Und etwas, wie soll man es nennen, etwas Pilziges. Feine weiße Fäden. Und auch etwas Schleimiges, das es in seinem Garten bestimmt nicht gibt.

Martin blickt hoch. Der Steinhauserwald, denkt er. Dann setzt er sich mit dem Rücken an die Wand. Eine weitere innere Schicht flattert ihm davon, er kann sie nicht zurückhalten. Keine Bewegung geht jetzt mehr, und so bleibt er sitzen, wie eine achtlos abgelegte und vergessene Spielzeugpuppe.

Noah nebenan auf dem Sofa. Hebt die Fernbedienung und drückt. Auf dem Bildschirm verdrängt ein stummer Sumoringer einen sprechenden Cartoon-Schwamm. Noah legt die Füße auf den Sofatisch und drückt erneut auf die Fernbedienung.

IX.

Drei Minuten nach fünf. Regina packt ihre Sachen zusammen und macht sich auf den Weg. Als sie an der noch immer halb offenen Tür des Schulleitungsbüros vorbeikommt, ertönt die Stimme von Frau Schmidhauser: »Frau Novotny, bitte kurz in mein Büro kommen, danke.«

Regina bleibt stehen. Ameisen wimmeln vor ihrem Gesicht, es ist ihr, als ob sie gleich umkippen würde. Doch die Ameisen verschwinden so schnell, wie sie aufgetaucht sind. Horizontale und Vertikale halten sich weiterhin in Schach. Regina geht die drei Schritte bis zur Türschwelle.

»Und, kommen Sie gut voran, Frau Novotny?«

Die Schmidhauser lässt ihren Blick über Reginas zerknitterte Bluse wandern. Regina versucht, es nicht zu beachten.

»Sehr gut, danke, und selber?«

»Sie haben bestimmt nicht vergessen, dass ich die Quartalsberichte noch diese Woche brauche.«

Der Blick von der Schmidhauser ruht nun auf den hochgekrempelten Ärmeln von Reginas Bluse.

»Ich arbeite dran, Frau Schmidhauser.«

»Dann ist gut. Ich wollte nur sichergehen, dass wir alle am gleichen Strick ziehen.«

Der Schmidhauser-Blick belauert den großen blauen Fleck auf Reginas Unterarm. Regina krempelt den Ärmel hastig hinunter.

»Und sonst? Ich höre von meiner Tochter, dass Ihr Sohn nicht im Pfadfinderlager ist dieses Jahr? Ist er etwa bei der Oma? Irgendjemand muss den Schlingel ja im Auge behalten, was, Frau Novotny?«

In Reginas Hirn skizziert ein Hormonschub eine flüchtige Messer-und-Blut-Szene, ein Bersten in Schwarz und sehr viel Rot. Schau sie jetzt bloß nicht an, denkt Regina.

»Die Berichte sind morgen fertig«, sagt sie. Und geht.

Eine Minute später. Regina sitzt im Auto. Ihre Finger tippen einen nervösen Marsch aufs Steuer. Sie blickt sich um. Der Parkplatz leer, bis auf den roten Nissan mit dem Plüsch-Snoopy. Blitzblank gewaschener roter Nissan. Viel zu blank, und viel zu gleichmäßig, dieses Rot, denkt Regina. Kleiner Abrieb täte ihm ganz gut. Kleiner, schneller, deftiger Abrieb.

Der Marsch der Finger auf dem Steuer bricht ab. Noch einmal blickt sich Regina um. Eine Katze auf einem Mäuerchen. Nirgendwo ein Mensch. Regina dreht den Zündschlüssel um, legt den Rückwärtsgang ein und tritt aufs Gas. Das Rumsen von Blech auf Blech ist lauter, als sie gedacht hätte. Ohne noch einmal in den Rückspiegel zu schauen, legt sie den ersten Gang ein und fährt los.

Diese wunderbare Leere im Kopf. Zehn Minuten hält das an, den halben Weg zur Sitzung der Caritas-Weihnachtsgruppe. Dann wenden sich Reginas Gedanken jenem Tag in ihrer Kindheit zu – sie wird etwa neun oder zehn Jahre alt gewesen sein –, als ihre beste Freundin Lea heulend und mit einer blutigen Schramme an der Stirn die Treppe ihres Elternhauses hinunterrannte. Regina denkt an sich selbst, im selben Augenblick in Leas mintgrünem Feenkleid mit Glitzerstrass auf der Brust vor Leas Kleiderschrankspiegel stehend, Varianten süßen Lächelns durchprobierend und dabei ganz und gar im Reinen mit sich und der Welt. Ja, sie war an jenem Tag wirklich im Reinen mit sich und auch mit ihrer besten Freundin, obwohl sie dieser eben gerade mit einem Rollschuh eins übergezogen hatte.

Als Lea zwei Minuten später mit ihrer Mutter ins Zimmer trat, diese Regina zur Rede stellte und eine Entschuldigung verlangte, wusste Regina nicht, wie ihr geschah. Sie hatte ihrer besten Freundin kräftig eins überziehen müssen, damit alles wieder im Lot war zwischen ihnen, und jetzt war alles wieder im Lot. Sie war Lea nicht böse, nicht im Geringsten, sie waren beste Freundinnen und würden es auch bleiben, und warum sollte Lea ihr böse sein, manchmal zankte sie eben unnötig herum und dann brauchte sie eine gehörige Klatsche, das war bei ihr so. Leas Mutter forderte tobend eine Entschuldigung, doch Reginas Entschuldigung kam nicht und, was sich als viel folgenreicher erweisen würde, auch keine Tränen der Reue waren auf ihrem Gesicht zu sehen. Ungerührt und doch auch mit einer gewissen Neugierde schaute Regina der Mutter ihrer besten Freundin beim Ausflippen zu. Dann ging sie nach Hause, in ihr Zimmer, ohne ihrer Mutter von dem Vorfall zu erzählen.

In den folgenden Tagen fanden Gespräche zwischen den Eltern, Gespräche mit der Lehrerin, Gespräche mit einem Schulpsychologen statt. Noch immer keine Reue. Es gab weitere dieser Situationen, kurze Ausbrüche von ungehemmter Gewalt, meist gegen ihre liebsten Mitmenschen. Beides ging noch ein paar Jahre weiter, die Gespräche und die Gewaltausbrüche, irgendwann wuchs es sich aus und alle waren froh und niemand in der Familie und in der Schule sprach mehr darüber.

Regina, das Monster. Wenige erinnern sich heute daran.

Und doch hängt das Bild noch immer an ihr. Sie weiß, dass es so ziemlich allem widerspricht, wofür sie sich seit Jahren in Weinfelden einsetzt. Dienen all ihre guten Taten etwa nur dazu, diesen dunklen Fleck in ihrem Herzen wegzuwaschen? Und ist sie deswegen ein skrupelloser Schuft?

Im Geiste geht sie nochmals zu dem Parkplatz zurück, hört nochmals das Rumsen von Blech auf Blech. Dann vernimmt sie nur noch ein sanftes Rauschen zwischen ihren Ohren, und in ihrem Bauch breitet sich eine angenehme Wärme aus.

X.

Vieni sul mar, vieni a vogar …

Warmes Blut. Warmes, schwer pochendes Blut im Kopf. Tadam-tadam, tadam-tadam. Gleich kippt er. Oder beginnt zu fliegen. Dazwischen gibt's nichts, wenn der Caruso läuft. Und das ist gut so. Enrico Caruso ist der Alles-oder-nichts-Mann des Operngesangs. Wie man den Mann braucht in diesen unglückseligen Zeiten!

Noch eine Minute verharrt Toni im Kopfstand, schwebt zwischen Himmel und Hölle. Dann bricht die Musik ab und er lässt die Füße zu Boden sinken. Sachte hebt er die Stirn aus der weichen Grube im Kissen. Im Schädel noch immer das schwer pochende Blut. Tadam-tadam. Bloß nicht zu schnell aufstehen!

Eine Viertelstunde später sitzt er am Schnitztisch und die Späne fliegen, was das Zeug hält. Immer wieder erstaunlich, was der Caruso-Kopfstand bewirken kann. Kurz zuvor hat

Toni sich den Mittelfingerballen aufgeritzt, so aufgeregt, so maßlos bestürzt war er über die Welt. Doch nun sind die Hände wieder ruhig. Auch oben in der Hirnkammer herrscht Frieden. Lange wird's nicht andauern, das weiß er. Aber in diesem Moment ist es gut.

Sein Blick schweift über die Ausbeute der letzten Stunden. Zwei Josefs, zwei Esel und eine Jungfrau Maria mit Jesuskind hat er seit heute Morgen geschnitzt. Es ist das Einzige, was er will, und es sieht nicht danach aus, als ob er jemals etwas anderes wollen würde. Seit zwei Tagen weht dieses Unbehagen durch ihn hindurch wie eine kalte Brise. Als hätte er zwei Risse in seinem Körper, auf jeder Seite einen.

Der Entscheid ist gefällt. Er wird ab sofort keine Nachrichten mehr schauen. Einmal noch hat er heute den Fernseher eingeschaltet, und zack, traf das Erwartete ein. Die Terroristen, schon wieder. Die von Romanshorn. Die vom Fressbalken. Sie seien jetzt auch die von Steinhausen, hieß es. Niemand wisse, was die dort wirklich getan hätten, aber sie seien zweifellos da gewesen und hätten vermutlich eine Geisel genommen. Die Polizei ermittle in verschiedene Richtungen und so weiter. Dann ein Interview mit einem Anwohner. Halbgreis, früher mal ein hohes Tier im Militär, unheimlicher Typ. Was der alles rausließ. Toni wurde es eiskalt im Herzen. Als ob die Risse in ihm tiefer geworden wären. Jedenfalls reichte ihm das endgültig. Er zog den Stecker.

Komplett schützt es ihn dennoch nicht. Alle paar Stunden muss er wieder an Romanshorn und den Fressbalken denken, an Steinhausen, an die wahre Angst, die als Welle durchs Land geht, und an die falsche Angst, die als noch größere Welle über alle hinwegtost. Er denkt an die bösen und misstrauischen Blicke auf den Straßen, in den Supermärkten und den Schrebergärten. An all das denkt er, und sein Mund wird trocken und er fängt an zu schnaufen wie ein Verrückter. Und wie immer, wenn er mit dem Rücken zur Wand steht, vor sich diese laute Welt, fällt ihm Roselle Berthod ein, das Versagen seines Lebens. Dann verschwindet auch die Wand hinter seinem Rücken, und er steht mittendrin in dem verfluchten Sturm, ohne Halt.

Ein Windhauch lässt die offene Balkontür knarren, draußen scheppert etwas. Toni blickt hoch, schüttelt den Kopf, arbeitet weiter. Irgendwann muss er etwas essen, das weiß er, aber er kann jetzt nicht schon wieder Pause machen. Das Telefon klingelt, Toni lacht. Nein, Rita, heute nicht mehr. Irgendwann dann schon wieder, aber heute nicht. Ich muss jetzt weitermachen hier.

XI.

Voralpines Hügelland, auf halber Hanghöhe die gewundene Straße. Ein eierschalenfarbener Nissan Sunny fährt der auf dem Horizont balancierenden Sonne entgegen. Es könnte fast ein Werbespot sein. Wenn der Wagen nicht zwanzig Jahre zu alt wäre. Der Fahrer neigt leicht zum Kurvenschneiden, achtet aber sonst penibel auf die Tempobeschränkung. Seine Beifahrerin mit konzentriertem Blick zur jeweilig nächsten Biegung. Auf dem Rücksitz, direkt hinter ihr, ein Grübeln hinter kindlich gerunzelter Stirn.

Nicht zurück nach Hause, denkt der Junge. Er ist jetzt Teil der großen Mission, und eine Mission muss zu Ende gebracht werden. Auch wenn der Waldläufer ein grober Kerl ist. Zum Glück gibt's noch die Indianerin, und sie wollte ihn dabeihaben für die Mission. Der Junge zieht eine Karte aus dem Stapel und dreht sie um. »Reisebus aus der Unterwelt«. Dunkles Schattengefährt, davor ein Mädchen mit Uniform und Totenkopftasche. Bestimmt die Fahrkartenkontrolleurin vom Bus. Bus, der wohin fährt? Zurück in die Unterwelt oder ganz woandershin?

Der Junge hebt den Blick. Über dem Rand der Yu-Gi-Oh!-Karte sieht er den Hinterkopf der Indianerin, ihr Haar, das ihr in leicht zerzausten Strähnen auf der Schulter liegt. Die letzten Sonnenstrahlen lassen den Flaum auf ihren Ohren aufleuchten, ihr Kleid ist leicht verrutscht. Nun fährt ihr Finger am Nacken unter den Stoff und kratzt. Er könnte seine Hand ausstrecken und das frisch gekratzte Stück Haut berühren. Er könnte den Flaum auf ihren Ohren betasten. Sie kitzeln.

Große Schwester, denkt er. Große Halbschwester, von der ich nichts gewusst habe die ersten zehn Jahre meines Lebens, und jetzt ist sie endlich da und wir ziehen gemeinsam durch die weite Welt.

Nur ein einziges Mal hat sie zu ihm gesprochen bis jetzt. Stunden ist es her, aber er hat den Klang ihrer Stimme noch immer im Ohr. »Hast du Hunger?« Er nickte und sie schmiss ihm eine Tafel Schokolade und ein Brötchen hin. Dann schwieg sie erneut. Drei Wörter, mehr nicht. Aber auch nicht weniger.

Er denkt an all die Stunden, seit sich die merkwürdig riechende Hand des Waldläufers hinter der Hecke auf seinen Mund gelegt hatte. Er denkt daran, wie der Waldläufer ihn ins Haus bugsierte und dort in ein Kinderzimmer sperrte. Wie er auf dem Kinderbett saß, hinter der Tür das gezischte

Flüstern des Waldläufers und der Indianerin hörte und sich fragte, ob er jetzt schreien sollte, müsste. Wie er dann aber dachte: Sie hat mich nicht verraten, als wir auf dem Zuckerrübenwagen lagen. Sie hätte können. Tat es aber nicht.

Er denkt daran, wie er in jenem Zimmer erst lange das Batmobil auf der Bettdecke und dann die fünf Fußbälle musterte, die auf dem Boden herumlagen. Keiner der Bälle sah aus, als ob er jemals gebraucht worden wäre. Er denkt daran, wie er unter dem Bett Unmengen von Spielzeugverpackungen entdeckte, alles Spielzeug steckte noch unangetastet drin. Wie er das ganze Zimmer inspizierte und schließlich beim Kramen in den Schubladen ein Paar Ballettschuhe fand. Aus rosa Leder, mit Schläufchen. Wie sich in jenem Moment die Tür öffnete und der Waldläufer vor ihm stand, in einem bunten Hemd mit Segelbooten drauf, mit gelglänzenden, nach hinten gestrichenen Haaren, und wie hinter dem Rücken des Waldläufers ein Mädchen auftauchte und er erst nach langen Sekunden begriff, dass das die Indianerin war. Abgeschnittene Jeans, gestreiftes T-Shirt, neongelbe Ohrringe, Lippenstift und auf der Nase eine riesige Sonnenbrille. Neues Ablenkungsmanöver also. Und das alles für die große Mission.

Er denkt daran, wie sie zu dritt in eine Tiefgarage hinabstiegen, der Waldläufer sich an ein Auto mit Fahrradträger am Heck stellte und sich die Stirn kratzte, dann verschwand und kurz darauf mit zwei Fahrrädern wiederauftauchte, die er auf den Fahrradträger band. Wie der Waldläufer dasselbe Auto mit einem unsichtbaren Trick öffnete und sich ans Steuer setzte, während die Indianerin mit ihm hinten Platz nahm. Wie sie aus der Garage hinausfuhren, der Waldläufer das Radio laut aufdrehte und die Fenster heruntersurren ließ.

Wie die Indianerin wie auf Befehl den Kopf aus dem Fenster streckte und Kaugummiblasen machte und diese laut platzen ließ. Wie sie sich dann zwei Polizisten näherten, die am Straßenrand standen, die Indianerin im selben Moment ihren Arm um seinen Hals und ihren Finger kurz auf seine Lippen legte, der Waldläufer vorne die Lautstärke herunterdrehte, anhielt und fröhlich rief: »Was ist denn los, Kommissar?« Wie der eine Polizist antwortete: »Wachtmeister. Kleiner Zwischenfall, Sie brauchen keine Angst zu haben, alles im Griff«, wie der Mann sagte: »Können wir helfen, Herr Wachtmeister?« Wie der Polizist antwortete: »Genießen Sie den Ausflug mit Ihren Kindern und kommen Sie gesund wieder zurück.« Wie der Waldläufer lachte und die Fahrt langsam, ganz langsam fortsetzte. Wie sie schließlich aus dem Dorf hinausfuhren, noch immer sehr langsam. Oh ja, im Ablenken sind sie wirklich gut, die beiden, dachte der Junge. Kein Polizist der Welt hätte jemals herausgefunden, wer sie wirklich waren.

Lange nachdem die Indianerin ihm das Brötchen und die Schokolade angeboten hatte, hielten sie auf dem leeren Parkplatz einer Luftseilbahnstation, die offenbar nicht mehr in Betrieb war. Oben auf dem Hügel ein Bauernhof mit Misthaufen, an einem Feldweg eine Scheune und ein rostender Lkw, nirgendwo ein Mensch. Sie stiegen aus, der Waldläufer schulterte die zwei großen Taschen, die seit dem ersten Tag immer dabei waren, und sie marschierten los. Weg von der Straße, durch einen Wald und an einem Bach entlang. Da sah der Waldläufer schon wieder viel mehr wie ein Waldläufer aus.

Einmal kam ihnen jemand entgegen. Sofort schlang sich die Hand der Indianerin um die seinige. Es war eine alte

Oma. Pilzsucherin oder so. Viel zu weite Wolljacke, auf dem Kopf eine ausgebleichte Baseballmütze mit der Aufschrift »Jäggli Metzg Schwarzenegg«. Schon von Weitem begann sie loszuplappern. Was für ein wunderbares Wetter für einen Familienausflug und so weiter. Der Waldläufer und die Indianerin lächelten freundlich, die Alte plapperte weiter und hätte ewig damit fortfahren können. Irgendwann tippte der Waldläufer entschuldigend auf seine Armbanduhr und sie gingen freundlich lächelnd weiter.

Später verschwand die Indianerin im Gestrüpp und kam kurz darauf verwandelt wieder daraus hervor. Die Teenie-Kleider waren weg, stattdessen trug sie ein langes, dunkelgrünes Kleid, darüber eine Jeansjacke, in den Ohren kleine silberne Ohrringe. Zusammen mit den Armreifen und den Ledersandalen sah sie ungefähr zwanzig Jahre älter als vorher aus. Der Junge dachte: zwanzig Jahre älter, aber wunderschön. Meine wunderschöne große Halbschwester.

Irgendwann entfernten sie sich vom Bach und näherten sich einer Tankstelle, mitten im Nirgendwo an der Landstraße. Oben am Dach in dicker, roter Schrift »Ruedi Rüssel«. Vier Autos standen herum, nur eines hatte ein Nummernschild, ein eierschalenfarbener Nissan Sunny. Die Indianerin ging zum Snackautomaten und entnahm ihm drei Packungen Chips, drei in Plastik eingeschweißte Würstchen, drei Flaschen Cola light und drei Mars, während der Waldläufer am Auto mit dem Nummernschild wieder seinen unsichtbaren Türöffnungstrick anwendete.

Von der Tankstelle an saß der Junge alleine hinten, und das war ihm ganz recht. Dass sie wieder fuhren, war ihm auch recht. Weiterfahren ist, was wir wollen, dachte er. Wir können gar nicht anders, wir sind das Trio auf vier Rädern.

Vorne die zwei Phantomritter der Leisen Stiefel, die dem Indianervolk den Weg zu ihren Ahnen freiräumen müssen. Hinten der Beobachter, der sich alles merkt. Damit einer, wenigstens einer irgendwann diese Geschichte erzählen kann.

Noch einmal blickt er auf die ausgewählte Yu-Gi-Oh!-Karte. Erst jetzt sieht er, dass der Chauffeur des Busses Teufelshörner auf der Stirn hat und im Gesicht ein ungemütliches Grinsen. Vielleicht besser, dass der Reisebus bis jetzt noch nicht gekommen ist. Wer weiß, ob er gleich wieder in die Unterwelt zurückfährt. Dann schaut er aus dem Fenster. Bald ist es dunkel draußen. Sein zweiter Tag auf Reisen geht zu Ende.

Die Indianerin dreht sich zu ihm um, hält ihm eine halb volle Chipstüte und eine dieser komischen Würste entgegen. Er nimmt beides, lächelt der Indianerin zu. Sie nickt, ohne zu lächeln, und wendet sich wieder nach vorn. Danke, große Halbschwester mit den flaumigen Ohren. Wer weiß, vielleicht schlafe ich diese Nacht sogar in einem normalen Bett. Er langt in die Chipstüte und achtet dabei darauf, nicht in den Rückspiegel zu schauen, wo die unfreundlichen Augen des Waldläufers lauern.

XII.

Rui Tavares. Im Mundwinkel die Kippe, wie immer. Anders sieht man ihn nie auf seinem Balkon. An der Brüstung die Portugiesenfahne. Toni bleibt an seiner Balkontür stehen und schielt unauffällig hinüber. Sie müssen ja nicht unbedingt wissen, dass man ständig auf der Hut ist. Würden es auch gar nicht verstehen. Dass man es nur gut meint mit ihnen.

Tavares nimmt einen tiefen Zug, in der Dämmerung der aufleuchtende Glühpunkt. Dann lehnt er sich über die Brüstung und zupft an seiner Portugiesenfahne herum. Flinker Mann, einer der besten Außenläufer der Liga, sagen sie im Klub. Erstaunlich für einen Raucher. Gibt allerdings viele Raucher in den unteren Ligen. Können technisch gut sein, manche von ihnen sind auch schnell, aber eine Kondition haben sie nicht. Weiß man ja, warum. Im Brustkorb drin ein einziger Dreckslappen. Tavares nimmt nochmals einen langen Zug. Toni hält die Luft an. Er weiß, das ist der letzte. Er weiß auch, was jetzt gleich kommt. Er wünscht sich etwas anderes, aber das hilft nun auch nichts. Eins, zwei, drei – schon passiert's: Tavares flippt den Stummel mit dem Mittelfinger über die Brüstung. Dann dreht er sich um und verschwindet in seiner Balkontür.

Toni spürt das kommende Verderben bereits. Das heißt, erst kommen die Verderbensgedanken, diese verdammte Unglücksbagage von Verderbensgedanken, und das Herz rennt in ihrem Galopp eifrig mit. Obwohl er sich geschworen hat, sie nicht mehr reinzulassen in sein Oberstübchen. Obwohl er weiß, dass er für Tavares' Zigarettenstummel nicht zuständig ist. Er ist es eben doch. Seine Zuständigkeit denkt: Da flippt der kleine, flinke Außenläufer Tavares einen harmlosen Zigarettenstummel in die Tiefe und irgendein Hugentobler, Winterhalder oder Krüsi steht unten oder gegenüber am Fenster und sieht es und meldet es weiter, und schon geht's los. Das ganze Theater dieser unseligen Gegenwart. Fahnen, Abfallsäcke, Zigarettenstummel. Schweizer,

Italiener, Portugiesen. Albaner, Türken, Marokkaner. Böse Blicke, frische Dellen in parkierten Autos, Hundehaufen in fremden Gärten, und irgendwann Sturmgewehre, Brandanschläge, Bomben. Die Gegenwart hat sich darauf spezialisiert, aus jeder Mücke einen Elefanten zu machen. Und wenn sie dann merkt, dass der Elefant alles zertrampelt, ist es längst zu spät.

Tonis Hirn spielt das alles zur Probe durch, weil es nicht anders kann. Und wieder die Frage: Warum, kleiner, flinker Tavares, warum nur? Es wäre so einfach, es würde uns so vieles ersparen, verflucht noch mal, uns Ugartes, Guerreros und Berishas. Verstehst du das nicht, kleiner, flinker Tavares? Verstehst du nicht, was du uns allen antust mit deinem Zigarettenstummel? Und es ist nicht nur der Zigarettenstummel, es ist auch dein Müllsack, der am falschen Tag vor der Tür steht, es ist deine Gewohnheit, jeden Abend auf dem Trottoir herumzustehen, direkt vor den Fenstern der Hugentoblers, Winterhalders und Krüsis, und mit deinen Kumpels lustig eins zu plaudern. Natürlich weiß ich, wie spießig sie sind, das musst du mir nicht erzählen. Aber du ersparst dir den ganzen Ärger, wenn du dich mit ihrer Spießigkeit ein kleines bisschen arrangierst. Auch uns allen, der ganzen Gesellschaft ersparst du damit Unmengen an Ärger.

Tonis Atem geht schwerer. Er weiß, Tavares gehört zu seinen eigenen Leuten, der Portugiese und seine lustigen Kumpels stecken im selben Topf wie er selber, obwohl er seit vierzig Jahren hier ist und sich mit Fug und Recht zu den Hugentoblers, Winterhalders und Krüsis rechnen könnte, er hat all ihre spießigen Regeln intus, aber nein, er weiß, woher er gekommen ist, und darum gehört er wie Tavares immer noch zu den Ugartes, Guerreros, Berishas. Und weil er, Toni

Manfredi, einer der Amtsältesten unter den Ugartes, Guerreros, Berishas ist, muss er auf den kleinen, flinken, liederlichen Tavares aufpassen, das ist seine Pflicht, er muss ihn unter seine Fittiche nehmen.

Luft, denkt Toni, wo zum Teufel bleibt die Luft? Warum bekomme ich nicht genug Luft in meine Lunge? Bin doch auf dem Balkon hier, ist doch der achtzehnte Stock mit Blick auf den weiten Bremgartenwald. Hier hat's doch genug Luft, und frische auch noch, porca miseria! Im Schummerlicht sieht er den Blumentopfunterteller nicht, den der Wind kürzlich vom Fenstersims geweht hat. Er stolpert drüber, kann sich aber gerade noch auffangen. Und landet im alten Campingsessel. Er bleibt sitzen, versucht tief durchzuatmen. Luft bleibt trotzdem knapp. Sternchen im Gesichtsfeld, Übelkeit.

Ein und aus. Ein und aus. Tief in den Bauch hinunter, wie Morgenthaler sagt. Tonis Hände, die sich in den Hosenbeinen festgekrallt haben, lösen sich langsam wieder. Er schaut auf. Am östlichen Horizont, knapp über der Balkonbrüstung, graue Hügel vor tiefblauem Hintergrund. Die Erhebungen der Voralpen wirken in dieser Stunde wie Rücken von Brontosauriern, die sich zum Schlafen hingelegt haben. Ein Bild des Friedens, irgendwie. Zugleich aber auch ein unheimliches Bild. Tonis Lider senken sich, er zieht den Kopf ein. Es ist, als ob seine Haut sich dabei in eine harte Kruste verwandeln würde. Ist es seine störrische süditalienische Seele, die dieses Friedensbild nicht für wahr halten kann? Seine Ängstlichkeit? Oder hat es mit dem Alter zu tun? Bei Morgenthaler im Wartezimmer ist er beim Rumblättern kürzlich auf einen Artikel gestoßen. »Paranoia querulans, der Querulantenwahn«. Eine dieser Störungen, die im Alter immer schlimmer werden. Greise Männer, die sich in ihren Wohnungen verschanzen und auf alles schießen, was sich auf der Straße bewegt. Er ist kein Querulant, nein, aber. Seine Ängstlichkeit. Die gibt es. Zweifellos. Und ist sie am Schluss nicht auch ein Wahn? Ist er drauf und dran, verrückt zu werden? Man merkt es selber ja nicht. Verrückt wird man genau dann, wenn man's selber nicht mehr merkt.

Stille über den fernen Hügeln, unten das Rauschen der Autobahn. Der alte Campingsessel unter Tonis Hintern ächzt, die Gegenwart in seinem Kopf knirscht.

XIII.

Das Schweizer Mittelland: ein voralpines Molassebecken, eingeteilt in Bauzonen, Landwirtschaftszonen, Erholungszonen. Dazwischen Drumlins, Grundmoränen und Schwemmkegel. Von Weitem sehen sie aus wie bewaldete Dinosaurierrücken. Nach und nach nimmt die Dämmerung all dies in Beschlag. Wie eine Verbrecherkönigin verteilt sie die Mitglieder ihrer Bande auf die Posten, erst in den Senken und Furchen, dann lässt sie es auch oben auf den Saurierhügeln eindunkeln.

In schmalen Lichtkorridoren kaum nachlassende Ströme von Menschen, Fahrzeugen, Daten. Zischende Bustüren, klackernde Schuhabsätze und das *Plong* der Nachrichten auf den Handys als stetiges Murmeln im Hintergrund. Schritte in der Bahnhofsunterführung, Schritte an der S-Bahn-Haltestelle, Schritte in der Mehrfamilienhaussiedlung. Hier drei einzelne Nachhausegeher hintereinander, zwei schwenken ab, bleibt noch einer, er wandelt zwischen Abfalltonnen und Buchsbäumen, dann hält er inne, eine Gartentür quietscht, sein Schlüsselbund klirrt. Ein Spalt warmen Lichts zeigt sich, wird breiter, dann schlägt die Tür zu und drin ist er. Schritte auch am schwach beleuchteten Spielplatz, am Flussufer, am Waldrand, immer dabei das Hecheln des vierbeinigen Freunds und die knisternde Kacktüte. Da und dort Schritte der letzten Besorgungen, Schritte zur Spätschicht, Schritte von Nachtschwärmern. Und immer über alles wachend: der Mond, dieser alte Himmelskäse.

Einbrechende Nacht im Schweizer Mittelland, über seinen Lichtkorridoren und dunklen Inseln. Der Grund aus Asphalt, Kies oder festgetretener Erde, darunter die Molasse, und in den Bergen, wo die dunklen Inseln größer werden, der Alpengranit. Überall und lautlos geht Sedimentierung, Vergneisung, Verwitterung vonstatten. Und wenn das letzte Glühen am westlichen Himmel längst weggescheuert und die Schlafenszeit gekommen ist, beginnen in den Köpfen der Menschen die Träume zu knirschen. Nacht für Nacht tun sie es, und draußen wanken und schubbern die Landschaftssaurier und murmeln einander dumpfe Laute zu. Ihre Bewegungen spiegeln sich in den Träumen der Menschen, werden dabei immer ruppiger, bis sie als Lust- oder Angstbilder die tiefen Schächte des Schlafs aufreißen.

Aufwachen nach Mitternacht, nach langem Winden und Seufzen das Aufstehen, der Tee mit Honig, Baldriantropfen, eine Bachsonate, und irgendwann zurück unter die Decke und weiterschlafen. Oder auch nicht. Griff zum Handy, kurz die Fußballergebnisse, die Webcam der Playa de Troya auf Teneriffa, kurz die Erinnerung an den letzten Sommer abgerufen, dann die Lottozahlen und vermischte

Nachrichten mit Mord, Totschlag und Prinzenhochzeiten. Und zwischendurch immer wieder mal schnell auf die Timeline im sozialen Netzwerk, die liebsten Mode-, Auto- oder Techblogs, dann zurück zu den Nachrichten und noch mal schnell zur Webcam auf Teneriffa, und jaja, natürlich, so geht das mit dem Einschlafen noch schlechter, das weiß man, aber was will man, die Ruhe war von Anfang an nicht da, und so macht der Daumen immer weiter, und der Honigtee, der jetzt vielleicht noch helfen würde, die paar Übungen autogenes Training, an die man sich noch erinnert, die warten vergeblich.

MITTWOCH

I.

Wieder der gleiche Traum. Regina stürzt durch diesen engen Kanal, sein Sog ist auch diesmal allesverschlingend. Vor und hinter ihr sind andere Menschen, sie kennt sie nicht. Steil, immer steiler geht's hinab, dann scharf nach links, das Wasser überschwappt alles, Köpfe und Arme strecken sich aus dem weißen Brodeln. Hier und dort ein Kreischen, ein Japsen, erwartungsfreudiges Lachen, aber auch angstverzerrte Blicke. Das Tosen kommt näher, das Gefälle des Kanals wird noch steiler. Erneut eine scharfe Kurve, noch mehr Gischt. Diese Wucht, dieses immense Gewicht des Wassers, das an ihr zieht, sie hin- und herwirft, bis sie nichts mehr sieht, jegliche Kontrolle abgeben muss und im allgemeinen Kreischen und Rufen aufgeht. Dann wird es auf einmal still, das Tosen bleibt zurück, und sie fällt. Die Beine irgendwo, der Kopf wie benebelt, im Bauch eine rasende Angst, aber auch eine rasende Lust, und für einige Sekunden ist es, als ob sie sich fern jeglichen Lebens und zugleich fern des Todes befände, in einem ganz anderen Jenseits. Dann das Eintauchen in die schäumende Wanne am Fuß des Wasserfalls, die Rückkehr in die Welt der Kreaturen, wo der Himmel sich über dem

Kopf befindet und die Füße nach einem festen Boden verlangen. Wieder wirft es sie mächtig umher, um sie herum die Glieder, Köpfe, Haare der anderen …

Frank Sinatra singt »New York, New York«, Reginas Hand greift nach dem Handy, erwischt es nur halb, das Handy poltert zu Boden, Sinatra singt weiter. Regina seufzt. Nochmals denkt sie an den Traum, bevor die Einzelheiten entschwinden, diesen Traum, den sie so oft hat und nach dem sie sich bereits jetzt wieder sehnt, obwohl er so schrecklich ist. Schrecklich und unwiderstehlich. Dann sucht sie das Handy am Boden und klemmt Frank Sinatra ab. Ein letztes Seufzen, los geht's.

Zwei Minuten später rennt Regina mit aufgerissenen Augen und der Hand vor dem Mund aus dem leeren Kinderzimmer, greift zum Handy, wählt Tomas' Nummer. »Mach schon, mach schon. Raus aus den Federn, du traniger Schlafkopf.« Tomas nimmt nicht ab.

Regina knallt das Handy hin und rennt ins Schlafzimmer, wühlt in einem Kleiderhaufen, findet nichts Passendes, rennt zurück, greift wieder zum Handy und drückt auf die Wahlwiederholung.

Wieder das Tuten des Freizeichens.

»Scheiße.«

Tuten, tuten, tuten.

»Komm jetzt endlich, du Schlappschwanz!«

Ein Knacken, eine schläfrige Stimme.

»Tomas, endlich! Tomas, hör zu, das ist ernst. Er ist weg.«

»Wer?«

»Wer wohl? Raffi!«

»Was heißt weg?«

»Was soll es heißen, du Blödmann! Fort, verschwunden.«

Pause.

»Seit wann?«

»Was weiß ich, keine Ahnung. Er hat die Nudeln nicht gegessen, er hat keine Pizza gekauft, ich glaube, er hat hier überhaupt nichts gegessen seit vorgestern.«

»Vielleicht ist er bei einem Freund.«

»Er hat keine ... doch, er hat, einen einzigen, aber der ist in den Ferien.«

»Wenn er seit vorgestern nichts gegessen hat, dann ist er seit vorgestern weg. Muss man zumindest annehmen.«

»Aber das ... das ... das kann doch nicht sein, Tomas. Ich war doch gestern, ich war doch ... Scheiße!«

»Was?«

»Ich hab ihn tatsächlich nicht gesehen. Seit vorgestern. Ich hatte Sitzung und dann Chor und gestern war ich früh arbeiten und am Abend bin ich nach Kreuzlingen wegen ... ach, egal, ich war jedenfalls nicht da und ich hab nicht mal geschaut, ob er in seinem Zimmer ist, als ich spätnachts nach Hause gekommen bin, weil ich war so müde, die Schmidhauser setzt wieder mal alles dran, mich auf Trab zu halten, und dann ist da noch das neue Projekt, das ich natürlich ganz alleine stemmen muss, und ich ... ich hab Raffi seit zwei Tagen nicht ... Scheiße, Scheiße, Scheiße!«

»Wir sollten sofort die Polizei anrufen und ...«

»Untersteh dich! Der Enderlin braucht davon nichts zu wissen.«

»Warum braucht er davon nichts zu wissen?«

»Das müssen wir jetzt nicht diskutieren, Tomas. Enderlin bleibt draußen, basta. Hör zu! Wir treffen uns. In zehn Minuten beim Versuchsgelände.«

»Zwanzig.«

»Fünfzehn!«

»Okay, okay.«

Regina knallt das Handy hin und zieht sich im Stehen die Socken an, kippt dabei nach vorne, muss sich an der Wand abstützen. In der Bewegung ein flüchtiger Blick durchs Fenster. War da nicht etwas? Sie reckt sich, um richtig zu sehen. Und duckt sich gleich wieder. Sie hält sich die Hände vors Gesicht, zwischen ihren Fingern zischt es: »Neinneinneinnein, nicht, bitte nicht das!«

Sie kriecht zum Fenster, äugt über die Kante des Rahmens. Da steht er. Enderlin. Direkt an ihrem Auto. Hat die Schmidhauser ihn etwa geschickt? Hat er die Schramme am Clio schon gesehen? Und jetzt? Wird er gleich klingeln. Natürlich wird er klingeln! Ist die logische Folge: Er wird klingeln, und wenn sie nicht aufmacht, wird er die Hand auf die Türklinke legen, und die Tür, die könnte sogar offen sein, sehr gut möglich, denn sie vergisst das ständig, vor allem wenn sie spätnachts heimkommt.

Reginas Augen flimmern, ihre Fingernägel graben sich in die Oberschenkel. Dann stürzt sie zum Bad und reißt das Fenster auf. Unten der Garten, Hecken, ein Zaun, auf der anderen Seite des Zauns Obstbäume. Da war doch ein Loch im Zaun, wo der Kleine immer hindurchkriecht, irgendwo. Das schafft sie. Und dann zu Tomas rüber, irgendwie, ja, irgendwie geht das dann schon.

Als es an der Tür läutet, hängt Regina bereits am Fenstersims. Sie hangelt sich zum Dach des Fahrradunterstands hinunter und kratzt sich dabei die Knie auf. Dann der Sprung vom Dach, nicht so hoch eigentlich, aber sie stürzt trotzdem, weil keine Schuhe, also nochmals eine Schramme am Knie. Sie rennt quer durchs hohe Gras auf den Zaun zu.

Im Hintergrund der Wohnung Enderlin: »Hallo, schönen guten Morgen, ist jemand daheim?«

Fünf Minuten später. Regina in zerrissenem T-Shirt, die Unterhose erdverschmiert, der linke Fuß und beide Knie blutig, die Haare zerzaust, an der Rückseite eines Elektroverteilerkastens lehnend. Sie schnauft laut, flucht leise, schaut sich um. Auf der gegenüberliegenden Straßenseite fährt ein Transporter heran. Zwei Männer in tannengrünen Arbeitshosen steigen aus und laden Zeug vom Wagen: Laubbläser, Harken, Rechen. Regina duckt sich, tritt auf einen spitzen Stein, zieht schnell Luft ein, kippt zur Seite, kriecht zurück hinter den Kasten.

»He, was macht denn die?«

»Wer?«

»Die Frau dort. Hat nur eine Unterhose an. Mann, Mann, Mann, was ist denn das für ein scharfes Kaff?«

»Wo?«

»Hinter dem Kasten. Im Unterhöschen. Wie geil ist denn das?«

»Soll ich rübergehen? Vielleicht braucht sie Hilfe.«

»Hilfe? Haha, guter Witz. Reti will einer Frau helfen! Durchnudeln willst du sie, so wie damals die Alte vom Romy, wo …«

»Ich will ihr wirklich helfen!«

»Schon gut jetzt. Komm, wir lassen sie.«

»Jetzt wart doch mal. Die hat ganz offensichtlich ein Problem …«

»Reti, um Frauen mit Problemen machst du einen großen Bogen, klar?«

Reginas Fingernägel krallen sich in die Oberschenkel. Sie will die Luft anhalten, aber es geht nicht, ein Lachen kriecht ihr den Hals hinauf, das alles ist irgendwie, sie weiß nicht, aber irgendwie könnte man das fast schon amüsant finden, denkt sie, und das Lachen platzt tatsächlich aus ihr heraus, auch als nun hinter ihrem Rücken ein Pfiff ertönt, lacht sie weiter, denn etwas in ihr drin findet das aufregend, während etwas anderes in ihr drin noch immer zittert wie Espenlaub. Hinter ihrem Rücken jetzt ein Rufen. Sie rennt los. In ihrer Vorstellung kleben die Augen der ganzen Stadt an ihrem Rücken, an ihrem Hintern, in ihrem Nacken, wie Klettensamen kleben sie an ihr und in ihr drin gluckst es vor Angst und Lust und Vergnügen.

Fünf Minuten später. Auf einem Sandsteinmäuerchen sitzt ein roter Kater und leckt sich das linke Vorderbein. Er hält mit Lecken inne und schaut der Menschenfrau zu, die an dem Mäuerchen entlanghumpelt. Die Menschenfrau hechelt, dreht sich um, langt sich ins Gesicht, macht schleimige Geräusche mit der Nase. So sieht man sie selten, die Menschen. So viel Haut ohne ihr Warmzeug drüber. Der Kater riecht den Erregungsduft, der von der Menschenfrau ausgeht. Aber nicht nur den. Auch einen Geruch nach Schlaf kann er ausmachen, wie bei seinem Futtergeber jeweils am frühen Morgen. Diese Menschenfrau hier will weiter, das sieht man ihr an, aber sie tut es nicht. Sie hebt den dreckigen Fuß und betrachtet ihn, ohne ihn zu lecken. Tun sie nie, die Menschen. Gießen sich nur Wasser über den Kopf und glauben, das reiche, um sauber zu werden. Die Menschenfrau schaut zu dem Bau hin. Der, wo oben drin der Tabakmann wohnt, der ihm manchmal einen Wurstzipfel hinlegt, ihn aber nie streichelt.

Jetzt kommt noch eine Menschenfrau. Es ist die Alte mit dem sauren Duft unter dem Rock. In der Hand ein Netz mit Menschenfress. Die ungeleckte Frau ohne Warmzeug geht zwei Schritte zurück hinter das Grünwucher. Sind die Rivalinnen, die zwei? Die saure Alte biegt um die Ecke, die Ungeleckte tritt hinter dem Grünwucher hervor und rennt zu dem Bau, stürzt, schreit, richtet sich wieder auf und humpelt weiter. Dann geht sie die Holztreppe hoch. Oben angekommen greift sie mit ihren langen Fingern hinter etwas Holziges, klaubt etwas fast nicht Sichtbares hervor und macht damit an der Tür herum. Dann geht die Tür auf und die Menschenfrau verschwindet in dem Bau.

II.

Dieses Jaulen ständig. Wie will man sich da auf die Zeitung konzentrieren? Aber es gibt keine Alternative. Man kann doch nicht eine halbe Stunde lang auf dem Ding rumtrampeln und dabei nur stumpfsinnig aus dem Fenster schauen. Also versucht Jacques Rance, das Jaulen des Strampelgeräts nobel zu überhören.

Der Wirtschaftsteil ist zuerst dran. War immer so und wird auch so bleiben. Das schuldet er seinem Berufsstand. Dann der Auslandsteil. Das wiederum schuldet er seinem Kosmopolitismus. Dem er viel, sehr viel zu verdanken hat. Als Drittes der Kulturteil, ganz am Schluss das Inland. Lokale Politik hat ihn nie angezogen. Engherzig findet er sie, bevölkert von nervtötenden Fanatikern, die sich alle als Vertreter des kleinen Mannes ausgeben. Jeder beackert sein kleines Gärtchen und denkt nicht im Traum daran, auch nur eine Sekunde seines Lebens dem großen Ganzen zu widmen.

Beackern ist ohnehin das richtige Stichwort in diesem Land. Mindestens ein Drittel der nationalen Parlamentarier sind Bauern oder wären es gern. Die reinste Kartoffelrepublik!

Das Jaulen ist heute besonders laut, scheint ihm. Vor einer Weile hat er einen Techniker kommen lassen wegen der Angelegenheit, aber der hat das Strampelgerät nur angeschaut, sich dröhnend in sein Stofftaschentuch geschnäuzt und gemeint: »Die Dinger tönen nun mal so, Monsieur, kann ich nichts machen dagegen. Wenn es Sie stört, gehen Sie zum Radfahren raus.«

Zum Radfahren raus! Kommt selbstverständlich nicht infrage. Körperliche Ertüchtigung erledigt man gefälligst im Privaten. Jacques Rance weiß, dass er mit dieser Meinung heutzutage allein auf weiter Flur ist, aber das ist er mittlerweile mit fast jeder seiner Meinungen. Er gehört zweifellos zu einer aussterbenden Spezies. Kein Grund, nicht bis zum bitteren Ende die Form zu wahren.

9:14 Uhr. Noch sechzehn Minuten, dann wäre die Chose erledigt. Die tägliche halbe Stunde auf dem Ergometer ist eines seiner wenigen Zugeständnisse an den Hausarzt. Jacques Rance faltet den Auslandsteil zusammen und greift zum Kulturteil. Zwei schäbige Seiten, aber was will man? Diese Zeitung ist das einzige verbliebene Qualitätsblatt in der Romandie. Sie ist auf ihre Weise in Ordnung. Dennoch überkommt Jacques Rance jedes Mal Wehmut, wenn er an seine gute, alte Gazette de Lausanne denkt. Tragischerweise hat es sein Hausblatt schon vor über zwanzig Jahren erwischt, lange vor dem großen Zeitungssterben.

9:22 Uhr. Noch acht Minuten. Jacques Rance legt die Kultur weg und blättert sich durch den Inlandteil. Unter seinen Füßen das Jaulen des Strampelgeräts, in seinem Hals ein blubberndes Röcheln. Auf der ersten Seite nur Bauernpolitik aus der Region, Jacques Rance blättert schnell weiter. Auf der zweiten Seite die Zusammenfassung des gestrigen Tags in der parlamentarischen Herbstsession. Immer das Gleiche. Linke blähen den Staat auf, Liberale kämpfen dagegen an wie Don Quichotte gegen die Windmühlen. Kurzes Überfliegen, und weiter. Bevor auch dieser Teil auf dem Tischchen landet, bleibt Jacques Rance an einem Artikel mit der Überschrift »Deutschschweiz in Aufruhr« hängen. Er muss kichern, sein Rachen grunzt ausgelassen mit. Was soll es in dieser Kartoffelrepublik schon für einen Aufruhr geben? Lachhaft, wirklich lachhaft, was die da drüben bieten. Widerwillig überfliegt er den Artikel.

Eine unfassbare Schneise der Gewalt ziehe sich durchs Land, die Nation sei aufs Äußerste verwirrt. Erst ein möglicherweise terroristischer Anschlag in Romanshorn mit antisemitischem Motiv, der, wie man seit heute weiß, zugleich ein Bankraub sei. Da der Banksafe nachlässig, also nicht richtig verriegelt gewesen sei, könne man nicht ausschließen, dass der Diebstahl vielleicht nur eine Gelegenheit dargestellt habe, die die Terroristen kurzerhand genutzt hätten. Mindestens eine halbe Million sei weggekommen. Dann die Würenloser Tankstellenschießerei, ebenfalls mit politischem oder sogar terroristischem Hintergrund, so zumindest die Hypothese. Schließlich das rätselhafte Kidnapping in Steinhausen, wobei das Opfer nach wie vor nicht identifiziert sei. Verschiedene Indizien wiesen darauf hin, dass die drei Vorfälle in Verbindung zueinander stünden, vielleicht sogar die gleichen Täter hätten. Der unklare politische Hintergrund allerdings stelle die Polizei vor große Rätsel. Experten seien der Meinung, dass es sich hier um eine gänzlich neue Form des Terrorismus handle. Weder deutlich links noch deutlich rechts, aber Motive und Vorgehensweisen beider Traditionen aufnehmend. Hier habe man den Terrorismus einer Generation, für die der islamistische Extremismus wie auch die berühmten Amokläufe der letzten zwanzig Jahre sozusagen stilbildend seien. Auch die hiesigen Akteure hätten einen Hass, aber ganz offensichtlich einen diffusen. Sie spielten mit der öffentlichen Wahrnehmung, das gehöre sozusagen zur politischen DNA dieser Generation, ansonsten aber hätten sie kein klares Ziel, auch dies sehr typisch für die Millennials. Darum sei auch ihr Verhalten gänzlich unberechenbar. Tote habe es bis jetzt keine gegeben, aber das könne reiner Zufall sein.

Jacques Rance gibt ein Hüsteln von sich. Das Hüsteln wird hinterrücks von einem fiesen Bellen überrumpelt. Nanana, woher kommt das denn jetzt? Ein Röcheln gesellt sich zum Bellen hinzu, es will kein Ende nehmen, Jacques Rance lässt die Zeitung fallen, hebt die rechte Hand und klopft sich auf die Brust, doch damit verschwinden das Bellen und das Röcheln nicht, im Gegenteil, beides wird nur noch stärker. Jacques Rance bellt und röchelt und schaut sich dabei zu und weiß genau, was jetzt kommt. Das Unvermeidliche. Und tatsächlich, schon geht die Tür auf und Madame Labourre stürmt mit verzerrtem Gesicht herein.

»Monsieur, der Doktor hat doch gesagt …«

Jacques Rance fuchtelt mit der Hand in der Luft herum. Überhaupt nichts hat der Doktor gesagt, denkt er unter dem Bellen, das wie eine Tracht Prügel auf ihn niederprasselt. Was erzählt die Schnepfe da wieder?

»Monsieur, wäre es nicht besser, von dem Ding herunterzusteigen?«

Nichts da. Noch zwei Minuten, da ist er strikt.

»Gehen Sie doch bitte gefälligst Ihrer ...«, er röchelt, »Ihrer Arbeit nach, Madame Labourre. Ich ko...«, das Röcheln geht in ein Husten über, »ich komme schon klar hier.«

Madame Labourre knetet ihre Hände, macht dieses Gesicht zum Wegschauen und geht hinaus. Ein letztes kräftiges Röcheln. Jacques Rance presst die Lippen zusammen und strampelt weiter. Noch eine Minute.

Er denkt an den gestrigen Vorfall. An die stumme Szene, als Madame Labourre mitsamt ihrer Schreckfratze in den Salon stolperte, ihn auf dem Boden liegen sah und augenblicklich lospiepste. »Monsieur, was haben Sie denn ... was ist denn ... wie konnte das denn ...« Er denkt daran, wie er die Augen schloss und alles stoisch mit sich geschehen ließ, weil er es ja doch nicht verhindern konnte. Es hätte gereicht, wenn sie ihm beim Aufstehen geholfen hätte. Aber natürlich konnte sie es nicht dabei bewenden lassen. Hörte nicht mehr auf, um ihn herumzuhühnern. »Das ist nun schon das dritte Mal in einem halben Jahr, Monsieur, dieser Sessel ist einfach nicht mehr ...«

Dass dieser Sessel bleibt und von ihm weiterhin benützt wird, darüber braucht man nicht zu diskutieren. So ein Sessel ist ein Stück Kultur. Aber solche Dinge muss er ihr schon gar nicht zu erzählen anfangen. Perlen vor die Säue.

Jacques Rance steigt von dem Strampelgerät herunter. Langsame Kreise gehen, dem Puls Zeit geben, herunterzukommen. Anweisung vom Herrn Doktor. Man hat grundsätzlich seinen eigenen Kopf, und das zahlt sich meist aus, aber in dieser Hinsicht hört man wohl besser auf seinen Mediziner.

Er hebt den Inlandteil vom Boden, legt ihn auf das Tischchen, dreht den nächsten Kreis. Er denkt an den Artikel über die Schneise, an die Deutschschweizer und ihre Panik. Er kann sich eine gewisse Schadenfreude nicht verkneifen. Was hat er nicht für Scherereien gehabt mit den Deutschschweizern. Er hatte dort Verwandtschaft, die allerdings früh wegstarb, später auch Geschäftskontakte, er kennt sie zur Genüge. Was für ein leidiges Völkchen! Freilich hat man auch mit Romands und Franzosen Scherereien, aber diese Scherereien sind anders. Mit den Romands und den Franzosen ist es irgendwann vorbei, egal, wie hart die Bandagen waren, mit denen man kämpfte, irgendwann kann man weitermachen, ohne dass das Vergangene die Parteien weiter belastet. Deutschschweizer hingegen vergessen dir nichts. Selbst wenn sie einen längst vergangenen Vorfall nie mehr erwähnen, es bleibt immer etwas hängen.

Möglich, dass sie das gar nicht so wollen. Deutschschweizer tun vieles, was sie nicht wollen. Sie wollen nett sein und sind dabei alles andere. Sie wollen kosmopolitisch sein und führen sich dabei wie die hoffnungslosesten Hinterwäldler auf. Sie wollen gesellig sein und nerven alle.

Jacques Rance greift zu dem Tuch, das über der Lenkstange des unlenkbaren Pedalgeräts hängt, und tupft sich die Stirn ab. Ob der Brief angekommen ist? Ja, müsste er. Der Brief, der alles ändert. Der längst hätte alles ändern müssen, vor Jahren schon. Tant pis, jetzt ist er geschrieben, abgeschickt, angekommen und wahrscheinlich auch gelesen.

Wenn er es nur noch wüsste. Was denn genau drinsteht in dem Brief. Worum es nicht nur im Brief, sondern in der ganzen unseligen Geschichte ging. Aber er tut es nicht. Kaum war der Brief abgeschickt, verlor sich alles wieder im düsteren Schacht seines Gedächtnisses. Es hatte gutgetan, den Brief zu schreiben. Und es hatte gutgetan, ihn abzuschicken und alles gleich wieder zu vergessen. Nur dieses eine Bild ist noch da: ein Junge mit hellbraunem Wuschelkopf. Das Bild ist ganz deutlich. Obwohl er den Jungen nie gesehen hat. Er hat ihn sich nur vorgestellt. Häufiger, als er sich lange eingestehen wollte. Die ganzen fünfunddreißig Jahre, immer wieder, hat er ihn sich vorgestellt.

Er möchte den Jungen zurückhaben. Jetzt, wo er selbst unaufhaltsam erodiert und zur hilflosen Wanderdüne wird, von seinem freien Willen immer mehr abgeschnitten, jetzt möchte er diesen Jungen, wie soll man das denn ausdrücken, ohne dass es falsch verstanden wird, er will ihn an sich binden. Ja, binden. Und er ist durchaus bereit, einiges dafür zu geben. Er weiß, dass er den Jungen nicht gratis bekommt. Aber die Sache darf nicht falsch verstanden werden. Und genau da kommt er nicht weiter. Was genau muss denn richtig verstanden werden? Warum will er nicht noch einmal zurückgehen, um das herauszufinden? Warum ist da diese Sperre in seinem Kopf? Und warum spaziert da immer die Unglücksfigur von Madame Labourre quer durch sein Gedächtnis, wenn er an dieser Sperre steht und auf die andere Seite schielt?

Hinter der Tür ihre Schritte. Als ob sie seine Gedanken lesen könnte. Lautlos senkt sich die Türklinke. »Monsieur, Ihr Bad wäre bereit.«

Jacques Rance nickt und wendet sich ab. Ekel. Doppelter, dreifacher Ekel. Ekel vor ihrer Hässlichkeit. Ekel vor dem, was hinter ihr, hinter der Sperre lauert. Ekel aber auch vor sich selbst, vor seinem eigenen Ekel, vor seiner Eiseskälte. Dabei ist er weicher geworden in der letzten Zeit. Aber die

Sperre ist alt, da kommt auch die neue Weichheit nicht dagegen an.

Jacques Rance legt das verschwitzte Tuch über die Lenkstange des Strampelgeräts und knallt dabei mit dem Schienbein an die Pedale. Er seufzt. Dann schlurft er in Richtung Bad.

III.

»Tomas!«

Keine Antwort. Natürlich. Tomas ist nicht hier, er ist beim Versuchsgelände, Regina weiß das. Sie hat ihn selbst dorthin beordert. Sie berührt mit den Fingerspitzen die Kaffeekanne. Noch immer heiß. Sie gießt sich den Rest Kaffee in eine leere Tasse, geht zu dem großen Holztisch, greift nach dem gelben Päckchen American Spirit, nestelt eine Zigarette heraus und zündet sie an. Dann stützt sie sich mit beiden Händen am Tisch ab. In ihrem Kopf ein Schnelldurchlauf von Bildern: Enderlin, das Loch im Zaun, die Schrammen an ihren Oberschenkeln, die Gärtner mit ihren Machosprüchen. Wieder gluckst es in ihr drin.

Als sie die Zigarette im Spülbecken ausdrückt, sieht sie den Computer. Sie greift nach der Maus, schiebt sie hin und her. Tatsächlich, der Computer ist an. Tomas lässt ihn immer laufen, er hat den Energiesparmodus ausgeschaltet. Alle Seiten, die er am Vorabend besucht hat, sind am nächsten Morgen noch immer offen. Regina setzt sich hin. Mein kleines hässliches Ritual, ich brauch dich jetzt ganz fest.

Sie geht auf YouTube, gibt das übliche Stichwort ein:

wedding accidents. Verwackelte Videosequenzen von Männern in zu großen Glanzanzügen, denen ihre Bräute aus den Armen flutschen, Hochzeitspaare, die tanzend in die riesige Torte krachen, herunterrutschende Hosen kurz vor dem Jawort, und natürlich die Klassiker: die über ihren Schleier stolpernde Braut, der betrunkene Brautvater, wahllos an Damenhintern greifend, Kinder in lächerlichen Zwergenfracks, sich in die Hose machend, und selbstverständlich auch der Evergreen: die peinvolle Suche nach dem Ring vor dem Traualtar – wo zum Teufel ist er denn, in der Brusttasche, Innentasche, Seitentasche?

Regina hat alles schon x-mal gesehen in den letzten Monaten, die Abfolge ist genau festgelegt, sie weiß, was wann kommt. Die Minuten vergehen, Reginas Gedanken verwässern, verweichen, verwabern. Es ist wie, nein, das ist jetzt zu blöd als Vergleich, denkt sie, aber irgendwie eben doch, ja, wie die Zigarette nach dem Sex, so dämlich das klingt. Überhaupt, wie unendlich dämlich ist das alles, was hier passiert, wie unendlich peinlich, aber vielleicht gerade deshalb, keine Ahnung, aber irgendwie, jaja, doch, doch. Die Zärtlichkeit des Hochnotpeinlichen. Wie sie das jetzt braucht. Es streichelt sie, flüstert ihr Liebes ins Ohr. Egal, was zuvor passiert sein mag, wenn sie sich in ihre Hochzeitskatastrophenvideos hineinfressen kann, löst sich alle Verkrampfung in ihr, alles verwässert, verweicht, verwabert.

Die Gegenwart reicht jetzt noch bis zu den Rändern von Reginas Körper und nicht weiter. Ein Hier und ein Jetzt und sonst nichts. Sie sitzt da und spürt dieser Gegenwartsgrenze entlang, die Videos vor ihr sind verschwommen, ihr Atem geht leicht und tief, ihre Hand kriecht von allein zur Maus hin und klickt den Browser zu. Und dann sitzt Regina Novotny ihrem eigenen Selbst gegenüber und erschrickt fast zu Tode.

Ja, kein Zweifel, die Frau auf dem Bildschirm vor ihr ist tatsächlich sie selbst. Sie geht näher heran, ihr eigenes Selbst im Bildschirm ebenfalls. Sie führt den Finger an das Kameraauge an der oberen Bildschirmkante, ihr eigenes Selbst verschwindet.

Ein Starren und ein allmähliches Begreifen von, ja, von was denn genau? Hat Tomas gestern Abend gechattet? Oder sogar noch heute Morgen? Sitzt sein Chat-Gegenüber vielleicht in diesem Moment vor dem Computer und sieht sie, Regina, und fragt sich die ganze Zeit, was diese zerzauste, zerkratzte, selbstvergessene Frau am Computer ihres Chatpartners macht? Wer alles kann sie sehen in diesem Augenblick? Wer könnte, theoretisch? Schulleiterin Schmidhauser? Brunner von der Kulturkommission? Ihre Hand müsste jetzt zum Computer schnellen und sofort den Deckel zuklappen. Tut sie aber nicht.

IV.

Martin hebt den Kopf, checkt die Lage ab. Büromenschensilhouetten vor Bildschirmen, mattes Gemurmel und Tippen, links am Fenster Vasic' alberner Klingelton. Alle scheinen beschäftigt. Ruhe vor dem Sturm herrscht offenbar auch beim Pausenraum drüben. Der Moment ist ideal. Martin erhebt sich vorsichtig. Noch immer die Angst, jäh zu Boden zu gehen. Dieser Schrecken von gestern. Er schaut seinen Füßen bei den ersten Schritten zu, die Hände stets bereit sich abzustützen. Als er an der Tür des Pausenraums ankommt, sieht er die Buttergipfel, und sofort ist er beruhigt. Da ist etwas, über das er sich ärgern kann. Ärger ist der Anker, den er gesucht hat.

Heute also wieder mal Buttergipfeltag. Zu welchem Zweck auch immer. Die Leute finden ständig einen Grund, eine extragroße Tüte davon mitzubringen. Dieser Buttergipfel-Mitbring-und-die-anderen-damit-indirekt-unter-Zugzwang-Setz-Zwang ist ohne Zweifel der höchstmögliche Triumph allen Schweizertums. Mindestens zwei Mal die Woche liegt eine dieser fettfleckigen Tüten neben der Kaffeemaschine, daneben ein Zettel: »Es hat, solang's hat, greift herzhaft zu, Leute!« Oder so was in der Art. Dabei sind sie alle auf Diät und mehr als die Hälfte von dem Zeug bleibt liegen. Weiß der Teufel, was sie sich dabei denken. Immerhin hat so die Putzfrau etwas zum Mitnehmen.

Martin lächelt. Perfekt, diese Buttergipfelsache. Der Ärger darüber rückt alles wieder zurecht. Er spürt Boden unter den Füßen, die Welt hat wieder ein Gewicht. Dass es reichlich inkonsequent von ihm ist, trotzdem einen Gipfel zu nehmen, stört ihn nicht. Diese Firma ist die reinste Brutstätte der Inkonsequenz. Mit seinem Gipfel im Mund und einem Espresso in der Hand macht er sich auf den Rückweg. Bloß nicht herumtrödeln, die Leute registrieren alles.

Aber es ist bereits zu spät. Stimmen nähern sich, dann tauchen im Türrahmen die Gesichter von Andi Fröhlich, von der Niki und vom Vasic auf. Andi Fröhlich verpasst Martin den üblichen Klaps auf den Rücken.

»Boll, alter Schwede, alles klar bei dir?«

Martin nickt.

»Ach, und übrigens. Du sollst zum Bühler rübergehen

nachher. Er sagt, es eilt nicht. Wobei, allzu lange würd ich dann auch nicht warten. Kennst ihn ja. Hey, Niki, machst du mir einen doppelten E ohne? Du hast das einfach am besten drauf.«

Andi ist offensichtlich blendender Laune. Martin steht im Türrahmen, blickt auf seinen Kaffee und seinen Gipfel. Darf er jetzt gehen oder wäre das unhöflich?

»Du, Martin, wie war das noch mal mit dieser Entführung? Das war ja praktisch bei dir zu Hause, wenn ich mich recht erinnere.«

Martin beißt wie von einem Heißhunger überfallen in seinen Gipfel. Er sollte etwas sagen, aber mit vollem Mund geht das nun mal nicht. Er hustet, sagt schließlich mit halb vollem Mund: »Wir waren weg, als es passierte.«

Andi klatscht in die Hände und ruft begeistert: »Jetzt schaut euch das an! Da ist endlich mal was los in seinem Kaff, und was macht unser Boll? Er ist nicht zu Hause.«

Martins Blick wandert hin und her, bleibt am Ohr von der Niki hängen, die an der Kaffeemaschine herumhantiert. Da hängt etwas an ihrem Ohr. Jetzt fällt es herunter. Was war das? Ein Stück Ohrenschmalz?

Vasic: »Hör mal, Andi. Wir können alle verdammt froh sein, dass unserem lieben Schmollboll nichts passiert ist. Brauchst gar keine Witze zu machen drüber. Das ist nicht lustig. Es wird noch viel mehr passieren, das kann ich dir sagen. Und weißt du, warum? Weil wir das alles nicht ernst nehmen.«

»Was nehmen wir nicht ernst?«

»Die Wut der Leute. Alle haben irgendeine Angst, und aus der Angst wird früher oder später Wut. Das ist in unserer Biologie drin. Bei den meisten schläft sie zum Glück sanft, die Wut. Doch wehe, einer kommt und weckt sie auf. Ob das ein durchgeknallter Mitbürger, ein Politiker oder ein Terrorist mit einer Bombe ist, macht eigentlich keinen großen Unterschied.«

»Der Vasic war schon immer unser tiefsinnigster Analytiker, gell, Niki?«

Niki lacht und sagt nichts. Martins Blick wandert zu ihrem Ohr. Dann wendet er sich ab und drückt sich den Rest seines fettschmierigen Gipfels in den Mund. Wird einem jedes Mal fast schlecht dabei, und dennoch greift man auch bei der nächsten Gelegenheit wieder zu. Als ob man kein Gedächtnis hätte. In seinem Kopf taucht erneut das Bild von dem Erdklumpen im Wohnzimmer auf. Seine Unfähigkeit, daraus einen vernünftigen Schluss zu ziehen, Sandras Panik, als sie ihn reglos an der Wand sitzen sah.

Er hat seiner Bande nichts verraten gestern. Hat ihnen nicht gesagt, dass der Dreckklumpen nicht aus dem Garten stammen kann, dass also jemand in der Wohnung gewesen sein muss. Ließ sich von Sandra zum Sofa führen, lag eine halbe Stunde lang da und wartete auf die Blase im Augenwinkel. Ja, in diesem Moment wünschte er sich die wirbelnde Blase regelrecht herbei, ihre Anwesenheit wäre ihm angenehmer als alles andere gewesen, aber die Blase ließ ihn allein, allein mit dem Wissen um den fremden Erdklumpen.

Im Hintergrund nun Schritte, dann das Geräusch von Knöchel auf Türrahmen: klopf, klopf.

Andi: »Oha, jetzt schau mal an, unsere Kraftkanone lässt sich auch wieder mal blicken. Fit wie ein Turnschuh, der Hampi, wie immer!«

Martin dreht sich um. Hinter ihm steht der kantig-sehnige Mittfünfziger Hampi Gmür und leckt sich die Lippen.

»Du sag mal, Hampi, das würde mich jetzt interessieren«, sagt Andi und legt seine Hand auf Hampi Gmürs Schulter, »was macht eigentlich ein Sportsfreund wie du bei Bombenalarm? Rennst du weg? Oder rennst du hin?«

Hampi Gmür schnappt sich eine Espressotasse, leckt sich erneut die Lippen. »Wo hin?«

»Zur Bombe natürlich. Um sie zu entschärfen.«

»Wieso sollte ich eine Bombe entschärfen wollen?«

»Weil sie uns alle umbringt.«

»Und warum bin ich zuständig?«

»Weil du ein Sportler bist. Ein Sportler bewahrt in brenzligen Situationen kühlen Kopf. Oder etwa nicht?«

Hampi Gmür lacht, leckt sich abermals die Lippen und wirft ein Aspirin in den Kaffee.

»Aspirin ist übrigens krebsfördernd«, sagt Vasic. »Haben sie gestern in dieser Sendung gesagt.«

»Schokolade auch«, erwidert Hampi Gmür, ohne aufzuschauen. »Und Cola. Und Lachs. Und dann natürlich alles, wo Transfette drin sind. Pommes, Fischnuggets, Chips und so weiter. Und Buttergipfel wahrscheinlich auch. Aber das weißt du sowieso alles, oder, lieber Vasic?«

Vasic hebt abwehrend die Hände. »Ich sag ja nur.«

»Ich auch, Dejan.«

Stille.

Niki, viel zu laut: »Meine Schwester macht jetzt Steinzeitdiät! Ulkig, oder?«

Stille.

Martin kippt seinen Espresso, stellt die Tasse in die Spülmaschine und murmelt: »Ich muss wieder.«

Andi Fröhlich guckt auf die Uhr. »Oh, ich auch. Ich sollte heute unbedingt noch dieses Projekt. Ihr könnt's nicht glauben, wie viel das alles. Ein Riesending. Gestern Nacht bis zwei Uhr. Ach, die ganze letzte Woche schon. Aber es wird großartig, schlicht und ergreifend. So, jetzt aber!«

Fünf Minuten später sitzt Martin an seinem Tisch und wird nicht schlau. Eben noch bei Chef Bühler vorbeigeschaut und jetzt dieses Mitarbeitergespräch am Hals. Mitarbeitergespräch gibt's jedes Jahr, da kommt man nicht drumrum, aber warum schon morgen? Er gehe nächste Woche auf Geschäftsreise, deshalb, sagt Bühler. Ist doch keine Begründung! Das Mitarbeitergespräch kann man auch nach der Geschäftsreise machen, die wird doch nicht zwei Monate dauern. Was hat das also zu bedeuten? Hat Martin sich natürlich nicht getraut zu fragen. Und jetzt sitzt er also da, mit dieser quälenden Frage im Nacken. Fällt es so sehr auf, dass er viel seltener in den Abend hineinschuftet als die meisten anderen? Ist er untragbar geworden für das Team, die ganze Firma? Er ist seit bald zehn Jahren hier, so lange wie wenig andere, aber keiner ist unersetzlich, das weiß er.

Martin räumt seinen Tisch auf, putzt mit einem feuchten Tüchlein, von denen er immer welche in der obersten Schublade hat, den Telefonhörer und die Computertastatur. Er denkt an Andi Fröhlichs Geschwätz von den Bomben und den Terroristen. Man kann so etwas auch herbeireden. Je mehr wir von den Anschlägen sprechen, desto wahrscheinlicher werden sie, das hat man herausgefunden, wie er kürzlich las. Die Terroristen gehen immer dorthin, wo die Angst am meisten grassiert.

Martin ordnet die Stifte im Stifthalter, die Fotos von seiner lieben Bande, den alten Holzmaßstab, den er nie braucht, den Apfel, den er später essen wird. Hampi Gmür geht vorbei. Diese Hose, denkt Martin. Merkt der Mann denn nicht, wie sie seine O-Beine betont? Grässlich sieht das aus von hinten, und bestimmt trägt das ewige Training sein Scherflein zu dieser Unglücksfigur bei. Wobei, heute gilt das offenbar als erstrebenswert. Kürzlich, als die Lehrlinge auf dem Handy Bilder von diesem berühmten Fußballer anschauten. »Voll krass definiert, der Körper«, sagte einer von ihnen. Martin begriff erst später, dass das als Kompliment gemeint war. Er blickt Hampi Gmür hinterher und denkt: voll krass definiert, der Körper, stimmt schon. Wenn auch auf sonderbare Weise. Im Sommer die Waden wie ein gerupftes Huhn. Kann das den Frauen wirklich gefallen?

Aus der Tür vom Bühler, direkt in die Linie von Hampi Gmürs O-Bein-Gang, tritt die Neue. Hampi Gmür bremst ab, hebt die Hand, neigt den Kopf zur Neuen hin, die Hand landet sanft auf ihrem Kreuz. Ein Spruch, zu leise, als dass Martin ihn von hier aus verstehen würde, dann das Lachen der Neuen.

Seit drei Monaten ist sie hier, und jeden verdammten Tag steht sie um Punkt sieben Uhr wie ihr eigenes makelloses Selfiebild im Büro. Noch keine dreißig Jahre alt, zum Reinbeißen, aber so was von, und natürlich machen sämtliche Männer im Büro die idiotischsten Verrenkungen, um sich ins beste Licht zu rücken. Alle Imponierversuche würdigt sie mit dem gleichen Lachen, jeden Annäherungsversuch à la Erst-ein-flotter-Spruch-und-dann-kurz-aber-auch-verbindlich-die-Hand-auf-die-Schulter-legen ignoriert sie souverän. Keinen der Herren hat sie je bloßgestellt, obschon das ein Leichtes für sie wäre. Aber genauso wenig hat sich einer von den Herren einen Vorsprung gegenüber den anderen erarbeitet.

Martin wendet sich seinem Arbeitsplatz zu. Eine Weile

lang schweben seine Finger reglos über der frisch geputzten Tastatur. Martin denkt weiter nach. Mitarbeitergespräch. Bomben. Erdklumpen im Wohnzimmer. Hollenstein und sein Gewäsch. Seine Familie, die beste Bande der Welt. Martins Finger senken sich auf die Tastatur. Er googelt: »Überwachungskamera einfach zu montieren«.

V.

Ein Schrappen im Schlüsselloch. Regina fährt herum und wischt dabei mit dem Arm die Maus vom Tisch. Dann merkt sie, dass ihr blutiger rechter Fuß am Teppich festklebt. Ein Reißen, ein jähes Schmerzsignal, der Fuß löst sich vom speckigen Flachsteppich. Die Tür geht auf.

Tomas bleibt im Türrahmen stehen. Vor ihm dieses Bild: seine Exfrau, in Unterhosen vor dem Computer sitzend, die Haare verfilzt, das T-Shirt voller Flecken, die blutigen Füße seitlich abgedreht. Er schaut sich das Bild an, nimmt es hin, ohne groß nach Gründen zu fragen, und bereits kündigt sich in seinem Blick ein Lächeln an, ein Lächeln über diese groteske und zugleich so herrlich liederliche Szene, ein Lächeln in wonnevoller Erwartung dessen, was gleich folgt.

Regina, mit dem Rücken den Bildschirm abdeckend, sieht Tomas' Blick und auch sie weiß, was gleich folgt. Doch da ist keine Ankündigung eines Lächelns in ihrem Blick. Stattdessen nur das Hinnehmen der Tatsache, dass das Folgende nicht abzuwenden ist. Nicht weil sie sich gegen Tomas' Lustanfälle nicht wehren kann, sondern weil sie es nicht will, weil dieser Kontrollverlust sie aufrechterhält, sie weiß es ja, dieses teenagerhafte Getue lässt sie nur deshalb zu, weil sie dabei in aller Privatheit abstürzen kann, und abstürzen will sie ständig, ihr ganzes Leben ist aufs Abstürzen ausgerichtet, alles in ihr drin strebt in jedem Moment auf den Fall und den Knall zu, und so erhebt sie sich vom Sitz, zieht T-Shirt und BH und dann auch die Unterhose aus und lässt alles zu Boden fallen. Und das unabwendbar Folgende folgt.

VI.

Der Junge presst sein Gesicht ans Fenster, seine Nase stempelt einen weiteren Fettfleck aufs Glas. Auch jetzt ist kaum etwas zu sehen durch die schmalen Ritzen in den Jalousien. Eine Wiese, dahinter ein paar locker verstreute Tannen, fast schon ein Wald, in einer Lichtung ein kleines Haus aus Holz, vielleicht ein Stall oder Schuppen, daneben ein Haufen Bauschutt. Kein Märchenwald jedenfalls. Und kein Mensch weit und breit. Der Junge kehrt zum Bett zurück, reißt die Decke über seine Beine und lehnt sich an die Wand. Der Geruch, scharf, beißend, steigt ihm noch immer in die Nase.

Eine Nacht wie im Treibsand. Die kleinste Bewegung und du sinkst noch tiefer. Eine Nacht wie eine Lektion, was Ewigkeit ist. Und im Dunkeln die lidlosen Nachtgestalten. Doch du weißt, dass sie dich erst dann erblicken, wenn du dich rührst.

Geschlafen hat er dann doch. Hat er an dem Speichelfleck auf dem Kissen bemerkt, als es hell wurde und die Nachtgestalten verschwunden waren, ohne dass sie ihn gesehen hatten. Seit jener frühen Stunde sitzt er da und wartet. Manchmal steht er auf und späht durch die Ritzen in den Jalousien, manchmal stellt er sich an die Tür und horcht. Zwei, drei Mal Geräusche, aber niemand ist gekommen, um ihn aus diesem Raum, in dem nichts steht als ein Bett und ein geflochtener Kinderwagen, endlich herauszuholen.

Der Geruch. Er ist ziemlich gut im Aushalten von Ewigkeit, aber dass es kein WC gibt hier drin. Irgendwann konnte er es einfach nicht mehr halten. Was hätte er denn machen sollen.

Wieder das Gesicht ans Fenster pressen, zum tausendsten Mal die Yu-Gi-Oh!-Karten anschauen. Er kennt sie längst auswendig. Möbius, der Frostmonarch, Reisebus aus der Unterwelt, Schleifgolem, Explodierdrache, Rettungskaninchen, Zeit-Raum-Fallgrube, Oger des Scharlachroten Leidens, Goyowächter. Der Reisebus ist gestern auf der Fahrt hierhin nicht aufgetaucht.

Nachdem sie an jener verlassenen Tankstelle das Auto gewechselt hatten, waren die schroffen Berge, die lange im Hintergrund gelegen hatten, immer näher gekommen. Ein Dorf folgte auf das andere, sie sahen alle gleich aus. Am Dorfeingang jeweils eine Tankstelle mit Garage, in der Dorfmitte immer die Kirche und drei oder vier Restaurants, die Hirschen oder Rössli oder Bären hießen, und überall Blumen und an den Häusern große Tafeln mit Störchen und Hasen und Hunden drauf, daneben ein Name und ein Datum, Linus 2. Juni 2014, Amélie 14. August 2012, Matteo 9. 9. 2013 oder Sara 12-3-2014.

Nur eines der Dörfer merkte er sich, wegen dieser Bar an der Straße. Breite Männer in schweren Schuhen und Lederwesten an langen Tischen, daneben ihre Motorräder, an der Hauswand dahinter eine Schweizer- und eine Amerikanerfahne, ein Kuhschädel und Fackeln, dazu die Aufschrift »Hells Bells Bar«, und die Männer an den Bänken schauten ihnen hinterher, als ob sie dem gestohlenen Auto sein Gestohlensein angesehen hätten.

Dann tuckerten sie diesem Traktor mit Anhänger hinterher und konnten nicht überholen. Auf dem Anhänger saß eine alte Frau, kugelrunder Kopf auf kugelrundem Leib, weiße Helmfrisur. Wie eine Comicfigur kam sie ihm vor, pausenlos grinsend, als ob ihr das Gesicht vom kühlen Fahrtwind eingefroren wäre. Jetzt erinnert er sich, wie die Indianerfrau und der Waldläufer zunehmend nervös wurden und wie der Waldläufer immer verzweifelter versuchte zu überholen, um dieses Omagrinsen nicht mehr vor sich zu haben.

Er denkt an die Grinsekatze aus *Alice im Wunderland*. Er denkt an das Kaninchenloch. Verschwindibus, piff, paff, puff, und ich bin im Wunderland drüben! Das wäre jetzt schön. Er will nicht zu Mama zurück, nein, nein, nein, aber das hier will er auch nicht, in diesem Raum warten zu müssen, ohne zu wissen, was als Nächstes passiert, er will, nein, er weiß es nicht, einfach immer weiter, ja, das will er, immer weiter.

Er denkt an den Bach gestern, der an der Straße entlangführte und dabei immer breiter wurde und mit einem Mal wegbog und nicht mehr zurückkam. Er hätte gerne gewusst, was mit dem Bach noch passierte. Ob da eine Staumauer war, die ihm den Weg versperrte. Ob der Bach irgendwann einen Hang hinabstürzte und zu einem rauschenden Wasserfall wurde. Die letzten zwei Tage mit der Indianerfrau und dem Waldläufer fühlen sich genau wie dieser gestaute Bach an. Gestauter Bach, der einen Bogen macht, und was hinter dem Bogen ist, weiß man nicht. Staumauer? Wasserfall? Felsspalt?

Felsspalt. Seine Gedanken gehen auf eine Öffnung im Fels zu, zwängen sich in sie hinein, drin Dunkelheit, ein kaltes Hallen, und die Gedanken ziehen ihn immer weiter hinab in diesen glitschigen Tropfsteinmund. Gedanken, warum hetzt ihr immer der Angst hinterher? Was wollt ihr denn von ihr? Er schlägt sich mit der Hand auf den Kopf, um die Gedanken aus der Hirnkugel hinauszuhämmern. Dann drückt er sein Gesicht ins Kopfkissen. Es ist noch immer nass von den Tränen und Speichelfäden der Nacht.

Vor der Tür jetzt Schritte. Der Schlüssel wird umgedreht. Die Tür öffnet sich. Im Türrahmen steht die Indianerfrau. Sie trägt einen Teller mit bestrichenen Brotscheiben. Sie schließt die Tür hinter sich und kommt näher.

»Hast du Hunger?«

Der Junge wischt sich mit dem Ärmel übers Gesicht und nickt.

»Hier ist Frühstück. Du isst doch Nutella auf Brot gern, oder?«

Der Junge nickt nochmals. Sie reicht ihm den Teller mit den Brotscheiben und setzt sich neben ihn. Der Junge wartet.

»Ess!«

Der Junge isst. Die Indianerfrau schaut ihm zu.

»Ist gut?«

Der Junge nickt. Die Indianerfrau lächelt.

»Hast du Durst?«

Der Junge nickt. Die Indianerfrau geht aus dem Zimmer, schließt die Tür hinter sich. Komisch, wie sie spricht, denkt er. An seiner Schule gibt es einen Lehrer, der ähnlich redet.

Ohne Akzent, aber voller Fehler. Er beißt in das letzte der Nutellabrote.

Die Indianerfrau kommt mit einem Glas Wasser zurück. Der Junge trinkt es in einem Zug aus.

»Musst du auf die WC?«

Der Junge schüttelt den Kopf, senkt den Blick verschämt zu Boden.

»Bald wir fahren weiter.«

»Wohin?«

Die Indianerfrau lacht und sagt nichts.

Er sagt: »Bin ich Ihre Geisel?«

Sie schaut ihn fragend an. Dann lacht sie. »Ah, ich weiß, was du sagst.« Sie lacht wieder. »Deine Eltern haben vieles Geld oder was?«

Er überlegt. »Mama spart seit fünf Jahren für ein neues Auto. Es reicht noch immer nicht.«

»Dann sie hat nicht vieles Geld«, sagt sie.

Sie nimmt den Teller und das Glas und erhebt sich. Sie dreht sich im Kreis und rümpft die Nase.

»Was riecht so komisch hier?«

Er sagt nichts.

»Was riecht wie … wie … wie von Piss?«

Sie geht in die entfernte Ecke, bückt sich. Dann dreht sie sich um und sagt: »Du hast hier in dem Boden gepisst?«

Er schluckt, sagt nichts.

»Du hast hier gepisst, Junge?«

Er sagt nichts.

»Oh«, sagt sie, »oh Gott, warum du hast nichts gesagt, dass du musst …? Warum du hast nicht geklopft?« Sie blickt zur Tür, runzelt die Stirn. »Du hast geklopft?«

Der Junge nickt.

»Du hast und wir haben nicht dich gehört? Und dann … du hast in dem Boden …«

Er blickt zu den geschlossenen Jalousien hin. Eine Träne läuft ihm die Wange herunter. Ein Pfeifen ertönt aus seinem Mund, dann schüttelt es ihn sanft durch und er vergräbt das Gesicht in der Armbeuge. Die Frau geht einen Schritt auf ihn zu, bleibt stehen. Sie streckt die Hand nach ihm aus, blickt sich um. Ein paar Sekunden lang ist nur sein unterdrücktes Weinen zu hören. Dann zieht sie ihre Hand zurück und verlässt das Zimmer.

VII.

Zwei traurige Käsestangen, diese Beine. Übersät mit Krampfadern, Schrammen und Flecken. Nichts mehr zu machen. Und nach jedem Halbsturz kommt ein neuer Fleck hinzu. Immerhin kann man sagen: Hier fließt noch Blut.

Jacques Rance in der Sitzbadewanne. Er mustert seinen Körper und denkt: wie Marats Leichnam in der Badewanne von Jacques-Louis David. Was für eine Ironie! Ich, der Großbürger, als Revolutionärsleiche. Was soll man da noch anderes tun als lachen. Die reinste Karikatur. Und draußen die Bedienstete, auf jedes Geräusch horchend, auf dass sie im Notfall ins Badezimmer stürzen kann und Monsieur das Leben retten. Jacques Rance versucht, mit Schwung ein Stück hochzuschnellen und dabei nach dem Schwamm zu greifen. Der Versuch verkommt zu einer walartig langsamen Pirouette. Er sinkt ins Wasser zurück, dreht sich auf den Rücken, schließt die Augen.

Wieder das Gedächtnis. Zaghaftes Suchen nach dem hellbraunen Wuschelkopf, nach dem Inhalt seines eigenen Briefs, der die Lösung für das alte Ungemach enthält. Vergeblich. Immer wieder wühlt er in diesem brackigen, stinkigen Wasserloch von Gedächtnis, und nichts kommt dabei raus. Nur diese Stille ist da, während die Brühe im Loch kaum merklich höher steigt, stetig ihre Oberfläche vergrößert, bis irgendwann, vielleicht sehr bald, etwas passiert. Jacques Rance spürt es. Nein, spüren ist das falsche Wort, er war nie auf der Seite der Spürer. Ahnen eher. Er ahnt, dass bald etwas passieren wird mit diesem Gedächtnistümpel. Entweder wird er überlaufen oder von einem Moment auf den anderen in einer tiefer liegenden Kaverne verschwinden. So irgendwie. Schwemme oder Leere, auf jeden Fall wird dann alles anders sein. Jacques Rance wird dann nicht mehr da sein, zumindest nicht mehr auf die Weise, in der Jacques Rance sich seit achtundachtzig Jahren kennt.

VIII.

Beine, straff und makellos. Der Saum des Rocks auf halbem Oberschenkel. Sein Faltenwurf, wenn sie sich bewegt. Von ihrem Hintern hingegen ist nur ein Teil zu sehen. Doch mehr ist nicht nötig. Um sie herum leises Piepsen und Summen, in seinem Kopf ein Toben.

Hin und her schaukelt die Neue vor dem Fotokopierer, hin und her zwischen Papiereinzug und Papierausgabe. Ihre Beine kurz sichtbar, und wieder weg. Kurz sichtbar, und wieder weg. Weiter geht das Toben in seinem Kopf. Dann der Gedanke von kürzlich: Er im Bett mit Sandra, doch im Kopf treibt er's mit der Neuen. Ist das jetzt geistige Untreue? Wenn der Sex mit Sandra dadurch besser wird, mehr Spaß macht, ist das dann immer noch Untreue? Und wenn er in diesem Moment wieder zur halb offenen Tür des Kopierzimmers schielt und sich diese makellosen Beine als die Beine seiner Frau vorstellt und es dann im Kopf mit seiner Frau treibt? Was ist das dann? Und wo führt das alles hin?

Rechts neben ihm Schritte, er richtet seinen Blick auf den Bildschirm. Schon ist die Angst wieder da. Der Dreckklumpen im Wohnzimmer, die unbekannten Banditen, das Mitarbeitergespräch morgen um neun Uhr dreißig. Wie eine Verstopfung, das alles. Verstopfung im Flaschenhals, die sich irgendwann plötzlich löst. Und dann?

IX.

Diesmal steigen sie in ein rotes Auto. Opel Astra. Im Sitzpolster Staub und feuchte Holzspäne. Bestimmt von einem Bauern geklaut. Der Junge setzt sich hin und will nur eines: die Nacht vergessen. Deshalb konzentriert er sich jetzt auf seine Mission. Beobachten. Damit er alles irgendwann erzählen kann. Außer, dass er ins Zimmer mit dem geflochtenen Kinderwagen gepinkelt hat. Das bleibt ein Geheimnis zwischen der Indianerfrau und ihm. Der Waldläufer fährt los, und der Junge fängt mit dem Schmetterlingsnetz seines Blicks jedes Detail am Straßenrand ein: Hofläden, Plakate, Tankstellen, Blumenkübel, Misthaufen, Vögel. Und immer wieder die bunten Geburtsschilder.

Doch er ist müde von der durchwachten Nacht, und bald schläft er ein. Er träumt. Sieht im Traum einen weiten Himmel über sich und unter sich ein Trampolin. Er spürt im Gesicht einen Luftzug, seine Stirnfransen flattern, er sieht das Trampolin näher kommen, sieht, wie sich seine Füße ins elastische Gewebe des Trampolins drücken, er spürt die Kraft, die ihn zusammendrückt, dann den Rückstoß. Er fliegt, fliegt, fliegt. Dann wieder die Schwerkraft, und erneut drücken sich seine Füße ins Gewebe. Und wieder fliegt er. Er sieht jemanden herankommen. Es ist Enderlin, der Polizist. Bestimmt holt er mich von dem Trampolin herunter, bestimmt ruft er gleich Mama an, denkt er. Doch Enderlin schnallt grinsend seinen Pistolengurt ab, zieht die Schuhe aus und klettert auf das Trampolin. Beide springen sie, höher und höher und höher. Enderlin lacht. Kurz später steht Anna Esposito da, Mamas zweitbeste Freundin. Auch sie zieht ihre Schuhe aus und klettert aufs Trampolin. Sie springen zu dritt. Enderlin und Anna Esposito lachen. Dann kommt Gisler, Papas stets nach saurem Most riechender Nachbar. Auch dieser zieht seine Schuhe aus und gesellt sich zu ihnen. Ein vielfaches Hopsen und Fliegen, und dazu das Kichern der Großen. Auch er selber kichert jetzt mit. Frau Roos, seine Lehrerin, ist die Nächste, die aufs Trampolin steigt, dann kommen Schulleiterin Schmidhauser und Herr Fritsche, einer der Oberstufenlehrer. Alle springen sie durcheinander, ohne dass es einen einzigen Zusammenstoß gibt, und das Kichern und Lachen und Prusten wird immer lauter.

X.

Eben noch sind sie bei ihm zu Hause übereinander hergefallen, und jetzt, kaum eine Stunde später, das! Er wie ein Häftling auf Freigang, sie die Aufseherin. Dabei müsste sie doch selber nach Raffi suchen. Aber es ist nicht nur Tomas, der sie abhält von der Suche. Nachdenken müsste sie mal in aller Ruhe, über die Situation hier, wie sie aus ihr wieder herauskommt, natürlich auch über Raffi, was mit ihm los ist, wie es so weit kommen konnte, und überhaupt. Doch wie soll man diese Ruhe finden?

Da steht sie also in diesem Wald und späht ihrem Exmann heimlich hinterher. Sie will ihm nicht heimlich hinterherspähen müssen, natürlich will sie das nicht, aber sie kennt ihn. Sie lehnt sich an den Baum, eine Ausstülpung in der Rinde drückt sich zwischen ihren Schulterblättern ins Fleisch. Sie presst sich dagegen, der Schmerz lenkt sie ab, beruhigt sie. Ihr Blick folgt dem Schatten unter den jungen Tannen. Da stöbert er im Unterholz herum, angeblich auf der Suche nach seinem abhandengekommenen Sohn, aber was er da wirklich vollführt, das weiß nicht mal er selber.

Die Angst, dass er ihre Mahnung vergisst und Raffi doch noch bei Enderlin als vermisst meldet, ist nicht ganz unbegründet. Und dann die Sache mit Brunner. Dass Tomas irgendwann bei diesem aufkreuzt und ihn löchert wegen des Stipendiums. Tomas ist imstande, solche Dinge zu tun.

Einmal hat er den großen Stein bemalt, der inmitten eines Verkehrskreisels am Ortseingang liegt. Kunst auf der Höhe ihrer Zeit, hatte er strahlend verlauten lassen. Dass der Stein ein historisch bedeutsamer Findling war, hatte er natürlich nicht gewusst. Die ganze Stadt lachte sich krumm. Die Reinigungskosten stotterte er dann ein halbes Jahr lang ab. Ein anderes Mal torkelte er nachts sturzbetrunken in ein fremdes Haus, dessen Tür nicht abgeschlossen war, und legte sich auf dem Sofa schlafen. Am nächsten Morgen bemerkte er, dass es das Haus des Turnvereinspräsidenten war. Harmlos, aber eines Tages wird dieser Unglücksmann in ein richtig großes Fettnäpfchen treten. Und eine richtig große Sauerei veranstalten. Wenn er jetzt zum Kunstkommission-Brunner ginge, zum Beispiel. Dann. Dann wär's um sie geschehen.

Aha, jetzt zottelt er davon. Offenbar in Richtung des Flusses. Da war er doch schon zweimal. Regina folgt ihm in sicherem Abstand, verliert ihn aber, als er hinter einer Bodenwelle verschwindet. Sie macht einen großen Sicherheitsbogen, nach fünf Minuten sieht sie ihn wieder. Er sitzt am Flussufer. Und raucht in aller Seelenruhe.

Sie setzt sich ebenfalls hin, schaut an sich herunter. Was für eine Schlampigkeit! Da hatte noch eine alte Trainingshose von ihr bei Tomas herumgelegen, die in den Neunzigern vielleicht einmal cool gewesen war. Pludernylon in Gelb, Violett und Schwarz. Obendrüber trägt sie einen abgetragenen Kapuzenpulli von Tomas, die Ärmel drei Mal umgekrempelt. Erst jetzt fällt ihr auf, dass sie ihm diesen gekauft hatte, damals, vor weiß nicht wie vielen Jahren.

Irgendwo weit weg ein aufheulendes Auto, Regina dreht sich um. Ihr Blick wandert über das Muster des Dickichts, bohrt sich hinein in die Dunkelheit, die die Lücken zwischen dem Grün füllt, auf der Suche nach einer Stelle, an der er ruhen darf, damit das Denken seinen Raum bekommt, damit sie endlich mal darüber nachdenken kann, was jetzt zu tun ist, was jetzt wichtig ist, ihr Sohn, natürlich, natürlich, das ist ja klar, darüber muss man nicht nachdenken, er ist das Wichtigste, aber dennoch ist da ein Durcheinander in ihrem Kopf, das war bei ihr schon immer so, ein Durcheinander, so groß, dass es ihr eigentlich immer nur darum ging, sich da irgendwie herauszustemmen, aber es klappte nie, ihr ganzes Leben lang hat das nicht geklappt. Zwar scheint es manchmal, dass sie jenen archimedischen Punkt gefunden hätte, aber jedes Mal entpuppt er sich schon bald als Trug. Wenn sie es hinbekommen würde, nur ganz kurz, dann würde ihr Leben auf jeden Fall ganz anders aussehen, keine Frage, aber diese Möglichkeit ist ihr nie gegeben worden, und deshalb muss sie immer und immer wieder …

Schon länger ist ihr Blick an dem Baumstumpf hängen geblieben. Hängt da nicht etwas? Sie setzt sich in Bewegung, kämpft sich durch Brombeergestrüpp. Beim Baumstumpf angekommen kniet sie sich hin und streckt die Hand aus. Eine Spielkarte? Ach, die kennt sie, das ist eine von diesen Kindertauschkarten. Hatte nicht Raffi kürzlich einen Stapel von diesen, wobei sie sich gefragt hat, wie er zu denen gekommen ist?

Bilder wälzen sich durch ihren Kopf, schubsen sich gegenseitig herum, treten sich auf die Füße: Raffi in seinem Zimmer, über irgendein Computerspiel gebückt, Raffi im Garten, über irgendeinen Ameisenhaufen gebückt, Raffi am Küchentisch, über irgendeinen Comic gebückt. Immer sieht sie ihn von hinten, von hinten oben, um genau zu sein, mit dem ihr zugewandten Haarwirbel auf dem Hinterkopf.

Macht er eigentlich nie etwas anderes, als sich über irgendwelche Sachen zu bücken? Schaut er ihr jemals in die Augen? Man muss ihm's immer sagen. Schau mir jetzt bitte mal in die Augen, mein Kleiner!

Wo hat er sich verschanzt? Und woher kommt diese Obsession mit Verstecken? Warum kann er nicht einfach normale Dinge tun? Dinge, die alle anderen in seinem Alter tun? Regina weiß, dass sie oft zu wenig Zeit für ihn hat, aber sie versucht wenigstens, ihm etwas mitzugeben, ihm die Augen zu öffnen für das, was einen Jungen in seinem Alter halt so interessiert.

Ein Brummen, ein Knirschen hinter ihr. Sie dreht sich um. Da kommt ein Auto. Es bremst ab, fährt rückwärts in den dunklen Wald von Jungtannen hinein. Und bleibt dort stehen. Regina, noch hinter dem süß duftenden Baumstumpf, hat den Wagen erkannt. Familienkombis in diesem hässlichen Olivgrün kommen heute eher selten vor. Und dann die rosa Sonnenschutz-Dinger an den hinteren Seitenfenstern, mit dem Lillifee-Motiv. Kann nur Brunners Wagen sein.

Brunner ist nicht allein. Da ist noch jemand, denkt Regina, und zwar, nein, neinnein, die kann's ja wohl nicht sein, Himmelherrgott, das wäre, das ist doch nicht, aber ja, es ist sie, ist das zu glauben? Dieses Luder!

Nun eine Bewegung in Brunners Auto. Klettern, rutschen, Rückenlehne runter und so weiter. Natürlich, denkt Regina. Wir wissen Bescheid. Was tut man denn sonst zu zweit im dunklen Wald? Was für ein lausiges Luder, die, ehrlich! Regina kauert hinter dem Baumstumpf und späht. Sieht den nackten, schmalen Rücken und wie er sich bewegt. Sie denkt: Und wenn sie mich jetzt sehen?

Wegen der unbequemen Lage hinter dem Baumstumpf

beginnen ihre Beine zu zittern. Sie muss sie irgendwie ausstrecken, und dafür ist es nötig, kurz aus der Deckung zu gehen. Und wenn sie mich dabei sehen, denkt sie noch immer und weiß keine Antwort auf die Frage. Weiß nur, dass die Frage und die ausbleibende Antwort sie auf maßlose Weise erregen.

Der olivgrüne Familienkombi wackelt, im Fenster der weiße Rücken, quer drüber der Riegel des BHs, keine zwanzig Meter entfernt, und hier, hinter dem Baumstumpf, zwei ausgestreckte, zitternde Beine, eine unbeantwortete Frage und eine plötzliche Erregung, und der nun heranflatternde Eichelhäher, mit seiner schwarz-blau gestrichelten Handdecke einen exotischen Schweif durchs Unterholz ziehend, sieht das alles und beschließt für einmal zu schweigen, lässt seine schreckenverbreitende Stimme unbenutzt, landet stattdessen leise auf dem Boden neben einer kleinen Tanne und schaut dem Geschehen zu. Er staunt nicht, er hat hier schon viel gesehen, er weiß, es sind ja nur Menschen, und das Leben der Menschen besteht fast immer aus Aufwallungen der jähesten Art, hier- und dorthin wogend und dazwischen immer wieder aneinandergeratend, und mit Aufwallungen kennt der Eichelhäher sich bestens aus, der Mensch ist im Grunde genommen nichts anderes als ein sehr bleich geratener Rabe, die gleiche unberechenbare Mischung aus Intelligenz und einer Neigung zum Aufruhr, und auch die Bindung an die Gruppe, die jede Regung des Einzelnen regiert, auch die kennt der Eichelhäher, dieser bunte Rabencousin. Noch ein Blick auf das Geschehen, und er schwirrt davon.

Eine Viertelstunde später fährt ein olivgrüner Familienkombi auf dem Feldweg in Richtung Überlandstraße, und eine Frau in schlabbriger Nylontrainingshose taumelt durchs Unterholz. Irgendwie kommt sie sich beschwipst vor. Diese Lust in ihr drin, sich alle Kleider vom Leib zu reißen und laut kichernd durch die Gegend zu rennen.

XI.

Fünfzehn Stunden. Toni schüttelt den Kopf. Dann blickt er auf das schwarze Gebräu in seiner Tasse, von dessen Oberfläche winzige Dampfschwaden hochsteigen. Er hebt die Tasse an den Mund und trinkt. Kann ein Mensch überhaupt so lange am Stück schlafen? Nun, er hat es eben getan. Und doch fühlt er sich keineswegs gestärkt. Im Gegenteil. Als ob sein Körper in diesen fünfzehn Stunden ausgelaufen wäre, seine eigenen Ränder übertreten hätte und jetzt erst nach und nach wieder dorthin zurückkehrte, wo er zu sein hat.

Noch einen Schluck. Toni lässt den Blick über den Spannteppich gleiten, dann über den Ess- und Arbeitstisch, die Wohnwand mit Vitrine, das Sofa und den Beistelltisch, den Ficus, das Fenster, schließlich die Balkontür. Wie ein geschlagener Hund bewegt sich sein Blick um diese Stelle herum, um diese Tür und was sich dahinter befindet.

Dort draußen ist er gestern fast umgefallen. Wie zugeschnürt der Hals, keine Luft mehr in der Lunge. Eine Stunde lang saß er auf dem alten Campingstuhl, ohne die kleinste Regung. Irgendwann schaffte er es, ins Badezimmer zu wanken, wo er mit seinem erbärmlichen Spiegelbild ein Blickduell ausfocht. Dann den Kopf unter den laufenden Wasserhahn und der Gedanke: jetzt einen starken Kaffee und danach weiter mit der Arbeit. Doch seine Füße hatten es besser gewusst und ihn ins Schlafzimmer getragen. Fünfzehn Stunden!

Und jetzt will er weg. Er will, sollte, muss. Wieder mal in die Stadt, die Stadt tut ihm gut. Seine Lieblingstour machen. Am Hirschengraben aussteigen, zu Fuß zur Kleinen Schanze, über die Bundesterrasse, dann quer durch die Altstadt, immer schön rechts halten, vor dem Münster die alte Fricktreppe hinunter zur Aare und weiter durchs Mattequartier, das er schon immer geliebt hat, Badgasse, Schifflaube, Gerberngasse, dann unter den Brücken hindurch und mit der Flussbiegung nach links, weiter auf den Langmauerweg, dort im Hinterhof bei seinem alten Freund reinschauen, wobei, ein Freund ist der Wetter nicht gerade, Toni traut sich nicht, allzu oft bei ihm reinzuschauen, weil der Wetter hat immer viel zu tun, aber Toni mag ihn einfach, diesen Möbelrestaurator mit den schwieligen Händen und der Nickelbrille, die einem vorkommt, als wäre sie dem Wetter in den Nasenrücken eingewachsen, und natürlich gefällt ihm auch die Atmosphäre der Werkstatt, der Geruch von Holz, Leim, Schellack und Sägespänen. Ein Stündchen plaudern, bloß nicht zu lang, der Wetter ist ein Höflicher, der würde einen nie rausschmeißen, aber man spürt's, wenn er arbeiten will, und dann geht man besser, Toni möchte sein Wohlwollen nicht aufs Spiel setzen, und dann natürlich im Hinterkopf die Holzabfälle, die er manchmal mitnehmen darf, das ist praktisch, aber sicher nicht die Hauptsache, nein, die Gesellschaft ist die Hauptsache.

Toni leert die Kaffeetasse mit einem großen Schluck und stellt sie auf die Spüle. Raupe im Basilikum, du kannst mir gestohlen bleiben, denkt er, als er kurz zu dem grünen Strauch hinüberschielt. Dann geht er zum Balkon, die Schnürstiefel holen, die er vorgestern gebürstet und eingecremt hat.

Dunstig, das Wetter, aber auch heute ungewöhnlich warm. Toni atmet tief durch, streckt den Kopf nach vorne. Unten schiebt einer einen Einkaufswagen quer über den Parkplatz auf das Haus zu. Einkaufen à la Bethlehem. Die Leute hier fahren den Gitterwagen vom Supermarkt direkt in ihre Plattenbauwohnung. Passt gerade so in den Aufzug. Solange sie den Wagen zurückbringen, kann's einem egal sein.

Ein Hupen hinten auf der Autobahn, dann ein zweites und ein drittes, dann viele aufs Mal. Toni hat jetzt anderes vor, trotzdem der Griff nach dem Fernglas, das immer auf dem Fenstersims bereitsteht.

Jessesmaria! Das darf doch nicht wahr sein. Das Bild ist unscharf, aber Toni sieht es dennoch: Da fährt einer langsame Schlangenlinien auf der Fahrbahn, die nach Westen führt, quer über beide Spuren hinweg, und lässt aus dem Seitenfenster Konfetti flattern. Der Wagen direkt dahinter hält an, und der Fahrer, dieser Wahnsinnige, steigt aus, doch was passiert nun? Kommt einer von hinten hervorgeprescht, ein Ungeduldiger, quetscht sich zwischen den andern durch, will am stehenden Wagen und dem Wahnsinnigen und auch am Schlangenlinienfahrer und Konfettiwerfer vorbei, schafft es aber nicht. Santissima Madre, was macht er jetzt? Fast hätte er den Schlangenlinienfahrer umgefahren. Und immer noch das Hupen von allen Seiten.

Toni dreht am Mitteltrieb des Fernglases. Endlich ist es scharf. Noch mehr Autos halten an, Fahrer steigen aus, greifen in die Konfetti. Aber warum denn, warum greifen sie in diese blöden Konfetti, warum sind sie so gierig danach, diese, ach so, Moment mal, das sind ja, jetzt sieht er es, das sind keine Konfetti, das sind Banknoten, das ist Geld, und zwar bündelweise. Kein Wunder, dass die alle durchdrehen.

Jetzt hat auch einer auf der Gegenfahrbahn angehalten. Er steigt aus und herrje, was macht er da? Der Kerl ist lebensmüde! Quer über die Fahrspuren geht er, dann klettert er über die Leitplanke. Und der Schlangenlinienfahrer fährt in aller Seelenruhe weiter und lässt die Geldscheine aus dem Seitenfenster flattern. Wie viel hat dieser Irre denn noch, das müssen Millionen sein!

Toni versucht, noch schärfer zu stellen, geht aber nicht, und er denkt: Ich bin vielleicht der Einzige, der dieses Spektakel sieht. Die Ringautobahn verläuft hier mitten durch den Wald, kein Mensch kommt da mal schnell vorbei, kein Zeuge weit und breit. Es sei denn, einer steht im richtigen Moment auf seinem Balkon im achtzehnten Stock und hat sein Fernglas griffbereit. Dann ist der Schlangenlinienfahrer und Geldscheine-aus-dem-Fenster-Werfer weg, das Chaos der Stehenbleiber und Geldscheine-Einsammler aber geht weiter. Toni lässt das Fernglas sinken.

Es kommt alles auf die Perspektive an, denkt er. In wenigen Stunden werden alle Bescheid wissen, sie werden es auf ihrem Handy oder im Fernsehen gesehen haben. In diesem Moment aber sind sie ahnungslos, haben keinen blassen Schimmer von dem, was da unten sich abspielt. Der dort zum Beispiel, der sich mit einem Sandwich und einem Dosenbier auf die Bank neben dem Spielplatz setzt. Toni selber hat natürlich auch keine Ahnung, aber er hat diesen Balkon, er hat diesen Standpunkt, von dem aus er alles sieht, die Welt des Schlangenlinienfahrers, die Welt der Geldscheine-Einsammler, die Welt der Einkaufswagen-nach-Hause-Schieber, die Welt der Dosenbier-Trinker. Alles sieht er gleichzeitig, und genau das ist es, womit er klarkommen muss. Hier oben auf dem Balkon, fünfzehn Stunden lang windelweich geschlafen, aber jetzt fest auf beiden Beinen stehend, sieht Toni Manfredi dies alles, und die Sache ist klar. Seine außergewöhnliche Position weist ihm seine Aufgabe zu.

Auf dem Balkon gegenüber erscheint Tavares. Zündet sich seine Zigarette an. Toni schließt die Augen und denkt: Hier beginnt sie, deine Aufgabe, und du wirst sie mit Ruhe und Würde erfüllen. Du bist der Amtsälteste, du stehst mittendrin, zwischen den Fronten des Wahnsinns, du wirst dich ab sofort persönlich darum kümmern. Und dich nicht aufregen dabei!

Er weiß, gleich wird Tavares' Zigarette über die Balkonbrüstung und in die Tiefe fliegen. Aber er wird jetzt nichts tun. Es hat keinen Zweck hier zwischen Balkon und Balkon. Er wird sich diesen Tavares später vorknöpfen. Irgendwann wird Tavares ihm über den Weg laufen, und dann wird er ihn sich an die Brust nehmen, hilfsbereit, aber auch streng.

Toni kehrt zurück in seine Wohnung. Jetzt in die Stadt, zum Wetter, das lässt er sich nicht nehmen. Erst, als er die Balkontür hinter sich zumacht, hört er, wie das Telefon klingelt. Er denkt: Auch um die Rita sollte ich mich kümmern. Auch für sie bin ich da, ob ich nun in der Stimmung bin oder nicht. Ich höre ihr zu, ich sage: Schön, Rita, schön, von dir zu hören! Seine Hand streckt sich nach dem Telefon aus, er hebt den Hörer ab.

»Rita, schön von dir zu hören, ich hab eben grad an dich geda... was? Ich hör dich nicht, Rita, kannst du ... was? Stehst wieder mal mitten in der Kassenschlange? Du musst ein bisschen lau... was? Ah, 'tschuldigung, ich habe Sie nicht ... wie bitte? Ja, verwechselt. Neinnein, eine entfernte Bekannte.

Nein, nicht die. Kofler heißt meine. Jaja, jeden Tag eigentlich. Sehr anstreng... wie? Jaja, das schon, aber man hat halt nicht den ganzen Tag ... wie bitte? In Bethlehem ... ja, schon seit vierzig Jahren ... Ach, wirklich? Das ist ja ... wie? Nein, in einem der Scheibenhäuser. Nein, nicht das Tscharnergut. Bethlehemacker, gleich bei der Autobahn, aber jetzt muss ich dringend ... wie bitte? Jaja. Schön, also. 'tschuldigen Sie, dass ich jetzt einfach so ... was? Nein, muss nicht unbedingt sein. Danke fürs Angebot, aber ... was denn jetzt? Nein, Rita kenne ich vom Bocciodromo, aber wie gesagt, nur flüchtig, und ich bin jetzt grad nicht ... was? Nein. Um ehrlich zu sein, glaube ich nicht, dass ich Sie schon mal ... Wie sehen Sie denn aus? Schwarze, lange Haare? Ja, Sie sind mir eine, da gibt's noch andere auf der Welt mit schwarzen, langen Haaren ... was? Nein, diese Woche nicht. Nein, ich hab zu tun, aber Rita ist bestimmt da, und jetzt müssen Sie mich ent..., nein, ich will jetzt wirklich nicht, also dann, nein danke, gute Frau, ja, also dann, jaja, verstehe schon, also auf Wieder... jawohl, Ihnen auch, ja, vielleicht ein andermal, aber muss von mir aus nicht unbedingt, also, ich lege jetzt auf, tschüss.«

Jetzt aber raus! Altstadt, Aare, Wetter. Sich stärken für die Aufgabe.

XII.

Irgendwann ist er halt doch eingedöst. Kein Wunder, er hatte kaum geschlafen in der Nacht. Straßenschilder, Dorfbrunnen, Restaurants, Tankstellen, Baukräne, Geburtsschilder flogen draußen vorbei, und irgendwann war er einfach weg. Plumpste hinein in den dunklen warmen Kuschelbeutel Schlaf, wo die Zeit nichts mehr zu sagen hat.

Als er wieder aufwachte, musste er sogleich losweinen. Warum, weiß er nicht. Doch, er weiß es schon, wegen des Traums. Aber was da genau los war in dem Traum, das weiß er nicht mehr. Er kann sich noch an Luftsprünge und lautes Gekicher erinnern und dass es schön gewesen war. Schön und ein bisschen unheimlich. Aber vor allem schön. Und dann ist er also aufgewacht und hatte wieder nur in diesem Auto gesessen und vorne immer noch der finstere Blick des Waldläufers und sein ungeduldig am Steuer tippender Finger und daneben die langen Haare der Indianerfrau, die eigentlich nett war, ihn aber seit dem frühen Morgen kein einziges Mal angeschaut hat, und er hat zu weinen begonnen, einfach so.

Dann hörte er vorne ein aufgeregtes Zischeln. Im gleichen Augenblick machte der Wagen eine scharfe Linkskurve. Sein Kopf schlug ans Seitenfenster, die großen Taschen neben ihm stupsten ihn grob an. Als er in den Spiegel blickte, fletschte der Waldläufer die Zähne, zischte wieder irgendetwas Unverständliches zur Indianerfrau. Diese starrte ihn stumm an. Als ob sie ihm gleich den Kopf abreißen würde. Der Junge dachte an den Morgen in dem kalten Haus. Nachdem die Indianerfrau ihm das Frühstück gebracht hatte, war es ihm gewesen, als ob sich die beiden vor der Tür leise stritten. Und als sie später ins Auto gestiegen waren, hatte der Waldläufer aus dem Fenster gespuckt und die Indianerfrau wortlos angestarrt, so wie sie ihn jetzt, worauf sie ihm einen Klaps auf die Wange gegeben hatte. Nicht fest, aber auch nicht sanft. Dann hatte er den Zündschlüssel umgedreht. Seither nur noch Schweigen zwischen den beiden.

Das Auto machte wieder einen Schlenker, diesmal auf die andere Seite. Der Junge knallte gegen die Taschen, die ihrerseits gegen die andere Tür knallten, draußen ein Hupen. »Na los, mach schon«, bellte der Waldläufer vorne. Die Indianerfrau drehte sich widerwillig nach hinten und zischte dem Jungen zu: »Gib die Tasche!«

Ihr Blick, dachte er, als er die obere der zwei Taschen zu ihr nach vorne wuchtete. So gar nicht wie die große Halbschwester, die sie doch eigentlich sein müsste.

»Los, los, los!«, schrie der Waldläufer und machte einen weiteren Schlenker. Den Jungen warf es auf die andere Seite, die Indianerfrau nahm die Tasche an sich, zog den Reißverschluss auf und kurbelte das Fenster hinunter. Dann griff sie in die Tasche, klaubte irgendwelches Papierzeug heraus, schmiss alles aus dem Fenster und schrie dabei wie am Spieß. Und das Auto schwankte hin und her und von draußen drang noch mehr Gehupe herein. Geld, dachte der Junge. Die Tasche ist voller Geld. Und sie wirft alles aus dem Fenster. Nach zwei Minuten war die Tasche leer, und der Waldläufer presste seinen Fuß aufs Gas. Die Indianerfrau kurbelte das Fenster hinauf, und es war wieder still.

Seit jenem Moment hat er Angst. Er hat Angst und er weiß, das hier ist keine Mission mehr für ihn. Nicht wegen des Waldläufers. Der war schon vorher unheimlich. Es ist wegen der Indianerfrau. Wegen ihres Blicks. Sie ist nicht mehr auf seiner Seite. Also muss er gehen. So bald wie möglich. Er schaut zur Tür, er schaut aus dem Fenster. Er sieht Häuser, Bäume, Stromleitungen draußen vorbeiflitzen. Er denkt: Wenn wir auf einer Brücke sind, die über einen Fluss führt. Dann.

XIII.

»Überwachungskamera Pro, drahtlos, 1080 p-Video, mit Cloud-Aufzeichnung«, »Security Camera, Audio, 720 p, Wi-Fi, Bluetooth, 2er-Set«, »Überwachungskamera TX8, drahtlos, Bewegungsalarm direkt aufs Smartphone«, »Nature Wild Cam, 1080 p, Full HD, IR-Reichweite 20 Meter«. Und so weiter.

Wie soll man da noch eine Entscheidung fällen können? 471 Produkte im Onlineshop zum Thema Überwachungskamera. Onlineshops werden das sein, woran die Menschheit eines Tages zugrunde geht, weil für alle irgendwann der Moment kommt, in dem sie aus ihrem Lieblings-Onlineshop nicht mehr herausfinden.

Martins Hand weiß die Lösung. Sie tippt sich aus dem Shop raus und springt rüber zum Newsportal. Bisschen ablenken, denkt das Hirn der Hand hinterher, das ist doch voll okay. Bisschen hin und her springen, bisschen Bilder und Videos anklicken. Beste Torszene der aktuellen Bundesligarunde. Dann Premier League. Primera Division auch noch. Dann süßeste Babyfotos des Tages. Krasseste Hochseilartisten der Welt. Und eine Eilmeldung: »Chaos auf Berner Autobahn«. Stau, Keilereien und ein Geldsegen zwischen den Ausfahrten Weyermannshaus und Bethlehem. Das Hirn will nicht, doch die Hand ist fahrig, scrollt sich ans Ende der Nachricht, sie will wieder mal nur die Leserkommentare.

Diese kleine, hässliche Sucht, sagt das Hirn. Hässliche Sucht nach hässlichem Streit zwischen Unbekannten.

»RGrogg82: Gratis Geldregen in Bern!? Ist das jetzt Werbung für das Grundeinkommen oder was?« – »Schubidubb: Wie geilgeilgeil ist das denn!!! Ich will auch!! Auf nach Bethlehem!!« – »Lisa Doerfler @schubidubb: alles andere als geilgeilgeil meine herren! diese Geschichte zeigt doch wieder mal was der neoliberalismus mit uns anstellt. irgendwo fliegen banknoten und alle drehen durch! ist das dass erbe was wir unseren kindern überlassen? mache mir echt sorgen!!« – »funseeker88: die Linken mal wieder, immer das GLeiche! ständig dem n.lib. die SChuld in die schuhe schieben. habt Ihr in den lezten drei Jahrzehnten noch igrendeine andre Idee gehabt? echt jetz!« – »Herbert matzinger: Das sind sicher die Bankräuber von Romanshorn, wo sich im Fluchtauto ums Geld gestritten haben, haha! Jetzt wird die Kohle unters Volk verteilt. Auch gut!« – »Gööli: @lisadörfler: kein humor, diese sozialisten! aber wen wunderts! die medien sind sowiso alle unterwandert seit jahrzehten vom sozialismus der ganze deep state und der drecksmainstream ein einziger fauler stinkhaufen von linken roten sozis! früher konnte man noch sagn moskau einfach, aber jetzt, wohin mit all den scheisssozis?« – »manatwork: @gööli: nach venezula zum madro, wohin den sonts? hahaha«

Die Hand zittert. Und scrollt weiter.

XIV.

Jetzt die Fricktreppe runter. Düstere, alte Fricktreppe. Und dann weiter, quer durchs Mattequartier. Das Schwarze Quartier, sagen sie hier. Weit weg von Bethlehem. Weit weg von seiner bevorstehenden Aufgabe. Die hat jetzt erst mal zu warten. Ah, da kommt einer herauf. Keucht, bleibt stehen, um zu verschnaufen. Ja, die hat's schon in sich, die alte Fricktreppe, gell! Wir kommen einander entgegen, wir kreuzen uns, sagen Guten Tag und lüpfen den Hut. Leider tragen wir keinen. Aber innerlich tun wir's und lüpfen ihn freundlichst. Hihi.

Toni schreitet an dem keuchenden Mann vorbei, lüpft innerlich den Hut und trippelt weiter hinab. Als er schon weit unten ist und sich umdreht, wartet der Keucher oben immer noch auf das Ende des Keuchens.

Alles kommt gut jetzt. Man muss sich regelmäßig bewegen, sonst dreht man durch. Er vergisst's manchmal, weil es ihm doch eigentlich gut geht dort oben im achtzehnten Stock. Nun ja, jetzt ist er wieder mal runtergekommen von seinem Adlerhorst. Und schreitet fröhlich die Fricktreppe runter, hinab ins Schwarze Quartier, in die matte Matte.

XV.

Zum Brötchenholen kann man den Mann grad noch brauchen. Die waren nicht einmal so schlecht. Aber jetzt, kaum eine halbe Stunde später, sitzt er wahrscheinlich bereits wieder am Fluss und raucht sein Zigarettchen und grübelt herum. Und sie müht sich hier ab. Bald ist der Tag vorbei und noch immer keine Spur von Raffi.

Hier vielleicht. Ja, in dieser Gegend hat er eines seiner Geheimverstecke gehabt. Oder war es doch woanders? War es eine Baumhütte oder doch eher eine Grotte? War es überhaupt so, wie sie in diesem Moment glaubt, es in Erinnerung zu haben? Was hat er überhaupt gewollt in diesem feuchten Unterholz? Keine Aussicht, keine Sonne, nichts gibt's hier. An so einem Ort kann nur einer wie er sich wohlfühlen. Typ Tomas. Genau gleich sind sie, die alte Geschichte vom Apfel und dem Stamm, man kennt's ja. Maulwürfe. Höhlenbewohner. Finstere Grottenkerle. Immer irgendwo in einer dunklen Ecke am Herumwursteln. Immer der Welt den Rücken zukehren. Natürlich, Raffi kann nichts dafür, ist ja nicht schuld an seinen eigenen Genen. Aber sie mag das trotzdem nicht. Nicht bei einem Jungen in seinem Alter. Der muss doch unter die Leute, der muss sich messen mit den anderen.

»Frau Novotny, Sie sind's!«

»Oh, Herr, äh ...«

»Hab ich Sie erschreckt?«

»Neinnein, ich, ich, äh, ich hab nur … mich, na ja, ich hab mich grad etwas gefragt … aber egal, wie geht's Ihnen, Herr, äh …«

»Was haben Sie sich denn gefragt?«

»Ob das hier jetzt, also, ob das hier jetzt der Ort ist.«

»Was für ein Ort?«

»Der Ort, wo … ich … ja, also, das ist ein sehr altes Thema. Familie, kompliziert. Aber wie geht's Ihnen denn so, Herr Hansen? Was macht Ihre Frau?«

»Jacobsen. Wir sind ja mitten im Scheidungsprozedere. Da hat sich nichts geändert seit letzter Woche, als ich Ihnen davon erzählt habe.«

»Natürlich, 'tschuldigung. Herr Jacobsen. Ach, das tut mir sehr leid wegen der Scheidung. Ich, äh, kann das wirklich sehr …«

»Im Gegenteil! Jetzt kommt alles gut. Wir sind beide sehr glücklich, dass wir das so hinkriegen, wissen Sie, Frau Novotny? Endlich machen wir das Richtige. Wenigstens einmal im Leben das Richtige gemacht, haha. Aber egal, ich will Sie nicht langweilen, Frau Novotny. Und Sie wollen jetzt bestimmt Ihre Joggingrunde weiterdrehen, und das sollen Sie auch.«

»Joggingrunde? Ach so, ja, hm, aber wissen Sie, ich bin da nicht so, ich freue mich viel mehr, Sie wiederzusehen, Herr … ach, übrigens finde ich, wir sollten unbedingt mal … aber das können wir beim nächsten Treffen abmachen, gell!«

»Treffen?«

»Ja, die Wochenmarktkommission wollte doch, äh, was rede ich, die, äh, Schreber… äh …«

»Sie meinen die Sache wegen diesem Gemeinschaftsgarten auf der anderen Seite der Bahngleise? Ja, der Ausschuss der ...«

»Gemeinschaftsgärtner, genau! Ach, Herr, äh ... 'tschuldigung, ich bin im Moment ein bisschen ... der Ausschuss der Gemeinschaftsgärtnerkommission. Natürlich.«

»Ich glaube, Sie meinen eher den Ausschuss der Gartengeno...«

»Ausschuss der Gartengenossenschaftsgemeinschaftsgärtner! Jetzt! Jetzt hab ich's! Entschuldigung, Herr Hansen, ich bin grad so, ach, Sie können sich gar nicht ...«

»Macht doch nichts, Frau Novotny, macht doch nichts. Aber jetzt joggen Sie bitte weiter, das tut Ihnen gut. Das ordnet die Gedanken, nicht wahr? Und nächste Woche sehen wir uns an der Sitzung des Bibliotheksausschusses. Dann können wir unser nettes Gespräch weiterführen.«

»Bibliotheks... ja, genau. Dann also ...«

»Dann bis dann, Frau Novotny.«

»Ja. Dann. Adieu. Herr, äh ...«

Da geht er. Herr äh. Hansen. Jacobsen. Und da steht sie. Regina Novotny. In dieser peinlichen Kluft. Gammelpulli vom Exmann, Schlabbertrainingshose von sich selber. Falsche Joggerin. Trainingsbetrügerin. Wie peinlich. Wie abgrundtief, wie furchtbar, wie unsäglich wunderbar herrlich. Ja, es ist peinlich und zugleich aufregend, wie ein irrer Seiltanz, und dabei dieses Gefühl, jeden Augenblick in die Tiefe fallen zu können, diese Vorstellung, wie sie vor diesem Mann, den sie kaum kennt, aber vor dem sie eine ganz bestimmte Rolle zu spielen hat, wie sie vor diesem Mann, haha, wie sie vor ihm durchzudrehen beginnt, alle Förmlichkeiten ihrer Rolle fallen lässt, diese Vorstellung ist einfach zu herrlich.

Regina dreht sich um. Lacht. Rennt los.

XVI.

Martin sitzt in der Tiefgarage, am Steuer seines Škoda Octavia, in der rechten Hand den Autoschlüssel, in der linken das Handy. Seine Stirn ist feucht. Er wollte bleiben, er wollte wirklich. Zeigen, dass er sich plagen kann. Bis die Ersten ins Bett gehen. Mindestens. Denn um nichts anderes geht es hier. Wenn man den Schlafenszeitmoment erreicht hat, gehört man zu den Helden der täglichen Bürosklaverei. Zu den Gladiatoren. Aber er schafft es nicht. Und er begreift, dass es nicht der Familie wegen ist, sondern wegen seiner angeborenen Schlappheit, wegen des fehlenden Willens, er ist schlicht nicht fähig. Und er begreift auch, dass das die Lektion sein wird, die er morgen von Bühler erteilt bekommt. Bühler wird es so nicht sagen, der Mann hat Anstand, aber es wird zwischen den Zeilen zu hören sein. Martin kann sich jetzt schon darauf vorbereiten. Er kann jetzt schon die Bekanntgabe seiner Niederlage planen.

In der Tiefgarage ist's still und dunkel. Im Rückspiegel der grüne Schimmer der Notausgangsleuchte. Martins Daumen wendet sich wieder dem Onlinekatalog zu, Kategorie Überwachungskameras. Da, sein Favorit: Drahtlos-Security-Cam, 1080 p, mit Geräuschalarm, 4er-Set. Aber sie ist nicht mehr verfügbar in den drei nächstgelegenen Filialen. Dafür von Platz zwei auf seiner Liste mehr als ein Stück auf Lager. In seiner Lieblingsfiliale.

Das Licht in der Garage geht an, aus der Treppenhaustür tritt Winiger, der Hauswart. Martin rutscht auf dem Sitz hinunter. Das reicht jetzt gerade noch, dass der Winiger ihn hier entdeckt. Keine zehn Minuten später wüsste die ganze Firma Bescheid. Über Schmollboll, die Schnecke aus Steinhausen, die sich in der dunklen Garage verkriecht. Winiger geht zum Tor, das sich bei seinem Näherkommen langsam und leise rumpelnd zur Seite zu schieben beginnt. Er verschwindet im wachsenden Lichtrechteck, eine halbe Minute später rumpelt das Tor in seine Ursprungsposition zurück und das Garagenlicht geht erneut aus.

Eine Minute. Bis der Winiger ganz weg ist. Dann los! Los und rein in die Niederlage. Man kann es sowieso nicht mehr aufhalten. Da kann man gerade so gut ohne schlechtes Gewissen gehen. Martins Daumen tippt in der Mail-App auf den Newsticker. Das Neueste zum Chaos auf der Berner Autobahn von heute Morgen: Die bündelweise herumfliegenden Hunderternoten seien allesamt Blüten, Falschgeld ohne den geringsten Wert. Der Wagen sei gestohlen gewesen, eine eben gerade aufgetauchte Handy-Aufnahme zeige, dass am Steuer ein bärtiger Mann gesessen habe, wohl Mitte bis Ende dreißig, neben ihm eine Frau, etwas jünger. Das Bild sei aber derart verwischt, dass sich kaum etwas daraus schließen ließe. Dennoch Erhärtung des Verdachts, dass es sich dabei um die Banditen von Romanshorn, Würenlos und Steinhausen handle. Die Ermittlungen gingen weiter.

Erneut das Garagenlicht. Aus der Tür tritt die Neue. Die Neue? Jetzt, um diese Zeit? Martin deckt den Handybildschirm ab, rutscht abermals tiefer in den Sitz. Ach so, ja! Das hat der Vasic ihm kürzlich erzählt. Sie geht am späteren Nachmittag ins Fitness, um eine Stunde später oder so wieder an ihrem Schreibtisch zu sitzen. Genauso makellos wie zuvor natürlich. Und damit auch alle wissen, dass sie nur schnell weg ist, lässt sie jeweils die Tür zu ihrem Büro offen und die Handtasche liegt auch noch da. Wahrscheinlich nur eine leere Ersatzhandtasche, aber trotzdem. Der Trick scheint zu funktionieren.

Ihr Audi TT kurvt quietschend aus dem Parkfeld und fährt auf das Garagentor zu. Als er weg ist, lässt Martin den Motor an. Kein Gedanke, kein Plan, aber der Motor läuft und Martin fährt los.

Erst geht es in Richtung Stadt, doch dann, irgendwo im Niemandsland, biegt sie auf einmal ab. Martin versteht nicht, was sie will, bis er begreift, dass sie wohl einen Schleichweg zur Autobahn nimmt. Autobahn? Wohin will sie denn? Und warum fährt er ihr noch immer hinterher? Nein, stellt sich bald heraus, sie fährt doch nicht zur Autobahn, lässt die Auffahrt rechts liegen. Also ins Industriegebiet. Da gibt's doch dieses Gym, oder wie sagt man? Easyfit, irgend so was der Name. Aber nein, sie fährt auch daran vorbei.

Martin in seinem Škoda Octavia weiterhin hinter dem Audi TT. Er denkt an die Neue in Neonturnschuhen und Fitnessleggings, an Laufbänder, Kraftmaschinen, Ergometer, an das Surren dieser Geräte, an die Popmusik im Hintergrund, an wippende Rossschwänze auf den Laufbändern, an das Ächzen der Männer an den Hanteln, er denkt an die Sportskanone Hampi Gmür und seine Proteindrinks, an Nikis Gerede von einer Steinzeitdiät, an die Schokokugeln in seiner eigenen Schreibtischschublade, an das Mitarbeitergespräch, an seine To-do-Liste, die immer weiter anwächst, die er einfach nicht in den Griff bekommt, er wird es dem Bühler freiheraus sagen, dass ihm in letzter Zeit alles über den Kopf gewachsen sei, aber er werde das aufholen, ja, er wolle und werde das aufholen, denn was Bühler ihm morgen anbietet, ist die letzte Chance, und die wird er ergreifen, bis spätestens Weihnachten sei alles wieder in Ordnung, wird er Bühler versprechen, und er denkt an all die Nachtschichten, die er dafür aufwenden müssen wird, an die Wochenenden, die draufgehen, er denkt an die liebste Bande der Welt, die jetzt halt mal eine Weile lang zurückstecken muss. Er denkt, dass die Ampel da vorne jetzt dann gleich auf Orange springt. Er denkt, dass es noch reicht. Er gibt Gas. Die Ampel springt auf Orange. Er weiß, es reicht nicht. In letzter Sekunde bremst er hart ab, die Reifen schreien jäh.

Da zieht sie davon in ihrem Audi TT. Martin blickt auf seine Hände, die das Steuer umklammern. Er löst den festen Griff, schaltet in den ersten Gang. Er wartet. Die Stirn noch immer feucht. Als es grün wird, biegt er ab. Zum Discounter jetzt, aber schnell.

XVII.

Überall Augenpaare, versteckt hinter Gestrüpp, Wurzelstöcken, Findlingen. Der Wald weiß Bescheid, über alles weiß er Bescheid: über ihre uralte Geschichte mit dem Rollschuh, über das Rumsen von gestern, als ein Renault Clio auf dem Schulhausparkplatz in einen Nissan krachte, über die heimlichen Hochzeitsfilmchen auf YouTube. Der Wald weiß Bescheid. Deshalb besser gleich seine Komplizin sein, sich ihm vorbehaltlos hingeben, eines seiner vielen Tausend Wesen werden. Im Grunde genommen gehört man hier sowieso viel mehr hin als in all die Gremien und Ausschüsse, in die Aktionsgruppen und Kommissionen.

Rennen, rennen durch den wissenden Wald, eins mit ihm werden. Rennen, rennen durch den Wald und dann zum Fluss hinunter und sogleich hinein ins gluckernde, kabbelnde, wallende Wasser, um diese rasende Rauschwut zu stillen.

XVIII.

Jacques Rance sitzt am Tisch und schreibt einen Brief. Einen Brief, wie er ihn vor Wochen schon einmal geschrieben hat. Mit jeder neu geschriebenen Zeile erinnert er sich an eine weitere Zeile im damals geschriebenen Brief. »Lieber Sohn. Du kennst mich nicht und doch weißt Du, dass es mich gibt. Ich bin sicher, Du hast mir im Laufe Deines Lebens tausend Vorwürfe gemacht, aber ich sage Dir, ohne zu zögern: Es war besser so. Für Dich, für mich, und für Deine Mutter ohnehin. Sie hatte keinen Platz hier bei uns, sie hat hier nie hingehört. Es war damals besser, ihr das auf der Stelle klarzumachen. Dennoch melde ich mich heute bei Dir, und Du fragst Dich natürlich, warum. Ich habe damals dafür gesorgt, dass mein Leben und Dein Leben sich in ganz anderen Sphären abspielen, dass sie nie in Berührung kommen, aber es war auch immer klar, dass ich Euch eine Existenz in Würde ermöglichen wollte. Das war ich Deiner Mutter schuldig, nicht mehr und nicht weniger. Also habe ich Euch unterstützt all die Jahre. Ich weiß nicht, ob Deine Mutter es Dich je hat wissen lassen ...«

Ja, diese Zeilen hat er zweifellos schon einmal geschrieben. Aber hat er die Frau wirklich unterstützt damals? Das Gedächtnis liefert keine deutliche Information. Da gab's schon Zahlungen, natürlich, es gab nicht wenige Daueraufträge, die er veranlasste und von denen er in der Folge nichts mehr wissen wollte. Er hat ja immer delegiert, weil er sich auf das Wesentliche konzentrieren wollte. Aber was, wenn diese einzelne Anweisung nie ausgeführt wurde?

Gedächtnis, du alter Höllenschlund! Gedächtnis, du alte, hässliche Muräne in deinem Loch! Gedächtnis, du alter Verdauungstrakt, der alles knetet und zermalmt und mit seinen Säften durchtränkt, bis es vollends entstellt ist!

Jacques Rance wirft den Stift hin, fährt mit der Hand über den Bauch. Verdauungstrakt war das falsche Stichwort. Jetzt ist der Schmerz wieder da, dieser scharfe Stich in den Tiefen seiner Gedärme. Er rutscht hin und her auf dem Stuhl, das ganze Ausmaß an Bewegung, das er sich jetzt leisten kann. Bloß nicht aufstehen, denn wenn er einmal steht, lässt sich nicht ausschließen, dass er sich für die nächsten sechs Stunden nicht mehr hinsetzen kann, sein Skelett gibt das nicht mehr her.

Während Jacques Rance seine Gedanken wie eine Schar Gänse von seinem schmerzenden Verdauungstrakt wegscheucht, spaziert an seinen Füßen eine Ameise vorbei, an der Sockelleiste entlang weiter zur Tür, verschwindet kurz davor in einer Ritze unter der Leiste, sucht sich ihren Weg durch die Dunkelheit, bis sie auf der anderen Seite der Wand wiederauftaucht und durch den Flur weiterwandert. In der Küche angelangt klettert sie einer vielversprechenden Geruchsspur nach, immer auf der Suche nach Futter für ihre Königin und die Larven. Den Herd hoch, einen Bogen um die heiße Gegend des Backofens machend, bis zur Anrichte.

Hier sind ganz viele Düfte, manche einigermaßen interessant, einige unangenehm. Die Ameise sondiert, entdeckt hier und da Spuren von Essensresten, aber so richtig brauchbar ist das alles nicht. Sie klettert über einen Teller voller Kochbesteck, umkreist ratlos ein Holzbrett mit fein gehackter Petersilie. Dann lockt eine Spur sie die Wand hoch, sie folgt ihr, bis zur Befestigung des Küchenfernsehers, das ist der falsche Weg, aber sie begreift das nicht, irrt auf dem Rahmen des warmen Fernsehers herum, landet schließlich auf dem flimmernden Bildschirm, Farben und Formen rasen hin und her, wandeln sich, Flächen blähen sich auf, schrumpfen wieder, Eckiges schleicht von rechts nach links, hier und da Lichtexplosionen, und dann fliegen von oben her ein menschlicher Daumen und ein Mittelfinger heran und schließen sich wie eine Klammer um sie.

Grimmig betrachtet Madame Labourre das tote Viech, schnippt es in den Spültrog und setzt sich wieder auf ihren Stuhl. Ihr Blick hängt sich erneut ein in die eben verlassene Richtung, die Richtung des Fernsehbildschirms, es läuft ein Werbeblock, wie das Fleisch sitzt er im täglichen Brot der Vorabendquizsendung und präsentiert lachende Gesichter, Milka-Kühe, dampfende Pizzas. Madame Labourres Blick nimmt das Fernsehfutter stoisch hin, das Fleisch genauso wie das Brot, während ihre Lauscher wie immer auf den vorderen Teil des Hauses gerichtet sind, man darf nicht sichtbar sein im Haus, dabei bräuchte Monsieur einen so sehr, er hat ja niemanden mehr, seit ihm die Frau gestorben ist vor sechs Jahren, und die Kinder besuchen ihn auch schon lange nicht mehr, er könnte doch einfach ihr Baby sein, sie würde ihn ohne Vorbehalt annehmen, und sie hätten es gut zusammen als Mama und Baby, was würde die Welt da draußen sie kümmern, mit der Welt hat er sowieso abgeschlossen, und sie selber auch. Aber Monsieur will noch nicht Baby sein, und darum sitzt man auch heute in der Küche und wartet, und wenn Monsieur wieder mal über die eigenen Füße stolpert, wenn er sich falsch von seinem Drehsessel erhebt, wenn er mit der Zeitung auf dem Gesicht einschläft und fast erstickt an dem Papier, dann geht man raus und rettet ihn. Und verschwindet daraufhin wieder.

Im Wohnzimmer derweil Jacques Rance, noch immer an seinem Schreibtisch. Zum wiederholten Mal legt er die Hand auf den schmerzenden Bauch, hinter seinen Augen ein leise brodelndes Süppchen aus Schmerzempfindung und grimmiger Opposition. Dann nimmt er den Stift in die Hand und schreibt weiter an seinem neuen alten Brief. Allmählich setzen sich die einzelnen Teile der Geschichte zusammen, dieser fünfunddreißig Jahre alten Randnotiz mit persönlicher Assistentin und Unglücksbalg als Hauptingredienzen, aber noch immer ist er sich nicht sicher. Hat er den Zahlungsauftrag angewiesen damals, und wurde er ausgeführt?

Jacques Rance schreibt und denkt an die immense Vergessensanstrengung, die lange nichts fruchtete, jahrelang fiel ihm die Geschichte jeden Abend vor dem Einschlafen ein, auch jeden Morgen in der Dusche, doch jetzt, wo er sie hervorholen will, hervorholen muss, ein einziges Mal, bevor er Abschied nimmt von dieser Welt, da zeigt sich, dass dieser Geschichte nicht mehr zu trauen ist.

XIX.

Fast nackt ist sie. Fast geräuschlos ihr Hineingleiten ins Wasser. Thur, du sanft perlende Wahrheit, nimm mich mit dir. Kühl ist das Wasser, aber Regina weiß, der Fluss ist nicht tief, kaum hüfthoch, Ertrinken wäre eine Kunst hier.

Sie erinnert sich an ihren Ertrinktraum, an den Sog der Strömung, das Donnern des näher kommenden Wasserfalls, die erwartungsvollen und angstverzerrten Gesichter um sie herum, diese Leidens- und Lustgenossen, diese unbekannten Brüder und Schwestern, und sie denkt, dass die Menschen im Grunde genommen Lemminge sind, die sich heimlich nach einem gemeinsamen Untergang sehnen. Sie stößt sich ab.

Dieses Plätschern, Quellen, Perlen! Herrlich. Und kalt. Eisig kalt. Brrr. Das ist aber nicht wirklich schön so. Nein, so ist es nicht schön. So einen Untergang will man nicht. Lieber feige sein. Lieber wieder raus. Ja, schnell wieder raus aus diesem eisigen Wasser und irgendwo eine Wärme suchen.

XX.

Martin steht im Flur und hat eine Frage. Zwei von vier Kameras sind installiert, doch jetzt sollte er herausfinden, wie das mit der Videoaufzeichnung klappt. Könnte der anstrengendste Teil von allem werden. So ein Gerät aufhängen ist kein Problem, aber der ganze Software-Kram, der macht ihm Sorgen. Darum die Frage. An Mia. Manchmal hat sie unverhoffte Anfälle von Solidarität.

Martin steht im Flur, vor der halb offenen Tür zu Mias Zimmer, und rührt sich nicht. Er sollte jetzt anklopfen, sich irgendwie bemerkbar machen, aber er tut es nicht. Er steht nur da und schaut ihr zu. In seinem linken Bein klettert ein Kräuseln hoch. Was macht sie da für Bewegungen? Aha, sie filmt sich. Aber wobei? Ein Tanz, der aktuell in Mode ist? Er kennt nur Gangnam Style, aber das war anders. Imitiert sie ein Video von ihrer aktuellen Lieblings-YouTuberin? Sie lächelt, wedelt mit der linken Hand hin und her, lässt den Hintern wackeln und summt dazu eine kaum verständliche Melodie.

Aha, da ist das Handy. In der anderen Hand. In einer Hand ist es immer. Wie eine Erweiterung davon. Wie eine Andockstation fürs Hirn, befestigt am Ende des Arms. Aber diese Bewegungen. Und dieses Lächeln. Sieht ziemlich dümmlich aus, doch man darf das nicht so sehen, denkt Martin. Man muss es wie ein Forscher betrachten, der im Dschungel ein neu entdecktes Ureinwohnervolk studiert.

Kurz der Wunsch, sich im Zimmer seiner Tochter aufs Bett zu legen, ihr im Liegen zuzuschauen, wie sie tanzt, wie sie die Hausaufgaben löst, wie sie ihre alten Teddys und Stoffpuppen neu drapiert, und dann einschlafen, während die Tochter ihr albernes Lebensspiel munter weiterspielt.

Martin räuspert sich. »Mia, könntest du mir kurz helfen?«

»He, wie lange stehst du schon da?«

»Bin erst grad gekommen.«

»Hast du mich beobachtet?«

»Sicher nicht. Kommst du schnell?«

»Warum?«

»Zum Mir-Helfen.«

»Frag Noah.«

»Nein, ich frage dich.«

»Seit wann bittest du mich um Hilfe, Dad?«

»Es geht um eine Software. Du bist gut in solchen Sachen.«

»Geht jetzt grad sehr schlecht.«

»Dann in zehn Minuten. Bitte.«

Martin wendet sich ab, geht zum Wohnzimmer. Als er die Stimme von dem bekannten Quizmaster hört, bremst er ab. Er wirft einen Blick um die Ecke. Noah. Komisch, schon wieder vor dem Fernseher? Tut er sonst fast nie, doch seit ein paar Tagen sitzt er ständig vor dem Glotzkasten. Ist das eine Mitteilung? Möchte er reden? Wie ein Häuflein Elend sitzt er da, man könnte heulen. Andererseits, wer weiß schon, wie es ihm geht. Vielleicht bräuchte er einfach mal, nein, das geht nicht. Eine Umarmung, eine ehrliche väterliche Umarmung. Warum eigentlich nicht, vielleicht wartet er darauf. Vielleicht will er genau diese Nähe. Wenn der Junge auf andere Jungen steht, wenn er also schwul ist, wäre eine Umarmung vielleicht das Zeichen, das er braucht. Oder sollte man das genau aus diesem Grund bleiben lassen, weil, na ja. Weil ihn das in seiner, hm. In der Entwicklung seiner Neigung behindert?

Vielleicht sollte er doch mal mit Sandra darüber sprechen. Im Sinn gehabt hat er es schon lange. Man wartet ständig auf den Moment, um mit ihr gewisse Dinge ernsthaft zu diskutieren. Immer ist sie unterwegs, so auch heute, was war es noch mal? Irgendwas mit Freundinnen, irgendwas mit Bewegung und Gesundheit. Zen Aerobic oder so. Body Balance, keine Ahnung.

Noah hebt den Arm mit der Fernbedienung, die Stimme des Quizmasters wird von Musik verschluckt, dann folgt ein Plärren, wahrscheinlich ein Cartoon. Martin muss sich an der Wand abstützen. Hilfe! Als ob ein dünner Sandfaden durch seinen Körper rieseln würde. Als ob er eine gläserne Sanduhr wäre und in ihm drin diese lautlose, luftige Erosion.

Wenn es nur einen Anhaltspunkt gäbe, denkt er. Einen Anhaltspunkt, was man tun soll mit diesem Jungen. Bei der Arbeit gibt's immer einen Anhaltspunkt. Das ist das Schöne an der Arbeit. Nein, stimmt nicht ganz. Wenn man die Arbeit abtrennen könnte von allem Drumherum. Dann wär's schön. Wenn Maschinen einem die Aufträge geben würden, und wenn beim Pausengespräch im Kaffeeraum jeden Tag neue Menschen stünden, und nicht jene, die man seit Jahren kennt und über deren Geschichten man viel zu gut Bescheid weiß. Wenn es keine Mitarbeitergespräche gäbe, die zwei Monate zu früh angesetzt sind.

Er muss diesen Rückstand aufholen, sofort. Auch wenn es jeden Tag nur ein kleines Stück ist. Im Grunde genommen hat er selber kein Problem mit Rückstand. Er kann noch immer das Wichtige von dem unterscheiden, was vorläufig warten kann. Das ist überhaupt das Erste, was ein verantwortungsvoller Vater lernt. Und die Kunden, mit denen man zu tun hat, haben in der Regel Verständnis für Verspätungen. Weil die sind ja selber auch ständig im Rückstand. Sind sogar froh, dass man zugibt, im Rückstand zu sein. Weil dann wissen sie, dass sie nicht die Einzigen sind. Und dann zahlen sie dir deine Offenherzigkeit zurück mit Zuneigung.

Doch mit den Kollegen ist es anders. Dein Rückstand ist ihr Vorsprung. Und deshalb wird das auch nicht funktionieren, wie er es sich eben zurechtgelegt hat. Bühler ist nicht das Problem. Die Kunden ebenfalls nicht. Es sind die Kollegen.

»Und? Legen wir los?«

Martin dreht sich um. Hinter ihm steht seine Tochter.

»Wie bitte?«

»Du hast mich um Hilfe gefragt. Software oder was war's noch mal?«

»Ah. Ja. Die Software. Ähm ...«

Er löst sich von der Wand, muss sich gleich wieder abstützen. Sandfaden, Erosion, oioioi! Kurz glaubt er, dass es ihn an Ort und Stelle zusammenfaltet. Aber er kann sich halten. Sich halten und tun, als ob er nachdächte. Als er es sich wieder zutraut, holt er seinen Laptop, stellt ihn auf den Esstisch, gibt Mia die Verpackung der Überwachungskameras, zusammen mit dem Stapel Anleitungen und Garantiescheine. Und stützt sich erneut ab.

»Überwachungskameras, echt jetzt?«, sagt Mia, als sie die Verpackung sieht.

»Ist üblich heute, hat jeder Hausbesitzer«, antwortet Martin. »Wollte ich schon lange machen.«

»Du bist nicht Hausbesitzer.«

»Nein. Aber das kann ja noch werden, nicht?«

Martin lacht kurz. Mia starrt ihn verständnislos an. Dann reißt sie die Augen auf, legt sich die Hand vor den Mund und sagt: »Daddy?«

»Was?«

»Hast du Schiss?«

Martin löst sich von der Wand, versucht locker zu bleiben. »Schiss? Warum denn Schiss?«

»Wegen den Terroristen. Du hast Schiss wegen den Terroristen, stimmt's, Daddy? Aber weißt du, die sind schon lange weit weg. Die sind in Bern oder irgendwo. Also heute Mittag waren sie in Bern. Und jetzt sind sie wahrscheinlich schon lange in Deutschland oder Frankreich oder Belgien. Die meisten Terroristen verstecken sich in Belgien.«

»Man weiß nicht, ob's die gleichen sind wie die von gestern, Mia.«

»Doch. Die gehören zu dieser Gruppe, keine Ahnung, irgend so eine Gruppe, die die europäische Regierung stürzen will. Putin unterstützt sie. Und so einer aus England, weiß nicht mehr, wie er heißt. Sagt Tobi jedenfalls. Die interessieren sich gar nicht für die Schweiz. Die üben hier nur, weil der Schweizer Geheimdienst null ist, und dann gehen sie nach Berlin, um das Brandenburger Tor zu sprengen. Weil Angela Merkel ein Reptil ist, sagt Tobi.«

»Ein Reptil?«

»Ja, keine Ahnung. Aber Tobi glaubt voll dran.«

Martin stützt sich wieder ab. »Und von ihm weißt du das alles?«

»Ja. Aber nicht nur. Das schwuppt bei mir einfach rein ins Handy. Als Videos und so. Tobi schickt mir immer die gleichen, das mit Angela Merkel zum Beispiel und den geschlitzten Pupillen. Aber diese Videos schau ich gar nicht mehr an. Tobi sagt, ich muss, weil das ist wichtig, hier geht's um unsere Zukunft und so. Aber ich nehm das voll nicht ernst. Verarschvideos gefallen mir viel besser.«

»Verarschvideos?«

»Nicht nur Verarsch. Aber schon auch. Hauptsache, etwas wird witzig vermanscht irgendwie. Snapchat und so.«

»Snapchat?«

»Ach, vergiss es. Ich schau mir jetzt das Zeugs hier an. Was willst du noch mal? Dass man den Film von der Überwachungskamera hier streamen kann?«

»Ich will nur, dass man, also …«

»Jaja, schon gut. Komm in zehn Minuten wieder, okay?«

Martin geht. Im Flur erneutes Festhalten an der Wand. Die Beine weich wie Wackelpudding. Vielleicht sollte er sich kurz hinlegen. Zehn Minuten, bis Mia ruft? Ein halbes Dutzend Schritte bis zum Schlafzimmer. Müsste er schaffen. Er braucht nur einen Fuß vor den anderen setzen, ganz einfach.

Ach, Mia. Kann eben doch eine Liebe sein. Macht das mit dieser Software einfach so, ohne dass man fünfmal nachfragen muss. Unter der harten Schale ein guter Mensch. Natürlich, ist ja seine Tochter. Aber das mit dem Merkel-Reptil. Muss man sich da Sorgen machen? Er hört das nicht zum ersten Mal, Hampi Gmürs Bruder hat auch mal etwas in der Richtung erwähnt. Aber der ist mindestens vierzig, der muss selber wissen, was er glaubt.

Im Schlafzimmerspiegel kommt ihm ein matt glänzendes Ei entgegen. Martin wendet den Blick schnell ab. Anfangs hat Sandra noch liebevolle Sprüche über seine wachsende Stirnglatze gemacht. Nachdem sie zum wiederholten Mal das Wort »peinlich« hatte fallen lassen, rasierte er den ganzen Schädel auf einen Millimeter. Das ist fast ein Jahr her, er hat sich noch immer nicht an den Anblick gewöhnt.

Martin legt sich hin. Bereits zehn Sekunden später das Gefühl, als ob er nie mehr aufstehen könnte. So schwach und gleichzeitig so schwer. Schlafen wäre gut, ein kurzes Nickerchen, bis Mia kommt, aber das braucht er gar nicht zu versuchen. Wird nicht funktionieren. Wegen dem Denken, das nicht aufhören will. Augen schließen nützt auch nichts. Im Gegenteil, dann wird es nur noch schlimmer.

Dieser Fleck an der Decke oben. Müsste man schon lange etwas machen. Wie eine zerfaserte Träne sieht er aus. Kann man das sagen, zerfaserte Träne? Ein zu dünner Zahn mit sichtbaren Wurzeln. Wie dieser Fleck, den der Junge damals hatte, am Kinn oder Hals, Martin weiß es nicht mehr genau. Er weiß nur noch, dass der Leberfleck dieses Jungen auch so aussah, so länglich, und unten zweigeteilt. Wie hieß er, der Junge? Michael? Mikkel? Er war eine oder zwei Klassen unter Martin. Hatte keinen einzigen Freund, was aber kaum auffiel, weil er immer irgendwie dabei war, sich in jede Gruppe reinschlich und tat, als ob er ein offiziell bestätigtes Mitglied wäre. Ein Sozialschmarotzer, wenn man gemein sein will. Aber der Junge hatte es nicht leicht. Allein mit seiner Mutter im großen Block an der Hauptstraße. Zweizimmerwohnung. Muss brutal gewesen sein als alleinerziehende Mutter im St. Galler Rheintal. Biestige Gegend, konservativ, wie's nur geht. Die Frau hatte kaum Geld, das sah man ihr an. Nur manchmal, drei- oder viermal im Jahr, da fuhr sie mit ihrem Sohn nach Zürich, und am nächsten Tag trug der Junge Michael-Jordan-Turnschuhe und die passende Mütze und eine teure Jacke von Helly Hansen, in der er wie ein aufgeblasener Luftballon aussah. Aber glücklich hatte der Junge auch dann nicht gewirkt, und irgendwie sah sein teures Zeug schon nach wenigen Wochen gammlig aus. Von irgendwoher kam drei- oder viermal im Jahr eine große Summe, und diese verbitterte Frau wusste nichts Besseres damit anzufangen, als sofort in die große Stadt zu fahren und alles aufs Mal sinnlos auszugeben.

Martin erinnert sich daran, dass einmal so etwas wie eine Freundschaft zwischen ihm und dem Jungen bestanden hatte. Peinvoll, die Erinnerung. Es hatte in jenen Herbstferien begonnen, als er in der Malerwerkstatt seines Onkels half, um sich einen Zustupf zu verdienen. Fensterrahmen abschleifen, Werkzeug reinigen, Farbkübel umstapeln, solche Sachen. Das Wetter war schön, also arbeitete er draußen vor der Werkstatt, und da erblickte er den Jungen, an dessen Namen er sich noch immer nicht erinnern kann. Michel vielleicht? Martin sah gerade noch, wie der Junge einen Stein aufhob und ihn mit seiner Steinschleuder auf einen Vogel schoss. Der Stein verfehlte sein Ziel und flog in eine Fensterscheibe. Es klirrte, der Junge fuhr herum, und da trafen sich ihre Blicke, und der Junge wusste sofort, ich habe einen Zeugen, und Martin wusste, ich bin Zeuge, wahrscheinlich der einzige, und so standen sie da, diese gefrorenen zehn Sekunden lang, bis der Junge sich abrupt abdrehte und davonrannte.

Wenig später lag eine Einladung zur Geburtstagsparty des Jungen im Briefkasten. In der Nacht vor der Party tat Martin kaum ein Auge zu. Er wusste, einer musste zu dieser Party gehen. Er wusste, es würde er selber sein und niemand anders. Die Party lief dann genau so ab, wie er es sich vorgestellt hatte. Nachdem sie zu zweit eine Viertelstunde lang schweigend an ihren Eistees genuckelt hatten, holte der Junge eine Schwarzwälder Kirschtorte aus dem Kühlschrank. Martin sagte, ob er nicht noch ein bisschen warten wolle, die anderen kämen bestimmt bald. Der Junge sagte, es käme niemand mehr. Woher er das denn wisse, fragte Martin. Weil er nur ihn eingeladen habe, antwortete der Junge. Sie aßen die ganze Torte auf, tranken je zwei Liter Eistee und spielten drei Stunden lang Donkey Kong. Nicht einmal die Mutter des Jungen ließ sich an jenem Nachmittag blicken.

Seit diesem Tag kämpfte Martin in der Schule einen Kampf, den er nicht gewinnen konnte: Der Junge bestand darauf, einen neuen Freund gefunden zu haben, während Martin sein Ansehen bei seinen wirklichen Freunden schwinden sah. Irgendwann, nach ein paar Wochen, tat Martin, was jeder Durchschnittsfeigling in so einer Situation tut: Er begann den Jungen mit aller Macht zu ignorieren. Als ob es den Vorfall mit der Steinschleuder und die Geburtstagsparty nie gegeben hätte.

Martin betrachtet erneut den Fleck an der Zimmerdecke. Wie der Bodensee hochkant. Hatte der Junge seinen Fleck am Hals oder am Kinn gehabt? Er weiß es nicht mehr. Er sieht den Fleck am Kinn des Jungen und den Fleck an der Decke, und er denkt: Bodensee hochkant. Und fragt sich: Wo habe ich das schon mal gehört? Bodensee hochkant. Bodensee hochkant. Kann nicht lange her sein, aber ich komme nicht drauf.

XXI.

Dieser Wetter! Ein heimlicher Freund der Flasche also. Wer hätte das gedacht! Bei der Arbeit hat er sich absolut im Griff, das muss man ihm lassen. Die Flasche aber jederzeit in Reichweite. Heirassa, kann der Mann nachschenken! Und trotzdem hat das eine Kultur. Sogar beim Saufen bewahrt der Wetter Haltung.

Hoppla! Fast umgeflogen. Ja, Haltung ist das richtige

Stichwort. Aber Toni weiß den Weg, er schafft das, kein Problem. Nur der wankende Boden. Der macht ihm ein bisschen zu schaffen. Da vorne kommt sein Block. Vierzig Meter bis zur Eingangstür mit der Briefkastenwand, über den Daumen gepeilt. Zwischendurch Pause machen ist nicht verboten. Pause machen und sich festhalten, bis der Boden sich beruhigt hat. Durchatmen für die letzte Etappe. An der Tür angekommen muss er nur noch das Schlüsselloch finden.

Beim Wort Schlüsselloch automatisch die Erinnerung an Hans Moser, dem Hungerbühler selig sein Lieblingsschauspieler. Stundenlang haben sie zusammen die alten Platten mit Mosers Wienerliedern gehört. Immer wieder der Gassenhauer vom Schlüsselloch, das nach dem Wirtshausbesuch nicht mehr zu finden ist. Tränen hat der Hungerbühler in seinem Krankenbett gelacht, und Toni hat sich gedacht: Wenn dies das Letzte ist, was ihm jetzt noch Freude macht, dann können wir diese Platten von mir aus den ganzen Tag und die ganze Nacht hören.

Jetzt also das Schlüsselloch. Sein Schlüsselloch. Es ist da, er sieht es deutlich. Dennoch nicht so leicht zu treffen. Schon heftig, dieses Zeug, das ihm der Wetter eingeschenkt hat. Dio mio! Kein Wunder, mussten die im Jura hinten es jahrzehntelang illegal brennen. Grüne Fee. Schöner Name für so ein Wässerchen. Toni sieht sie praktisch vor sich, die grüne Fee. Fast zu gut sieht er sie, in aller Klarheit, ihrem ganzen herrlichen Strahlen. Und er weiß auch, wer das ist, diese Fee. Natürlich. Jede Fee, die er sich in den letzten Jahrzehnten angesüffelt hat, ist dieselbe Person. Da kann er seine Gedanken noch so sehr ablenken, die erinnern sich trotzdem an sie. Und dann wird er gleich wieder sentimental, natürlich, anders geht's nicht, auch nach so vielen Jahren.

Ach, Roselle, warum lässt du mich nicht in Ruhe? Ach, Schlüsselloch, wieso wackelst du nur so herum? Ach, Leben, warum das alles?

XXII.

Durch fast menschenleere Gegenden sind sie gefahren nach dem Geldregen auf der Autobahn. Berge und Wiesen und Tannen, manchmal ein einzelner Hof. So stellte er sich früher die Welt des Märchens vom Rübezahl vor. Aber an Märchen mag er jetzt nicht denken. Stattdessen denkt er über die letzten Stunden nach.

Nach dem Geldregen auf der Autobahn hat er lange auf die Brücke gewartet. Die Brücke, wo er abspringen kann. Ein Satz übers Geländer und platsch, rein in den Fluss. Abtauchen und weg. Hinter der nächsten Biegung wieder auftauchen und am steinigen Ufer aus dem Wasser, damit die Verfolger keine Spuren finden.

Jetzt ist er nur noch müde. Er will nicht mehr abhauen. Außerdem, was bringt es? Er macht ja sowieso alles falsch. Ist immer zur falschen Zeit am falschen Ort. Mama hat schon recht, dass sie ihm nachspioniert. Würde er auch machen, wenn er seine Mutter wäre. Hohlkopf. Volldödel. Hein Blöd. Selber schuld ist er, an allem, was ihm zugestoßen ist. Man muss auch nicht in ein fremdes Auto einsteigen. Selbst wenn's im Gebrauchtwagenhof steht. Braucht man sich nicht zu wundern, wenn man am Schluss in diesem trüben Rübezahl-Landstrich landet. Trübezahl. Trüb und kahl. Müd und fahl.

Ein Ortsschild im Scheinwerferlicht: Le Noirmont. Noir weiß er, was es heißt. Schwarz. Schwarz wie die Nacht. Schwarz wie das Ende der Welt. Mont kennt er auch. Mont wie in Mont Blanc, der höchste Berg Europas. 4810 Meter über Meer, das kann er auswendig. Le Noirmont, der schwarze Berg also. Ja, düster ist's hier. Düster, trüb und müd.

Sie fahren ins Dorf Le Noirmont hinein, biegen links ab, die Straße geht steil hoch. Es folgen Häuser, die wie geduckt hinter großen Hecken stehen, schließlich eine Einfahrt. Sie halten an. Rechts Dickicht, links eine Abfalltonne, dahinter noch eines dieser geduckten Häuser.

Die beiden vorne flüstern, der Blick des Waldläufers wie in den Rückspiegel hineingeklebt. Dann steigt die Indianerfrau aus, öffnet die hintere Tür, sagt: »Komm!«

Als er aussteigt, hält sie ihn am Kragen fest. Der Druck in der Blase. Er presst die Beine zusammen. Dann steigt der Waldläufer aus. Er lässt die Tür des Wagens offen, geht an der Abfalltonne vorbei zum Haus, kramt in den Hosentaschen, klopft sich die Hemdbrust ab, dreht sich um. »Hast du den Schlüssel?«

Die Indianerfrau greift in ihre Handtasche, mit der anderen Hand hält sie noch immer den Kragen des Jungen. »Nein.«

»Wer hatte ihn heute Morgen?«, tönt es von der Tür her.

Schweigen, leerer Blick.

»Scheiße«, sagt der Waldläufer.

»Vielleicht im Auto?«, sagt die Indianerfrau.

»Warum im Auto?«

»Weiß ich nicht, warum. Ist dein Schlüssel.«

»Was soll das heißen?«

»Heißt, musst du selber wissen, wo er ist, wenn er ist deiner.«

»Hör auf mit dem Scheiß, ja? Außerdem gehört der Schlüssel nicht mir, sondern meinem Cousin, das hab ich dir bereits gesagt. Meinem wunderbaren, lieben Cousin, der den Jura hasst wie die Pest, sein potthässliches Erbstück aber nicht loswird und deshalb höchstens alle drei Jahre hier oben auftaucht. Egal, vergiss es. Ich gehe im Auto nachschauen.«

»Wart! Vielleicht ich habe ihn doch in die Tasche. Am Morgen, wo wir abgefahren sind, ist ...«

Ihr Griff im Kragen des Jungen löst sich, sie kramt beidhändig in ihrer Tasche. Der Waldläufer kommt heran, neuer Griff im Kragen, diesmal fester.

»Und, hast du ihn?«

»Weiß nicht. Warte, vielleicht, oh, mierda ...«

Die Tasche fällt zu Boden, ihr Inhalt wird ausgekippt. Beide bücken sich, kramen den Kram zusammen. Der Junge, nun nicht mehr eingequetscht, schaut ihnen zu. Dann blickt er auf. Rechts Dickicht, links die Abfalltonne. Geradeaus die Einfahrt und die Straße.

Als die beiden es bemerken, ist er bereits auf der Straße draußen. Wenige Meter rennt er geradeaus, dann biegt er gleich wieder ab, sprintet über eine Wiese und um ein Haus herum. Die Fenster dunkel, im Zaun eine Lücke, doch der Junge rennt daran vorbei, duckt sich hinter ein halb volles Kompostgitter. Hört die Schritte des Waldläufers. Hört sie kommen, hört ihr Zögern an der Zaunlücke. »Scheiße!« Dann hört er, wie die Schritte sich entfernen.

Alles hat er falsch gemacht bis jetzt. Doch nun passt er auf, nun ist er schlau wie das tapfere Schneiderlein, mutig wie der Antboy. Einen Möbiusmonarchen oder einen Rächenden

Ritter braucht er nicht mehr, im Gegenteil. Ohne sie alle kommt er viel besser durch. Und jetzt tut er nur noch, was er am besten kann: rennen. Rennen und einen großen Bogen um jede Scheune machen. Unten im Dorf die Lichter, aber hier am schwarzen Berg ist's düster. Gut für ihn.

Er kriecht durch ein Gebüsch, feucht und ölig streicht es ihm übers Gesicht, dann rennt er los. Rennt den Hügel hinauf, bis er vor einem Raumschiff steht. Breit und prächtig und mit vielen kleinen Luken, aus denen Licht strahlt, steht es auf der Bergkante, und ihm ist, als ob er das Summen der riesigen Maschinen im Bauch des Raumschiffs hörte. Er rennt klopfenden Herzens darauf zu, sieht ein Fenster, das einen Spalt weit offen steht.

Im Bauch des Raumschiffs drin sieht er zwei Silhouetten von Betten, eines links, eines rechts. Er hört vom linken her ein Schnarchen. Er stolpert über etwas Schlauchartiges, rechts von ihm ertönt eine Stimme: »Yvette, c'est toi?«

Er findet eine Tür, stolpert in einen hellen Flur. An der Wand ein Schild: »Clinique Le Noirmont. Centre de réadaptation cardio-vasculaire«. In einer offenen Tür sieht er den Rücken einer Frau. Er schleicht in die andere Richtung weg. Kurz bevor er an der Ecke ist, hört er laute Stimmen, die Frau dreht sich um. Er biegt ab, rennt den nächsten Gang hinunter, jetzt noch mehr Stimmen hinter ihm. Nochmals um die Ecke und die nächstbeste Türklinke hinuntergedrückt.

Vor ihm ein hoher Rücken in weißem Kittel. An der Wand dahinter ein Spiegel, darin ein Gesicht, zwei Hände und eine Nagelschere. Der Kittelmann, der sich eben noch die Nasenhaare geschnitten hat, dreht sich um. Er sagt: »Ça alors!« Bevor er weiterreden kann, ist der Junge wieder draußen, doch da steht nun ebenfalls jemand in weißem Kittel. Es ist eine Frau, sie sagt: »Salut, mon petit!« Der Junge sagt »Salut« und eilt davon.

Auf der übernächsten Tür klebt ein schwarzes, steifes Männchen. Schon ist der Junge drin, stolpert in die erste WC-Kabine. Gerade schafft er es noch, die Hose zu öffnen, bevor der Strahl kommt. Puh! Draußen nähern sich Schritte. Er kann jetzt nicht abklemmen, das muss alles auf einmal raus. Die Schritte gehen vorbei, nochmals atmet er auf.

Dann ein Schluck Wasser, Horchen an der Tür, raus und weiter. Zwei Ecken später kommt ihm ein Bekannter entgegen: der Waldläufer. Glühende Wut in den Augen, sofort sprintet er auf den Jungen zu. Der Junge dreht sich um, saust mit vollem Karacho in eine Kittelfrau, es ist die gleiche wie vorhin, die Frau ruft: »Ça alors!« Der Junge schüttelt sich los und rennt weiter. Zwei Sekunden später saust auch der Waldläufer in die Kittelfrau. »Alors maintenant!«

Während der Waldläufer sich bei der Frau entschuldigt, verschwindet der Junge um die nächste Ecke, nimmt die erste, nein, die zweite, nein, die dritte Tür. Halbdunkel hier, er stolpert über irgend so was Ähnliches wie einen Gummiball, steht auf, klettert auf ein Gerät mit einem merkwürdig quietschigen Boden. Er will sich festhalten, betätigt dabei versehentlich einen Knopf, der Boden des Geräts beginnt sich zu bewegen. Er fällt von dem Gerät, taumelt drei Schritte weiter und landet schließlich auf einer weichen Unterlage. Das Gerät schaltet sich von selbst aus, wieder ist es still. Als er aufstehen will, wird die Tür aufgerissen. Licht geht an, von der Tür her ist schneller Atem zu hören. Der Junge begreift, dass er hinter einem Stapel Gymnastikmatten liegt – wer auch immer an der Tür steht, sieht ihn nicht. Er hält den

Atem an, wartet. Ein leises Fluchen an der Tür, dann geht das Licht aus und die Tür schließt sich.

Er wartet, bis der Schrecken vorbei ist, dieses Gefühl, als ob man aus einem Flugzeug geschubst würde. Als sein Blick auf die weiche Unterlage fällt, erkennt er, dass er auf unzähligen kleinen Schaumstoffwürfeln liegt. Links von ihm steht das Gerät, von dem er heruntergefallen ist. Wohl ein elektrisches Laufband. Er blickt zum Fenster hoch. Es hat keinen Griff.

Minuten später ist er wieder im hell erleuchteten Gang draußen. Um die Ecke, nächster Gang, nochmals um die Ecke, eine Treppe hoch, dann wieder eine Tür. Irgendeine wird ja wohl aus diesem Raumschiff wieder hinausführen. Diese hier leider nicht. In der Raummitte ein Billardtisch, eingerahmt von zwei Männern in Pyjamahose und Bademantel. »Ça alors«, ruft der eine und blickt herrisch auf den Jungen herab, während der andere in Richtung Türspalt schielt und blitzschnell seine Zigarette am Rand des Billardtisches ausdrückt. Der Junge lächelt, sagt »Ça alors« und macht kehrt. Er hat immer gemeint, im Welschland sage man »Bonjour«, aber in diesem Landstrich ist das offenbar anders.

Das Raumschiff auf dem dunklen Hügel ist riesig, und die Tatsache, dass alle Gänge, Ecken, Türen und Treppen sich gleichen, lässt es noch größer wirken. Wellen von Empörungs-, Zornes- und Klagerufen wogen hin und her, bleiben aber immer weit weg. Der Junge rennt, rennt, rennt, arbeitet sich an dem Kartenstapel ab, der ihm immer neue Bilder von empörten Weißkitteln, piepsenden Apparaten und erschreckten Bademänteln zeigt. Irgendwo im Hinterbauch des Raumschiffs gerät er schließlich in einen kühlen Raum, der sich ganz anders anfühlt als die vorherigen. Kacheln, Chromstahl, ein Geruch nach Gemüsebrühe und Putzmittel. Die Küche. Niemand da. Abendessen ist längst vorbei, abgewaschen ist auch schon. Der Koch sitzt zu Hause vor dem Fernseher, schaut Champions League oder den Restauranttester. Oder liegt im Bett und träumt von knusprigen Pommes frites und Gemüserouladen.

Der Junge geht durchs Halbdunkel in die Richtung, wo er das Fenster vermutet. Stolpern, ein Krachen von blechigen Löffeln, gefolgt von einer Explosion, die vor seinem inneren Auge die Form eines Trinkglases annimmt. Er steht auf, geht über knirschende Glasscherben. Dann entdeckt er das ersehnte Fenster. Er öffnet es, klettert auf das Sims und schaut hinaus. Draußen ein trüber Vorplatz, dahinter schwarze Tannen, ein Abhang. Kühl hier draußen. Er geht nochmals rein, sucht etwas Warmes, findet an einem Haken vor dem Kühlraum eine dicke Weste und Handschuhe. Als er auf den Vorplatz hinunterspringt, hört er über sich eine Stimme: »Ça alors!« Er blickt hoch, an einem Raumschifffenster steht eine Frau mit Schrumpelgesicht und Zigarette zwischen den Fingern. Er sagt: »Ça alors, Madame.« Und winkt. Die Schrumpelfalten im Gesicht der Frau werden von einem breiten Lächeln beiseitegeschoben. Die Frau flüstert: »Quel joli garçon!« Sie pustet ihm eine Kusshand zu und zieht an ihrer Zigarette.

Der Junge winkt noch einmal, dreht sich um und verschwindet zwischen den schwarzen Tannen.

XXIII.

Schwarze Tannen. Hügel. Wiesen. Über alldem hängt der dunkle, bedeckte Himmel wie eine alte Steppdecke. Alt und zerrupft und achtlos über die Landschaft geworfen. Hier ein Raumschiff namens »Clinique Le Noirmont«, ein paar Höhenmeter weiter unten geduckte Häuser hinter Hecken, um sie herum wieder Tannen, da und dort vereinzelte Menschen.

Der Mensch auf den Jurahügeln begrüßt seine Artgenossen mit »Bonjour«, wie überall im Welschland, er sagt verblüfft »Ça alors«, wenn er spätabends einen durch Klinikgänge irrenden Jungen antrifft, und wenn nichts los ist, dann sagt er nichts und wartet. Wie ein geschlossenes Buch auf seinen Leser wartet man hier oben, wie ein leerer Swimmingpool auf den nächsten Frühling. Auch die Landschaft wartet. Daumendrehende Jurahügellandschaft, in ihrer Unterwäsche Tannendämmerung und schwarzbleckende Talfurchen, über ihrem Haupt die zerrupfte Steppdecke des Himmels.

Der Mensch hier oben weiß wenig von der Aufregung im Mittelland unten. Eine Aufregung, die ständig in alle Richtungen voranprescht und nachschwappt, jedoch sogleich abebbt, wenn sie auf die Flanken der jurassischen Längsrippen trifft. Selten schafft sie es bis hier hinauf. Dabei hätte sie die dafür nötige Masse durchaus. Eine Masse, die sowohl das Wichtige wie auch das Unwichtige in sich trägt, die Wahrheit und die Lüge. Eine Masse als unaufhörliches Handgemenge ihrer eigenen Teile.

Aufregung hat etwas Zermürbendes, aber wenigstens weiß der von ihr Betroffene, dass er dazugehört. Die auf den Hügeln oben, wissen die, wo sie sind? Fragen kann man sie nicht. Taub wie Nüsse, um ehrlich zu sein. Und sagen tun sie auch nie etwas. Man wirft etwas Markiges in die Runde, eine Frage, und was kommt zurück? Leere Blicke, Schulterzucken. Ist das noch Welt, wo diese Hinterwäldler sich befinden? Jetzt mal ehrlich. Sie sagen immer, sie wüssten, wo sie hingehören, aber wie nennen sie's, dieses Wo? Eben. Sie haben keinen Namen dafür, und eine Welt ohne Sprache ist nun mal keine Welt. Für ein bisschen Welt nimmt der in der Ebene unten die Aufregung gerne hin. Er klagt, natürlich, redet ständig vom Weggehen, ist ja klar, aber im Grunde genommen nimmt er als Aufregungsbetroffener die Aufregung gerne hin. Soll sie ihm doch gestohlen bleiben, diese aufregungslose Landschaft auf den Hügeln oben.

Am feuchten Westhang zwischen Tannen und Kalkfelsen ist einer, der aussieht, als ob er um sein Leben rennen würde. Rennt und rennt und rennt, der Knirps. Da ist eine Scheune, die wäre ein guter Unterschlupf, aber er lässt sie links liegen, rennt weiter. Und auf dem Grat zwischen den beleuchteten Wabenfenstern der Klinik und dem Parkplatz ist einer, der fluchend hin- und herstapft und auf den Boden spuckt. Drei Rauchende in den Fenstern schauen ihm wortlos zu. Ça alors.

DONNERSTAG

I.

Jacques Rance liegt im Bett. Hellwach. Um halb sechs geht in seinem Kopf das Licht an, keine Minute später. Seit siebzig Jahren kann man morgens die Uhren nach ihm stellen. Immer sofort raus aus den Federn. Calvin, der alte Zuchtmeister, lässt grüßen. Und heute? Sofort aus den Federn geht nicht mehr, manchmal nicht einmal langsam. Dann bleibt er liegen. Und wartet. Tortur.

Jacques Rance liegt im Bett und wartet und denkt an seine Frau. An die Formen, die sie angenommen hat über all die Jahre ihres Zusammenlebens. Am Anfang ihrer Beziehung eine mit dem Stift in einem einzigen Schwung gezogene schlanke Silhouette. Die Leichtigkeit ihrer Bewegungen. Engelsgleich fast schon. Und dennoch war da auch eine Kraft in ihr gewesen, derer sie sich kaum bewusst gewesen war. Wie er sich in jenen Jahren nach ihrem Anblick verzehrte, es hatte etwas Religiöses. Später, nachdem sie Mutter von zwei Kindern geworden war, fand er sie noch begehrenswerter als jenen perfekten Schattenriss des Anfangs, weil sie bis dahin ein eigenes Begehren kultiviert hatte, eine kaum zu stillende mütterliche Körperfreude, oder wie soll man das nennen als Mann, zumal als bejahrter, da wird man automatisch schwülstig in der Wortwahl. Er stellt sich diese Frau im mittleren Mutteralter als wächsern-warme Geschmeidigkeit vor, als eine geistige und sinnliche Präsenz durch alle Tage hindurch, als Forderung und Hingabe zugleich. Im Gegensatz zu vielen anderen Jungeltern hatten sie sich oft geliebt in diesen Jahren. Er erinnert sich an jene Zeit als einziges Fest der Körperlichkeit, aber da täuscht ihn sein Gedächtnis wohl, wie üblich. Dann sieht er die Mittfünfzigerin, in einer Zeit, als Risse und Kitt ihre Beziehung längst zu einem knorpligen Gebilde umgestaltet hatten, einer Zeit, in der er schon mindestens drei heimliche Liebschaften hinter sich gebracht hatte. Und doch war das alte Begehren noch ab und zu zurückgekehrt, kalt und illusionslos fühlte sich die Durchführung des Akts an, aber durchaus auch tröstend.

Jacques Rance liegt im Bett und sein Geist springt hin und her zwischen all den Formen, in denen er sie wahrgenommen hatte, zwischen der betörenden Perfektion der Jugend, der Fülle und Präsenz der Mutter, der Unbeugsamkeit der Frau jenseits der Wechseljahre, und in diesem schnellen Hin und Her entsteht so etwas wie das Bild der perfekten Weiblichkeit, einer Weiblichkeit, die es jetzt sogar schafft, sein Begehren aus seiner Ecke hervorzulocken, aus dieser Ecke, wo es schon so lange schlummert, ja, jetzt wacht es auf aus seinem Tiefschlaf, das alte Begehren, und Jacques Rance' rechte Hand tastet sich unter der Decke nach unten, sucht nervös die Manifestation seiner verloren geglaubten Lust. Und findet nur ein schwabbliges, haariges Nest. Da ist nichts mehr. Die Lust ein Phantom, bereits wieder entschwunden.

II.

Keine Spuren auf dem Kies, aber dort, in der weichen Erde unter dem Dickicht, dieses rundliche Grübchen, was ist das? Der Abdruck einer menschlichen Ferse? Und der rote Punkt daneben? Enderlin bückt sich, tippt mit dem Finger auf den roten Punkt, riecht an dem Finger. Blut? Hm. Verdächtig, sehr verdächtig. Holzauge, sei wachsam!

Enderlin macht ein Handyfoto, geht weiter, in der Hand noch immer der Turnschuh. Dass so einer achtlos weggeworfen wird, wäre nichts Neues, aber in den letzten Tagen sind hier ein paar komische Sachen passiert, das gibt zu denken. Erst der Autodiebstahl bei Heinzer, danach die zerschnittene Wäscheleine bei der Frau Roos, und dann noch die Sache mit den zwei Autodellen, die haargenau aufeinanderpassen. Die Katastrophenbanditen sind weit weg, sagt man. Irgendwo im Bernischen wohl. Aber eben. Sagt man. Wissen tut man kaum etwas.

Hier noch eine Spur. Ein Fußabdruck, daneben wieder Blut. Enderlin hat da wenig Erfahrung, mit Blut hat er höchstens mal bei einer Samstagnacht-Schlägerei zu tun, aber was soll es sonst sein? Er greift erneut in die Brusttasche, zückt das Handy, macht ein Foto. Dann schaut er sich lange um.

Dieser Geruch hier. Feuchtes Holz. Laub. Harz. Schön. Man müsste öfter in den Wald gehen. Man müsste noch vieles, aber das vielleicht am meisten. Von einem Waldspaziergang zurückkommend kann man all die Menschheitsmalheurs viel entspannter nehmen. Nein, nicht entspannter, das wäre das falsche Wort. Abgeklärter vielleicht. Seelenruhiger. Ja, seelenruhiger, das trifft's gut.

Enderlin lächelt, dann sieht er ein buntes Stück Karton im Laub. Eine Spielkarte? Hier im Wald?

III.

Toni Manfredi tritt aus dem Lift, geht zur Briefkastenwand. Sein Gang leicht, fast schon ein Tänzeln. Er steckt die Finger in die vierte Schlitzklappe von links in der obersten Reihe. Dann sieht er am Boden einen Zettel liegen. Er hebt ihn auf. Auch diese Bewegung gerät außerordentlich flott. Er liest den Zettel. »Kaufe Ihr Auto alle Marken, Alt oder Neu egal! Zahlung Bar auf die Hand.« Er zerknüllt den Zettel und steckt ihn in die Hosentasche.

Vor der Eingangstür steht Baljić wie bestellt und nicht abgeholt, in der einen Hand trägt er einen Abfallsack, in der andern sein Handy. Toni grüßt, hört einen kaum verständlichen Gegengruß.

»So, gehst arbeiten?«, sagt er.

Baljić nickt.

»Bist aber spät dran heut.«

»Ist das dein Problem?«

»Natürlich nicht, Baljić. Ich lass dich in Ruhe, keine Angst.«

»Musste zum Zahnarzt«, murmelt Baljić.

»Ah. Und, wo ist deine Baustelle heute?«

»Ostermundigen.«

»Oha, quer durch die ganze Stadt. Armer Kerl. Ich geh auch grad zur Haltestelle übrigens.«

»Geh nur. Muss noch was erledigen hier. Ciao«, sagt Baljić und wendet sich seinem Handy zu. Auf seiner Mütze steht »Frutiger Bau«, seine graue Arbeitshose hat einen Riss unter der linken Pobacke, eine lila-schwarz gestreifte Unterhose guckt hervor.

Toni geht zwei Schritte, dann bleibt er stehen und dreht sich um. »Und der Sack da?«

»Was für ein Sack?«

»Den, wo du in der Hand hast.«

»Sind halt Sachen drin, warum?«

Toni seufzt. »Baljić, du weißt ja. Mit den Gebührenabfallsäcken und so.«

»Was regst du dich auf, Mann? Ist doch gar kein Abfall drin in dem Sack. Ist halt meine Jugo-Aktentasche. Mit wichtigen Jugo-Geschäftsunterlagen drin, verstehst?«

»Ich sag nur, Baljić.«

Baljić greift an seine Mütze, schiebt sie ungeduldig hin und her, seufzt, wendet sich ab.

»Musst nicht auf mich böse sein, Baljić. Ich will nur Frieden hier im Quartier.«

Baljić dreht sich geschwind zu Toni um. »Was willst du damit sagen, Mann? Was soll das jetzt heißen? Redest wie die Schweizer, so mit nichts sagen und dazwischen doch etwas, wo ich nicht verstehe.«

»In die Tonne nur Gebührenabfallsäcke. Sonst haben wir alle nur Stress. Wir, die Ugartes, Guerreros und Berishas. Wir gehören doch zusammen. Das ist alles, was ich sagen will.«

»Sehe ich aus wie ein Berisha? Toni, pass auf, was du sagst. Ich bin auch ein friedlicher Mensch, aber sag jetzt lieber nichts mehr und lass mich in Ruhe wegen Gebührsack und Berisha und all dem Scheiß.«

»Ich mein's nur gut mit dir.«

»Ich mein's bald nicht mehr gut mit dir. Ciao, Toni, schönen Tag jetzt. Ciao, ciao, tschüss, adieu.«

Toni geht. Sein Gang erst zögerlich, dann zügig.

IV.

Martin Bolls Hintern drückt sich in den Schaumstoff des Autositzes, im Radio dudelt ein Lied von der Münchener Freiheit. Kaum sichtbar nickt er im Rhythmus der Musik. Schon ein bisschen peinlich, aber diese Lieder entspannen ihn nun mal am besten. »Ohne dich schlaf ich heut Nacht nicht ein, ohne dich fahr ich heut Nacht nicht heim ...«

Das Mitarbeitergespräch. Heute Morgen also. Mitarbeitergespräch und danach wird nichts mehr sein, wie es einmal war. Knapp zwei Stunden noch bis dahin. Aus dem Lautsprecher die Münchener Freiheit, Liebe und Lebenslust, und Martin ist fest entschlossen weiterzuträllern, zu tun, als ob dieses Mitarbeitergespräch für ihn nur ein Klacks wäre, aber es geht nicht, er bekommt das einfach nicht hin.

Er hat so furchtbare Angst. Er hat es nicht verdient, dass man ihm dieses Leben wegnimmt, er hat sich immer identifiziert mit der Firma, und überhaupt, er ist ein guter Mensch, er wollte immer gut sein seit jenem schrecklichen Herbst vor fünfundzwanzig Jahren, als seine Mutter an Gebärmutterhalskrebs erkrankte und von einem Tag auf den anderen nichts mehr sagte und er selber zum ersten Mal in seinem Leben begriff, dass Gott womöglich mehr als ein verschwommenes Bartgesicht in der Ferne ist, seit jenem Herbst, als er diesen Gott angefleht hatte, seine Mutter weiterleben zu lassen, als er geschworen hatte, in jedem Augenblick seines zukünftigen Lebens seinen Mitmenschen nur noch Gutes zu wollen, was er dann auch tat, meistens jedenfalls, nobody is perfect, was ihm an egoistischen Eskapaden unterlaufen ist, sind die üblichen Kleinigkeiten, Engel gibt's keine auf Erden, er war immer so ehrlich, wie es nur ging, zu seinen Mitmenschen, ein guter Freund, ein ehrlicher Sohn, ein sorgender Vater, und jetzt lässt ihn dieser Gott, der immer ein verschwommenes Bartgesicht geblieben ist, jetzt lässt ihn dieser Gott fallen? Was für eine Schande, verschwommener, bärtiger Gott, was für ein Verrat an einer treuen Seele, die den Glauben nie aufgegeben hat, was keine einfache Sache ist in dieser kalten Welt, immer war diese Seele zumindest mit den Fingerspitzen am Glauben dran, und jetzt also das!

Vielleicht ist es die Kette mit dem Porträtbild von Sandra, die am Rückspiegel baumelt, vielleicht auch das Riesenplakat von Ikea mit dem Schranksystem »Kolbjörn«, das nun rechter Hand an der Straße auftaucht, vielleicht die Kombination von beidem, jedenfalls drängt sich nun ein neues Bild in den Vordergrund seines Gedächtnisses, rempelt die Verzweiflung über die göttliche Gemeinheit weg: das Kleidungsstück in Sandras Schrank.

Der Schrank, und drin dieses Kleidungsstück, denkt Martin. Mit dem Schließmagnet der Schranktür stimmt schon länger etwas nicht, der hat sich verschoben, und drum geht die Tür immer wieder mal auf, wie von Geisterhand angeschubst. Heute Morgen ist es wieder passiert. Martin hat die Tür in einer reflexartigen Bewegung wieder zugemacht, doch was er in dem sich schließenden Spalt gesehen hat, begreift er erst jetzt. Das Kleidungsstück. Das er nicht kennt.

Sandra muss alles immer gleich vorführen, wenn sie mit neuen Kleidern nach Hause kommt. An dieses Teil aber kann Martin sich nicht erinnern. Sie hat es nie vorgeführt. Und also nie gekauft. Er sieht den Erdklumpen im Wohnzimmer, sieht das Kleidungsstück im Schrank, sieht die linken Kardinalisten, oder was auch immer sie sind, in seinen eigenen vier Wänden, sieht, wie sie kaum merklich in sein Leben eindringen, wie sie seine Existenz sukzessive auseinandernehmen, und er kommt auf den Gedanken, dass sie auch hinter dem vorgezogenen Mitarbeitergespräch stecken könnten, natürlich kommt er auf diesen Gedanken, wer tut das nicht in einem solchen Moment, die Kardinalisten haben das Gespräch eingefädelt, um ihn zu zermürben, es braucht keine Bomben, wie Hollenstein sagt, keinen Krawall und keine Attentate, es braucht nur die feinen Operationen, um das Leben Unschuldiger aus den Angeln zu heben, und jetzt nimmt die Angst wieder überhand, die Angst, alles, was ihm wichtig ist, zu verlieren, und wieder denkt er an jenen Gott, dem er glaubte vertrauen zu können und der ihn nun fallen lässt, und als Martin glaubt, jetzt dann gleich wie ein Eiszapfen klirrend zu Boden zu fallen und in tausend Stücke zu zerspringen, fräst sich von links her etwas in sein Sehfeld.

Ja, sie ist es. Die Drehblase. Tagelang hat sie sich nicht mehr blicken lassen. Da ist sie wieder, und selbst wenn er den Kopf nach ihr dreht, verschwindet sie nicht, sie bleibt, wo sie ist, schraubend und quellend, scheint aber nicht zu wachsen, und das alles ist genauso irritierend wie tröstend. Martin versucht, mehr von der Blase zu erhaschen, sie dazu zu bewegen, in die Mitte seines Sehfelds zu rücken. Immer wieder, wenn es der Verkehr erlaubt, schnellt er mit dem Kopf auf die linke Seite, und in dieser Bewegung gerät auch sein Wagen nach links, auf die Abzweigespur, und das ist eigentlich ganz praktisch, dass er hier abzweigen kann, denn das Linksabbiegen ermöglicht ihm, sich ohne falsche Zurückhaltung zur Blase hinüberzuneigen, ihr entgegenzukommen, sie zu begrüßen, und tatsächlich hat er nach dem Abbiegen das Gefühl, dass sie sich mehr traut, dass sie mehr quillt und schraubt und fräst, und das ist beruhigend, es ist so verdammt beruhigend für ihn, die Blase in diesem Moment bei sich zu haben, mitten in diesem Erdbeben, das seine Existenz durchschüttelt, in dieser Gottverlassenheit ist die Blase das Einzige, das ihn erfreuen kann, sie ist nur für ihn da, niemand anderes sieht sie, keiner will sie ihm streitig machen.

Und weil es so ist und weil er es nicht anders will, gerät er immer wieder nach links, biegt ab, entfernt sich vom Büro, wo das Mitarbeitergespräch auf ihn wartet. Als sich der Kreis, den er Abbiegung um Abbiegung zieht, als sich dieser Kreis schließt, kommt er wieder in die Nähe des Büros, doch dann entfernt er sich erneut, und die Kreise, die folgen, werden größer und größer, und die Vertrautheit zwischen Martin und der Blase wächst und wächst, ja, zwei finden sich hier, zwei, die sich gegenseitig guttun, oh ja, Martin will der Blase ein freundlicher Gastgeber sein, er will ihr Heimat sein, und jetzt trällert die Münchener Freiheit noch mal ihr Lied, »ohne dich fahr ich heut Nacht nicht heim ...«, und Martin denkt: Halte die Welt davon, was sie will, darum muss man sich jetzt nicht mehr kümmern, denn jetzt ist eine neue Zeit gekommen, eine Zeit, in der diese Blase quellen und schrauben darf, solange sie will, er ist der Letzte, der ihr etwas vorschreiben wollte, bei ihm soll sie ganz sie selbst sein dürfen, und ganz geschmeidig nimmt er die nächste Linksabbiegung, die Blase rückt noch ein Stückchen herein zu ihm, und was hinter ihr passiert, diese zwei Autos, die da draußen auf der Kreuzung ineinanderknallen, das kümmert ihn nicht mehr, sollen sie doch ineinanderknallen, soll sich die Welt doch zerfetzen, soll sie untergehen, soll sie tun, was sie will.

V.

Endlich hat er es geschafft. Jacques Rance steht aufrecht, sodass man ihn als Homo sapiens einordnen kann. Auch die Insignien des zivilisierten Menschen sind installiert: saubere Kleider, anständig gebundene Krawatte. Und nun hört er diese Musik. Er wendet den Kopf nach links, nach rechts, versucht, die Musik zu orten. Aus dem Salon kommt sie, zweifellos, aber was macht eine Musik in seinem Salon, sacré nom de Dieu? Eine Musik hat in seinem Salon nichts zu suchen, außer er selber legt die Platte auf, und das war schon lange nicht mehr der Fall.

Gang in den Salon also. Dreißig Schritte, bei seinem Tempo heißt das ungefähr eine Minute, drunter schafft er's nicht mehr. Aufpassen auf die Teppichkante. Als er den Salon erreicht, ist da niemand. Auch keine Musik. Sie kommt von weiter her, aus der Küche wohl. Wie oft hat er Madame Labourre klargemacht, dass er das nicht erträgt. Ein Radio will er ihr in der Küche nicht verbieten, er ist kein Unmensch, aber diese Lautstärke. Alles, was gut und recht ist.

Gänge in die Küche unternimmt er grundsätzlich nicht. Seit Jahren war er nicht mehr dort, die Küche seines Hauses ist für ihn so weit weg wie der Gipfel des Mont Blanc. Doch jetzt hört er ein neues Lied, und es kommt ihm bekannt vor, sehr bekannt sogar und sehr, sehr vertraut. Täuscht er sich, oder ist es wirklich, was er vermutet? Also weitere dreißig Schritte. Welches war noch mal die Tür zur Küche?

Auch in der Küche ist niemand. Nur die Musik. Und es ist tatsächlich, was er vermutet hat: seine Musik, eine seiner Herzschlagmelodien, so sentimental das klingt. Dieses sehr vertraute, sehr betörende Nachtgeraune. Tausendmal gehört damals. Mon Dieu, ihm kommen die Tränen! Wie lange hat er sie nicht mehr gehört, die Stimme vom alten Serge Reggiani. Der ehrlichste aller damaligen Chansonniers. Auch schon mehr als zehn Jahre tot mittlerweile. Ach, Serge, alter compagnon. Längst hat ihn das Zeitliche gesegnet, doch nun erklingt seine Stimme aus dem Radio, und es ist genau wie damals. Jacques Rance wischt sich das feuchte Gesicht ab. Wer seine Seele von Reggianis Liedern nicht berühren lässt, kann kein Mensch sein! Dieses unvergessliche Lied gegen den Krieg, aus dem schäbigen Küchenradio scheppernd: »Les loups sont entrés dans Paris«, diese lange, sich nach und nach auftürmende Erzählung aus finsteren Zeiten. Die Wölfe sind in Paris! Tief aus dem Bauch kommt das alles, »les loups, ouououuhhh«. Serge Reggiani, was für eine Stimme! Angst, Verzweiflung, Liebe, Stolz und Wut, alles kommt hier zusammen! Jacques Rance hat dieses Beschwören von Schauerlichkeiten nie richtig gemocht, aber bei Reggiani ist das anders. Die Wölfe entern Paris, die Wölfe! »Cessez de rire, charmante Elvire, cent loups sont entrés dans Paris ...«

Jacques Rance schunkelt still mit, soweit es sein altes Hüftgestell erlaubt. Noch eine Träne, er lässt sie zu. Augenblicke, in denen das Vergehen der Zeit aufgehoben ist, die Mühsal, ein körperliches Wesen zu sein, die Einsamkeit des Alters. Dann verschwindet die Melodie und der Moderator speist seinen belanglosen Schmus in den Äther. Jacques Rance taumelt, hält sich am Nächstbesten fest, was er mit der Hand erreichen kann. Es fühlt sich weich, kühl und schleimig an. Es ist, ach, was ist das denn bitte? Ein Schnitzel! Madame, also wirklich! Wo ist sie eigentlich?

Er will sich die rechte Hand waschen und denkt, dass er jetzt wohl auch das Schnitzel waschen müsste, das er eben gerade berührt hat. Also nimmt er den Fleischlappen, trägt ihn zum Spülbecken, dreht den Kaltwasserhahn auf. Erst jetzt bemerkt er den Fernseher auf Kopfhöhe rechts.

So schafft sie es also, sich stundenlang in der Küche aufzuhalten, ohne auch nur das geringste Geräusch zu machen. Sitzt vor einem stummen Fernseher und trinkt dazu ihren unerträglichen Rosenblütentee. Wenn man sagt, gehen Sie nur nach Hause, Madame, ich brauche Sie nicht mehr heute, stellen Sie mir den Hühnersalat unter eine Glocke auf den Tisch, und sie nur antwortet, mir macht's doch nichts aus, Monsieur, ich warte gerne, dann sitzt sie also hier. Hat sie einen derart furchtbaren Gatten zu Hause? Oder wohnt sie noch immer bei den Eltern? Nein, man will es lieber nicht wissen.

Im stummen Fernseher läuft eines dieser Morgenmagazine mit Doppelmoderation. Spricht die junge, gut aussehende Frau, blickt der junge, gut aussehende Mann sie an, als ob er unsterblich verliebt wäre, und umgekehrt. Die beiden sitzen auf einem hellblauen Sofa, zu ihren Füßen liegt ein

Hund und wackelt mit den Ohren. Neben dem Kopf des jungen, gut aussehenden Moderators schwebt nun ein Bild mit Legende: »Sabotage in der Raffinerie Cressier – wieder die Tankstellenbanditen von Würenlos?« Das Bild zeigt ein Loch in einem Drahtzaun. Dann kommt ein weiteres Bild, das, sehr verschwommen, einen jungen, bärtigen Mann und eine Frau zeigt. Sie machen sich an einem großen Tank zu schaffen. Was sie aber genau tun, erkennt man nicht.

Die Tankstellenbanditen von Würenlos. Diese Bratwurst-und-Senf-Geschichte also wieder. Eine aufwendig inszenierte Apparatur nach dem Rezept Brot und Spiele, nur dazu da, den Leuten zu helfen, ihre Zeit totzuschlagen. Das Volk nimmt das Geschenk dankend an, ereifert sich, kommentiert, tratscht, benimmt sich wie die jungen Leute, die ihre Hormone nicht im Griff haben.

Der Mensch ist noch immer nicht fertig gebaut, denkt Jacques Rance. Er ist als Art so jung, dass er noch gar nicht fertig sein kann. Schildkröten zum Beispiel gibt es seit zweihundert Millionen Jahren, Pferde seit fünfzig Millionen. Und den Menschen? Seit ein paar Hunderttausend Jahren vielleicht. Er ist noch immer im Entstehen begriffen, deshalb kann er sich auch als Erwachsener auf die Länge nicht anders benehmen als die jungen Leute, die ihre Hormone nicht im Griff haben. Der Mensch, als Art, pubertiert noch immer.

Der Mensch, als Jacques Rance, steht allein in einer ihm fremden Küche. Seine Geschichte ist bald vorbei, das weiß er. Ein paar Jährchen noch, im besten Fall. Wahrscheinlicher ist, dass bald der Tag kommt, von dem an es schnell bergab geht. Einsam wird's bei ihm sein, das weiß er. Der Mensch als Jacques Rance ist schon fast im Stillstand angekommen. Seine Kreise werden immer kleiner, jeden Tag wird eine weitere Schicht seiner Federmatratzen-und-Sessel-Existenz vom weichen Teppich verschluckt.

Langsam, unter Schmerzen und begleitet von einem nicht zu unterdrückenden Zittern setzt er sich auf den Küchenstuhl. Legt die Hände auf die Oberschenkel. Wartet. Heute wird etwas geschehen. Er spürt das. Sein Leben lang hat er sich gegen das Spüren gewehrt, hat immer der Kraft des Arguments das Tor offen gehalten, doch jetzt ist da dieses Gespür, und er weiß, es zuzulassen ist ein Tribut an den Abschied vom Leben. Also gibt er sich ihm hin. Er gibt sich auch dieser Küche hin, er gibt sich dem Stuhl hin, auf dem der Hintern der Madame Labourre Hunderte von Stunden abgesessen hat, er gibt sich dem Fernseher hin, der dem Menschen Brot und Spiele feilbietet. Warten. Sonst nichts mehr.

VI.

Es passiert und Toni weiß nicht: Ist es Vernunft oder ist es das Gegenteil davon? Drehe ich gerade durch oder bin ich der einzige übrig gebliebene Mensch auf der Welt, der normal denkt? Wie auch immer, es passiert, und das heißt nichts anderes, als dass Toni noch immer hinter diesem Kerl mit den zwei riesigen Säcken in den Händen her ist.

Es hat sich bereits mit Baljić an der Haustür abgezeichnet. Dass da wieder mal einiges aus dem Ruder läuft im Quartier. Und was passiert keine zehn Minuten später? Läuft ihm dieser Kerl über den Weg, nicht mit einem Abfallsack in der Hand, nein, gleich mit zwei Abfallsäcken. Der Mann bleibt vor dem Kiosk stehen, stellt die Säcke hin und beginnt in der Hosentasche zu kramen. Toni bleibt ebenfalls stehen, nimmt seine Einkaufstüte in die andere Hand, streicht sich mit dem Zeigefinger den Schnauz glatt. Dann kramt er in der Hosentasche, als ob er mit dem Kerl irgendein Spiegelspiel spielen würde.

Man könnte drüber lachen, denkt er. Man könnte einfach aufhören mit dem Blödsinn. Tut man aber beides nicht. Was hat der alte Wetter gestern Abend gesagt? Jeder ist sich selbst sein Hund, der einen an der Leine durchs Leben zerrt. Als Toni ihn fragte, wie er das meine, klopfte Wetter eine Prise Schnupftabak auf seinen Handrücken und sagte, dass man die Richtung, in die man irgendwann in seiner Jugend zu stolpern begonnen habe, nicht mehr ändern könne. Nie mehr. Man könne nur versuchen, beim Weiterstolpern einigermaßen anständig zu bleiben. Er selber zum Beispiel, sagte Wetter, hob den Handrücken an seine Nase, schnupfte, nieste, schnäuzte und fuhr dann fort, er selber behalte sein Unterhemd immer eine ganze Woche lang an, bevor er es in die Wäsche schmeiße. Im Grunde genommen sei er nicht einverstanden damit, gelinde gesagt finde er das ziemlich säuisch, aber diese Sau, dieser Schweinehund oder wie auch immer man es nennen wolle, lasse sich einfach nicht vertreiben. Er sei dem Schweinehund aber nicht böse, im Gegenteil, er versuche, ihn jeden Tag in Gedanken ein paar Minuten lang zu streicheln, schloss Wetter und trötete noch einmal laut in sein Schnupftuch.

Der Kerl mit den zwei Säcken hat es sich offenbar anders überlegt und geht einkaufslos weiter. Tonis Hund folgt ihm auf dem Fuß, am anderen Ende der Leine Toni selber. Aufpassertoni, Sorgentoni. Was will man machen? Man kann nun mal nicht aus der eigenen Haut schlüpfen. Und außerdem ist das alles harmlos. Harmlos und schrecklich unvernünftig. Aber die Idee dahinter, von der ist Toni dennoch überzeugt. Die Idee lautet: Man muss auf Leute wie den da vorne aufpassen, weil man sie schützen muss vor den selbst ernannten Polizisten in diesem Land. Darum, nur darum hetzt Toni dem Kerl hinterher.

Vorne an der Ecke taucht eine Gestalt auf, die er kennt. Kennen müsste. Schwierig zu sagen aus dieser Entfernung. Breitbeinig, großköpfig, hosentaschenhändig. Herr Yüksel vielleicht? Kann sein. Kann aber auch Zbinden sein, von der Frisur her. Oder De Santis vom Hochhaus Tscharnergut. Meistens ist es De Santis, wenn Toni nicht sicher ist. Mit dem kann er aber nicht plaudern, auf keinen Fall, er muss jetzt seine Aufgabe erfüllen. Toni senkt den Blick. Er hat Glück, der Kerl mit den zwei riesigen Säcken biegt scharf links ab, Yüksel, Zbinden oder De Santis bleibt stumm und verschwindet irgendwo rechter Hand.

Das Problem an der Idee ist: Niemand begreift wirklich, was Toni meint, wenn er sagt, man müsse die Leute mehr kontrollieren, um ihnen, ja, um allen zu einem besseren Zusammenleben zu verhelfen. Er hat's probiert, im Bocciodromo, im Schachklub, im Quartierverein. Hat aber immer wieder die Falschen auf seine Seite gezogen. Diejenigen, die ebenfalls mehr Kontrolle wünschen, wollen auf der Stelle alle Neuankömmlinge wegschicken, jeden Kleinganoven lebenslang einsperren und so weiter. Diejenigen, die für ein besseres Zusammenleben sind, würden am liebsten alle Landesgrenzen und alle Gefängnisse verschwinden lassen. Toni aber will weder das eine noch das andere.

Wo ist der Kerl jetzt hin? Da, hinter dem geparkten Lieferwagen verschwunden. Nein, das ist er nicht, der hat keine Taschen bei sich. Ah, dort. Überquert die Straße. Will sich also davonschleichen mit seinen riesigen Säcken, aber Tonis Hund lässt ihn nicht, die alte Schnüffelschnauze verliert so einen wie den Doppelsackmann nicht so schnell. Tonis Beine beginnen zu schlottern. Madre mia, was ist denn los da unten? Vielleicht doch keine so gute Idee gewesen, ganz ohne Frühstück aus dem Haus zu gehen. Andererseits, nach der Sauferei gestern hatte er einfach keinen Appetit.

Der Abstand zwischen dem Doppelsackmann und Toni vergrößert sich. Gut, könnte man denken. Dann wäre das erledigt. Dann könnten wir jetzt wieder vernünftig sein. Nach Hause gehen, etwas Währschaftes schnabulieren. Aber der unsichtbare Hund will nicht. Er zerrt noch immer an der Leine wie ein Verrückter. Toni schaut sich um. Bäume, Beton, Abfalltonnen. Bern-Bethlehem als Stoffmuster mit ständig wiederkehrendem Motiv. Man selber ist auch ein Motiv in den Straßen dieses Bethlehem, denkt er. Ständig wiederkehrend.

Auf wackligen Beinen geht er weiter. Irgendwo da vorne ist das Motiv des Kerls, der seine Abfälle unbefugterweise an eine fremde Mülltonne stellt und sich davonschleicht. Irgendwann wird Toni ihn wiederfinden. Er wird ihn finden und ihm geduldig das Problem erklären, mit den Schweizern und ihrer Ordnungsliebe, mit den Hobbypolizisten, die an jeder Ecke auftauchen.

Kreuz und quer tappt Toni durch dieses Baum-Beton-und-Abfalltonnen-Bethlehem, im Schlepptau eines biestigen Hundes, den er seiner Lebtag nicht mehr loswird. Lachen könnte man darüber, einfach nur lachen. Tut man aber nicht. Auf jeden Fall nicht, wenn man Toni Manfredi heißt.

Dieser Hund, der sozusagen sein Schicksalshund ist – wenn der alte Wetter recht hat, und der alte Wetter hat eigentlich immer recht –, dieser Hund hat Toni im Laufe seines Lebens viel Leid beschert. Einsamkeit. Vor allem Einsamkeit. Ja, immer hat der Hund ihn von den Menschen weggezerrt, in die Wüste der Einsamkeit hinein, manchmal war es zum Guten, manchmal war Toni froh um seine eigene Starrköpfigkeit, aber im Großen und Ganzen hat ihm der Hund mehr Leid gebracht. Toni kommt gut zurecht allein, das ist nicht das Problem, aber in den paar entscheidenden Momenten seines Daseins, in den wirklich entscheidenden Momenten, da hätte er seinen Schicksalshund glatt erwürgen können.

Der Abend mit den Fußballspielern und Roselle. Der entscheidendste aller entscheidenden Momente. Und die Wochen, die darauf folgten. Wie ein wütender Berserker hat der Hund ihn weggeschleift. Weg vom Glück, weg von dieser Frau, hinaus in die Einsamkeit. Oh, wie könnte man sich selber in Stücke reißen. Wie könnte man sich selber den Löwen zum Fraß hinwerfen. Wenn man nur wüsste, wie das geht. Man ist ja nur ein kleiner Mann und sein eigener Hund, man ist dieses hilflose Doppel, das sich durchs Leben kämpft, und die einzige Art, das alles zu ertragen, ist, sich ein bisschen anständig zu benehmen. Kaum einer kommt noch auf die Idee, dass Anstand eine Strategie des Ertragens sein könnte, doch für Toni war das immer klar. Erst recht, wenn man so vieles verpasst hat wie er. Nach so viel Verpasstem ist man wie ein menschliches Mus, weichgeschlagen von all den Enttäuschungen, und der Anstand ist die Form, in die man sich selber als Mus gießt, und dann sitzt man da drin in diesem Anstand, und man weiß, man hat wenigstens eine Haltung, eine Würde.

Toni bleibt stehen, schaut sich um. Wo ist er eigentlich gelandet? Und wo ist der Doppelsackmann hin? Schrebergärten, wohin man blickt. Toni kennt die nicht, wo gibt's denn Schrebergärten auf dieser Seite des Viertels? Oder ist er etwa bereits auf der anderen Seite gelandet?

Toni setzt sich auf ein Mäuerchen. Kurze Pause und dann weiter. Dieser Himmel da oben, irgendwie schimmelig, mit dieser Sonne, die überall auf dem schönen Blau Flecken macht, und jetzt werden sie auch noch dunkel, diese Flecken, werden grün-grau-schwarz, und jetzt wird das blaue Dazwischen fleckig, und dann ergießt sich mit einem Mal eine dicke Tinte über das Bild und alles ist stockdunkel. Stockdunkel und wunderbar still.

VII.

Etwas zu abrupt kommt der Wagen auf dem Kiesparkplatz zu stehen. Danach passiert erst einmal nichts. Der Motor ist verstummt, die Kühlerhaube knistert, aber niemand steigt aus. Ein bisschen beunruhigend findet der Mann mit der Drohne das schon. Er lässt sein Fluggerät absinken, elegant setzt es auf der Wiese auf, drei Meter vor seinen Füßen.

Wieder blickt er zum Wagen. Er sieht den Umriss eines Kopfs, der sich zu bewegen scheint, irgend so eine Art ruckartiges Kreisen vollführt. Hat der Mensch ein Problem? Einen epileptischen Anfall vielleicht? Der Mann mit der Drohne wartet ab. Man ist vorsichtiger geworden nach den Vorkommnissen in den letzten Tagen. Man geht nicht mehr mit offenen Armen auf die Leute zu, denkt er.

Endlich steigt der Typ aus. Otto Normalo, Nullachtfuffzehnmensch, aber nicht unsympathisch auf den ersten Blick. Er bleibt an der offenen Wagentür stehen und klammert sich an ihr fest. Nein, dem geht's nicht gut. Er lächelt zwar, aber mit diesem Lächeln stimmt etwas nicht. Der hat grad einen Rüffel vom Chef gekriegt, den hat die Frau aus der Bude geschmissen, der hat von seinem Arzt eine schreckliche Diagnose mitgeteilt bekommen. Oder alles zusammen.

Jetzt schlägt er die Tür zu und kommt näher. Offenbar interessiert er sich für die Drohne. Aber in seinem Kopf scheint etwas zu hocken, das mit der Drohne um seine Aufmerksamkeit streitet. Man sieht es den gequälten Regungen in seinem Gesicht an. Wie ein Gewitter, das sich dicht unter seiner Haut abspielt. Egal, wir versuchen jetzt einfach nett zu sein, denkt der Mann mit der Drohne. Außerdem fachsimpeln wir fürs Leben gern über Drohnen, und vielleicht hat der ein bisschen Ahnung von der Materie, wer weiß.

Nun ist er so nah, dass man ein Härchen sieht, das ihm aus dem linken Nasenloch wächst. Seine Gesichtsmuskeln spielen noch immer Krieg. Jesses, steht der Typ neben den Schuhen! Immerhin antwortet er, wenn man ihm einen schönen guten Morgen wünscht, aber was er jetzt genau gesagt hat, lässt sich nicht mit letzter Sicherheit bestimmen. Noch immer ist da diese minimale Kreisbewegung seines Kopfs, und ja, er hat offenbar wenig Ahnung von der Materie. Aber er ist interessiert an dem Gerät, dem kann man was erzählen. Könnte man. Wenn er es denn hinbekommen würde, eine normale Konversation aufrechtzuerhalten. Na, dann lassen wir ihn doch mal probieren. Passieren kann ja nichts, die Maschine ist so intelligent, die stabilisiert sich quasi von alleine. Hat sich schon gelohnt, hier richtig zu investieren.

Während der Typ sich mit der Fernsteuerung vertraut macht, kommt man ins Sinnieren. Schlimm, wie das Leben gewissen Leuten zusetzen kann. Bestimmt ein durch und durch anständiger Kerl, Familienvater wohl, jedenfalls deutet der Kombi darauf hin. Man kann sich schon denken, was hinter seiner Zerrüttung steckt. Die Regulierungswut, die ganze Verbots- und Beinstellkultur der Politik. Macht jedem rechtschaffenen Bürger das Dasein zur Hölle. Zusätzlich die Forderungen der Arbeitgeber. Und dann die Frauen. Öko-Softie, Familienernährer und Tarzan zugleich soll man sein, und wehe, man macht einen Fehler, auch nur einen einzigen. Aber lassen wir das. Wir zeigen unserem armen Kerl jetzt die wichtigsten Funktionen, wir lassen ihn abheben, wir lassen ihn einfach mal eine Weile lang auf fünf Metern Höhe schweben. So ist gut. Geht ja. Und schon rückt sich alles in die richtigen Dimensionen. Dieses Glühen in seinen Augen. Ja, das tut ihm gut. Jedem Mann tut das gut, wenn wir ehrlich sind. Irgendwo ist in jedem von uns noch immer der kleine Junge, der nur ein bisschen Drohne fliegen will, oder etwa nicht? Ein Lügner, wer etwas anderes behauptet.

Jetzt lassen wir ihn einen schönen großen Kreis drehen, und dann kommt das in Ordnung. Einen schönen großen Kreis mit einer Drohne, und das Leben meint's wieder gut mit dir. Im Grunde genommen bräuchten wir alle so eine Drohne. Der Mensch ist das Tier, das Werkzeug benützt. Ohne Werkzeug ist er irgendwie nackt. Die Drohne eignet sich perfekt für diesen Zusammenhang. Sie erfüllt keinen weiteren Zweck, sondern ist einfach nur da für den Menschen. Als Werkzeug. Herrlich.

VIII.

Die Frau schiebt ihr Fahrrad den Zaun entlang. Clic-clic-clic, macht es leise, und auf einem Himbeerspalier hinter dem Zaun sitzt ein Gartenrotschwanz. Blitzschnell taucht er zum Boden hinab, pickt etwas auf, flattert wieder auf sein Himbeerspalier. Die Frau lächelt und biegt ab. Clic-clic-clic.

Sie freut sich auf die Kürbisse. Die scheinen dieses Jahr besonders gut zu kommen. Blöd, dass so ein Schrebergarten nicht größer ist. Sie würde noch viel mehr Kürbisse ziehen. Einfach ein Lieblingsgemüse. So vielfältig, und so praktisch zu lagern. Seit zwei Jahren hat sie dieses Gärtchen hier, von April bis Mitte Oktober kommt sie jeden Tag, gießt, schneidet oder sitzt einfach da und genießt. Seit ihr Mann gestorben ist, ist das ihr Leben. Seit ihr Mann gestorben ist, hat sie überhaupt wieder ein Leben.

Nein, er war kein Schlechter gewesen. Nur konnte er nie allein sein. Und es war auch nicht alles seine Schuld. Dass eine Ehe ein Käfig ist, muss man erst einmal merken. Mehr als zwanzig Jahre hatte sie dafür gebraucht. Acht Jahre später war die Erlösung gekommen: Ihr Mann starb an den Spätfolgen eines Unfalls.

Erlösung. Natürlich hatte sie das so nie gesagt. Gedacht schon. Und jetzt? Alleinsein. Viel Alleinsein. Manchmal zu viel. Trotzdem, die Freiheit, die ist ihr das Wichtigste. Sie hat ihre kleine Wohnung in dieser Vorstadt, in die sie damals

als junge Frau gekommen ist, sie hat die Bogenschießgruppe einmal pro Woche, sie hat das Schwimmen, und sie hat den Schrebergarten.

Da vorne liegt jemand, neben dem Mäuerchen. Die Frau lehnt ihr Fahrrad gegen den Zaun und rennt los. Es ist ein Mann, etwa in ihrem Alter, er liegt auf dem Rücken, noch immer reglos. Sie kniet sich hin. »Hallo?« Was tut man, wenn ein reglos Daliegender nicht antwortet? Darf man ihn berühren? Muss man? Hat er einen Herzinfarkt? Der Puls! Ja, Puls fühlen, das ist gut, das ist das Erste, das man tut, nicht? Sie nimmt sein Handgelenk. Puls ist da. »Hallo?« Seine Lippen bewegen sich, aber sie hört keinen Ton. Dann öffnet er die Augen.

Der Mann am Boden öffnet die Augen und Roselle Hausmanns Welt steht still. In diesem Stillstand spult sich ein ganzes Leben im Schnelldurchlauf ab. So viele Jahre sind vergangen, und doch hat sie ihn sofort erkannt. Als ob das letzte Mal gestern gewesen wäre. Falten sind da, auch Flecken, alles an ihm ist breiter, fleischiger, doch sein Blick, er ist noch immer der gleiche. Ein Kümmernisblick, aber auch ein lieber Blick. Es ist die Seele, man kann es nicht anders ausdrücken, seine Seele ist es, was sie aus diesen Augen anblickt.

Roselle Hausmann schluckt leer, holt Atem. Eine Träne, ganz allein auf ihrer Wange. Durch ihre Wirbelsäule, durch die Arme und Beine geht ein warmes Kräuseln. Die Lebensjahre entschwinden, schmelzen dahin, sagt man. Doch in Wahrheit ist die Zeit ein ausgefuchster Taschenspieler, der einem all die Jahre hinterrücks wieder in die Kleider steckt – zwei, drei Jahre in diesen Ärmel, ein paar weitere Jahre oben in den Kragen, und noch mehr in die Gesäßtasche. Alles bleibt. Alles kommt zu dir zurück. Roselle Hausmann weint.

Ja, er ist es. Der Mann, den sie nie vergessen konnte. Der Mann von dieser traurigen Geschichte, die sie nie, nie, nie verwunden hat. Der Mann, der es nicht schaffte, den entscheidenden Schritt zu tun. Es zerriss sie fast vor Verzweiflung, aber sie konnte sich damals nicht vorstellen, dass es auch andersherum geht. Dass die Frau den ersten Schritt tut. Wochenlang, monatelang wartete sie auf ihn. Und nichts passierte, nichts. Sie verfluchte ihn, betete nachts unter der Bettdecke, dass er sich überwinden möge. Nichts, einfach nichts. Schließlich zog sie weg aus der Stadt. Nicht weit, aber weit genug, dass sie ihn nie mehr sah. Irgendwann trat da dieser andere Mann in ihr Leben. Und der tat, was der andere nicht getan hatte. Den entscheidenden Schritt. Eine leichte Sache für einen Mann wie ihn. Im ersten Jahr ihrer Ehe hatte sie jede Nacht geweint.

Der Mann am Boden lächelt. Auch er hat sie erkannt. Er hebt die Hand, flüstert etwas. Sie will es gar nicht hören. Es ist egal. Er muss nichts mehr sagen, er muss überhaupt nichts. Nur da sein. Bei ihr. Immer, immer hat sie sich's gewünscht, ohne je ein Wort über ihn zu verlieren.

»Toni«, sagt sie jetzt. »Ich bringe dich nach Hause.«

Toni lächelt, Roselle lächelt, weint, lächelt, weint.

IX.

Eine endlose Wüstenei, diese Gegenwart. Einzig und allein dafür da, den einsamen Wanderer durch die Zeit in die Irre zu führen. War ich an dieser Stelle schon mal, wie lange bin ich gegangen seit der letzten Rast? Hab ich die vergangenen

Stunden nur geträumt oder bin ich wirklich im Kreis gelaufen?

Jacques Rance' Hand fährt über die Oberfläche des Küchentischs. Die Ränder abgewetzt, auch das hellblaue Muster der Tischfläche ist an manchen Stellen der weißen Grundfarbe gewichen. Einer der Abnutzungsflecken sieht aus wie ein kauernder Biber. Die tastenden Finger erkennen ihn nicht, nur die Augen. Aber das macht nichts, denkt Jacques Rance. Der Tisch, der ist da, er leistet mir Widerstand. Ganz anders als die Zeit, die sich dem Zugriff ständig entzieht. Auf den Tisch kann man sich wenigstens noch verlassen. Dass er einmal eine solche Zuneigung zu einem derart schäbigen Möbel entwickeln würde! Jacques Rance ist zu müde, um über diesen Gedanken zu lächeln.

Ja, die Müdigkeit. Allumfassend ist sie. In diesem Körper zu sein, der immer wieder in sich zusammenfällt wie ein angestupster Turm von Bauklötzen, der von selbst zu sprechen beginnt, der sich über ihn lustig macht. Das macht müde. Irgendwann hat man keine Kraft mehr. Und es kommt der Moment, in dem der letzte Rest von Leben in einem drin abfließt. Eine mächtige, schnelle Erosion sämtlicher Organe. Dieser Moment ist jetzt. Wie Durchfall fühlt es sich an. Dazu ertönt eine Stimme in ihm, irgendwo im Echoraum zwischen Hirnschale, Brust und Bauch: »Ununterbrochen muss man das Sterben lernen: Denn wir können nie in Erfahrung bringen, ob wir uns schon darauf verstehen.«

Seneca. Neben Montaigne einer seiner großen Sterbelehrer. Jacques Rance weiß, dass er sie beide bald zurücklassen wird. Bald wird er sich an Seneca und Montaigne nicht mehr erinnern, und dann wird sich zeigen, ob er sich aufs Sterben versteht. Ob er's wirklich gelernt hat. Aber wie soll man's denn lernen in diesem Zustand? Er ist immer davon ausgegangen, dass man eins bleibt beim Sterben. Dieses Gefühl, wie der Fang in einem aufgeschlitzten Fischernetz zu sein, sich in einzelnen Stücken nach und nach im Ozean des Daseinsmülls verteilend. Damit kommt er nicht zurecht. Er kann auf alles verzichten, aber nicht auf das Ich. Seine geliebte Frau ist tot, seine Kinder haben ihn fallen gelassen, die Freunde sind verstummt. Er hat sich damit abgefunden. Doch jetzt fällt er selber auseinander. Und ist dennoch da. Er wusste nicht, dass Sterben so geht. Wie soll man so in Würde den letzten Schritt tun?

In seiner Brust ein Flattern, ein Vakuum, eine Angst, die wächst und wächst wie ein fürchterlicher Atompilz. Jacques Rance krümmt sich, seine Finger auf der Tischplatte rutschen, er kippt gegen die Tischkante.

X.

Lautlos biegen der Mann und die Frau um die Ligusterhecke. Vor ihnen ein Plätschern, umrahmt von glatt spiegelnder Stille: ein Teich mit Tuffquelle. Sie umrunden den Teich und biegen in einen Tunnel von Rosenspalieren ein. Als sie aus dem Tunnel heraustreten, erblicken sie die Villa. Der Mann bleibt stehen, zupft an den Bändeln seines Rucksacks, schaut die Frau wortlos an. Sie berührt kurz seinen Unterarm. Der Mann schlägt sich mit der flachen Hand zweimal auf die Brust und geht weiter.

Die Villa ist in einer Art provenzalischem Landhausstil gebaut, die verputzte Fassade indischgelb gestrichen, die

Dachziegel sind rustikal gemasert. In der Einfahrt vor der offenen Doppelgarage steht ein Kleinwagen. Die Fahrertür ist offen, zwischen dem nach vorne geklappten Sitz und der Türumrahmung steckt ein Mensch. Der Mann und die Frau gehen näher heran. Auf dem Rücksitz des Kleinwagens liegen ein Ballen Toilettenpapier und ein Netz mit Lebensmitteln. Der zwischen Sitz und Türumrahmung feststeckende Mensch, offenbar eine Frau, zappelt mit den Beinen und keilt sich dabei noch tiefer in die enge Lücke, vom Wageninneren her ertönt ein ersticktes Wimmern. Der Mann und die Frau schauen sich wortlos an, dann bewegen sie sich in Richtung Garage. Da ist eine Tür. Sie steht offen.

Musik, dumpf, aus unklarer Richtung. Der Mann geht durch einen dämmrigen Flur voran, fährt sich mit dem Handrücken über die Stirn, wischt ihn an der Hose ab. Die Frau greift im Vorbeigehen nach einem Zinnbecher, dreht ihn in der Hand, entdeckt sich selbst im gebogenen Zerrspiegel. Dann stehen sie vor einer angelehnten Tür. Dahinter die Musik, vor ihren Füßen ein Streifen Licht. Der Mann tippt mit dem Zeigefinger die Tür an.

Ein Geruch nach überreifen Früchten und altem Brot schlägt ihnen entgegen. Der Mann steckt den Kopf in den Raum, sieht einen an der Wand hängenden Fernseher, eine Anrichte, auf der ein Schnitzel liegt, ein Radiogerät, aus dem die besagte Musik kommt, und auf seiner Stirn sammeln sich bereits wieder die Schweißperlen. Er wischt sie sich ab. Dann entdeckt er den gekrümmt dasitzenden Alten an dem kleinen Küchentisch.

Es scheint, als ob der Alte im Sitzen schlafen würde. Der Mann geht zu ihm hin. Als er den Alten an der Schulter berührt, entweicht dessen Mund ein langes, halb gekrächztes

Seufzen. Der Kopf des Alten hebt sich, im selben Moment dreht sich der Mann ab, verschwindet durch eine zweite Tür aus der Küche.

Der Alte schaut sich um. Vor ihm ein verschwommenes Bild. Ihm ist, als ob er aus langem, kaltem Schlaf aufgewacht sei. Was ein kalter Schlaf sein soll, weiß er nicht, aber genau so fühlt es sich an. Und jetzt dieses Wachsein hier, es kommt ihm wie ein weiterer Traum vor. Diese Gestalt da zum Beispiel, ist das wirklich eine junge Frau, wie er glaubt, oder ist das etwas ganz anderes? Könnte irgendein sehr fremdartiges Tier sein. Ein Leguan oder ein Opossum. Oder ist das etwa seine Tochter? Nein, die ist heller von der Haut her, die Nase länger, die Haare sind braun, die Augen größer, und überhaupt, ja, natürlich, seine Tochter ist älter als diese Frau hier, viel älter. Wie alt ist sie noch mal genau? Und sind ihre Haare noch immer braun?

Da kommt jemand herein. Ihm war doch, als ob vorhin noch jemand anwesend war. Das wird dann wohl dieser junge Mann gewesen sein. Der Alte kneift die Augen zusammen, reckt das Kinn, er will sich diesen jungen Mann genauer anschauen, aber jetzt entsteht plötzlich eine Hektik im Raum. Der junge Mann flüstert der Frau etwas ins Ohr. Sie lauscht geduldig. Dann greifen die beiden ihn unter die Achseln, heben ihn an – wieder entweicht seinem Mund ein langes Seufzen, er kann es nicht verhindern – und tragen ihn aus der Küche hinaus, durch den Korridor in den Salon mit Panoramafenster, Sitzgruppe und Flauschteppich. Dort wird er in seinem Sessel platziert. Als ob sie über sein Lieblingsmöbelstück Bescheid wüssten.

Ein Sternentanz am Horizont seines Sichtfelds, ein Knurren im Höhlensystem seiner Gedärme. Er lacht. Leben, denkt er. Und lacht weiter. Nicht dass er hier irgendetwas verstehen würde! Eben noch wollte er sterben, diese elendigliche Tatterigkeit und das Knurren seines Innenraums ein für alle Mal hinter sich lassen. Und jetzt kann er sich kaum mehr halten vor Lachen. Was passiert hier? Man weiß es nicht. Schwarze Magie, denkt er und schüttelt sich. Schwefelrauch und Kohleglut. Eine einzige Walpurgisnacht, und ich selber mittendrin als fauchender und knurrender Blocksberg. Er sieht, wie die Frau ihr langes Haar mit einem Kopfschwung über die Schulter wirft, und augenblicklich geht ein Stoß durch seine Wirbelsäule, schwach zwar, aber dennoch spürbar. Der Stoß richtet ihn im Sessel ein Stück weit auf, kalibriert seine Sinne neu, wirft ihn zurück ins Leben, das er schon hinter sich glaubte. Hier ist etwas, das ist neu, und seine Konturen werden immer schärfer. Wie wunderlich das Seiende sein kann!

Der junge Mann setzt sich aufs Sofa und stellt seinen Rucksack auf den Boden. Der Blick des Alten tastet sich über das Gesicht dieses jungen Mannes, über die dunklen, zornigen Augen, das volle, krause Haar, den Bart und den merkwürdigen Fleck seitlich am Hals, gleich unter dem Ohr.

Wie eine zerfaserte Träne wirkt er, der Fleck. Als ob der junge Mann vor langer Zeit an der Stelle etwas Ätzendes angeworfen bekommen hätte. Angeworfen und nie mehr wegbekommen. Tage-, wochen-, monatelang geschrubbt und gekratzt, aber der Fleck wollte nicht mehr weg. Der junge Mann merkt, dass er beobachtet wird, und dreht sich ab. Aha, der Fleck ist ihm peinlich, denkt der Alte und lächelt. Stolzer junger Mann. Stolzer und furchtbar nervöser junger Mann.

Und dann ist der Moment gekommen. Der Moment, in

dem der Alte alles begreift. Als ob der Rubikwürfel seines Gedächtnisses bis hierhin gebraucht hätte, um alle seine Farben auf je eine Seite zu sortieren. Alles, was zueinander gehört, rückt jetzt dorthin, wo es hinsoll, die letzten Tage und Wochen, ja, die letzten fünfunddreißig Jahre seines Lebens.

»Mischa«, sagt er und strahlt den jungen Mann an.

Der junge Mann starrt wortlos zurück.

»Mischa, du bist's.«

»Ja, ich«, sagt der junge Mann.

»Hast meinen Brief bekommen, wie schön«, sagt der Alte. Eine Freude durchflutet ihn. Dieses Leben, Herrgott, dieses Leben! Wie ein Magier, der ein schneeweißes Kaninchen aus seinem Zylinder hervorzaubert. Dann versucht er, sich an den Anfang seines Briefs zu erinnern.

»Ja, ich hab ihn bekommen«, sagt der junge Mann.

Der Alte will seine Lippen mit der Zunge befeuchten, aber auch die Zunge ist trocken wie ein Staublappen. Er hustet. Es klingt, als ob er Stein gegessen hätte. Dann kommt die Freude in einem neuen Schub. Er strahlt.

»Ach, Mischa. Dass du mein Angebot annehmen würdest, das hätte ich wirklich nicht gedacht.«

»Ich auch nicht. Aber einen Besuch im schönen Belmont konnte ich mir trotzdem nicht verkneifen.«

Der junge Mann spricht viel zu laut, wie man es mit älteren Menschen oft tut. Die Frau lächelt ihm ermutigend zu, er sieht es nicht. Hübsch ist sie, denkt der Alte und vergisst für einen Moment alles Ungemach, das ihm junge Frauen in seinem Leben beschert haben. Aber worin bestand noch mal das Angebot, das er Mischa gemacht hat? Er kann sich noch immer nicht erinnern. Geld. Es wird wohl irgendwas mit Geld zu tun haben.

»Nette Lage hier«, sagt der junge Mann.

»Oh ja. Damals gab's noch freies Land auf diesem herrlichen Hügel über dem See. Da haben wir uns unser Stückchen vom Kuchen geschnappt! Heute ist alles zugebaut hier.«

Das Angebot, das Angebot! Was war es denn, Teufel noch mal?

»Und in diesem Raum drin ist es also passiert? Wo genau haben Sie es ihr besorgt, Monsieur? Im Salon, in der Besenkammer, im Büro?«

Der junge Mann knetet die Hände, auf seiner Stirn wieder Schweißperlen. Was hat er eben gerade gesagt? Büro?

»Jaja, Büro gibt es hier auch, natürlich«, antwortet der Alte, »ich habe immer viel gearbeitet, der Zwölfstundentag war meine Routine, Ferien gab's selten. Ja, so kämpft man sich durchs Leben. Oder wie sagt ihr in der Deutschschweiz? Krampft? Ch-ch-chrampft. Haha! Wir Welschen lernen das nie, euer unmögliches Ch-ch-ch, aber macht nichts. Wir reden ohnehin kaum miteinander. Wobei, ich habe mich immer bemüht. Ich habe immer an meinem Deutsch gefeilt, und du musst zugeben, ich habe es mir einigermaßen erhalten, nicht?«

Der junge Mann fährt sich mit der Hand durch die Haare, sagt nichts.

»Aber es geht nicht nur um die Sprache. Es geht auch, also im Grunde genommen noch viel mehr geht es um die Kultur. Wir reden ständig aneinander vorbei, und warum? Wegen der Kultur. Vor allem die politischen Kulturen sind nun mal ganz unterschiedlich. Die Deutschschweiz wird von den ländlichen Kantonen aus regiert. Uri, Schwyz, Appenzell. Bei uns regiert städtische Kultur. Die Deutschschweizer und die Welschen leben Rücken an Rücken, wir müssen ganz einfach akzeptieren, dass es so ist. Verstehst du?«

»Das mit der Sabotage in der Raffinerie, das waren wir«, sagt der junge Mann. »Auch das Chaos auf der Berner Autobahn. Die Schießerei in Würenlos. Der Banküberfall in Romanshorn. Alles wir. Wir sind die Schneise. Wir zwei.«

Der Alte lächelt. Lächelt und schweigt. Dann kommt der Husten. Dieses verdammte Geröll im Rachen, warum kann es nicht still bleiben? Er räuspert sich laut. Es klingt wie das Blubbern und Röcheln einer alten Filterkaffeemaschine. Dann Stille. Hat der Junge Sabotage gesagt? Hat er Schießerei gesagt?

»Bestimmt haben Sie in Ihrer welschen Zeitung gelesen davon, Monsieur. Haben wir alles extra für Sie gemacht. Kreuz und quer sind wir durchs Land gefahren, alle hundert Kilometer ein Knall. Um uns bei Ihnen anzukündigen. Damit Sie sich vorbereiten können auf unseren Besuch im schönen Belmont.«

Der Alte reckt das Kinn, senkt die Lider, mustert erst den jungen Mann, dann die Frau. Dreht den Kopf leicht hin und her, als ob er eine Position suchte, in der er etwas an ihrem Gesicht findet, das seines Wissens vorhanden sein muss, er aber noch immer nicht entdeckt hat.

»Das ist übrigens Ana Ramirez«, sagt der junge Mann und legt die Hand auf den Unterarm der jungen Frau. »Sie ist ab ihrem sechsten Lebensjahr bei ihrem Onkel in Spanien aufgewachsen, da die Mutter in der Schweiz nicht genug Geld verdiente, um sie durchzubringen. Jedes Jahr in den Sommerferien durfte Ana vier Wochen lang in die Schweiz zur Mutter. Danach wieder zurück nach Lorca, zu ihrem Onkel. Er hat sie durchgefüttert dort unten in Südspanien, was nicht so einfach ist in dieser mausarmen Gegend abseits der Küste. Sie ist ihm dankbar dafür, aber noch schöner wäre es gewesen, wenn die Mutter genug Geld verdient hätte in der Zeit, als sie in der Schweiz als Haushälterin, als Putzfrau, als Kantinenhilfskraft arbeitete. Hat sie aber nicht, nie hat sie genug Geld gehabt. Ihr Name war Marta Ramirez. Sie ist vor einem halben Jahr gestorben. Darmkrebs.«

Im Atem des Alten rumpelt es. Er schließt die Augen.

»Marta Ramirez, Monsieur. Müsste Ihnen bekannt vorkommen, der Name.«

Der Alte reagiert nicht.

»Sie hat bei Ihnen geputzt. Acht Jahre lang, einmal die Woche.«

Der Alte schüttelt den Kopf.

»Zu einem verdammten Hungerlohn, Monsieur Rance.«

Der Alte öffnet die Augen, sein Blick schwankt zwischen der Frau und dem jungen Mann. »Lieber Mischa«, sagt er, »was soll ich jetzt sagen? Ich ...«

»Keine Angst, Monsieur. Ana ist nicht Ihre Tochter. Und dennoch hat sie sich nicht gerade gefreut, als ich ihr vorschlug, Ihnen einen Besuch abzustatten. Die Lebensumstände, Sie wissen schon. Eine Kindheit in Armut vergisst man nicht so schnell.«

»Lieber Mischa, für den Lohn unserer Hausangestellten war damals meine Frau zuständig. Ich hatte die Firma, ich konnte mich um solche Sachen nicht kümmern.«

»Und für die regelmäßige Geldüberweisung an meine Mutter war auch Ihre Frau zuständig, Monsieur Rance?«

»Wie bitte?«

»Jetzt habe ich eine drastische Abkürzung genommen, Entschuldigung. Wir sind jetzt bei der eigentlichen Geschichte angekommen. Bei meiner eigenen Mutter, die mal Ihre persönliche Assistentin war. Bei der ungewollten Schwangerschaft. Der Verbannung. Und dem Schweigegeld.«

»Lieber Mischa, lass uns bitte vernünftig …«

»Tun wir doch, Monsieur, tun wir. Wir sprechen ganz vernünftig. Über die Zahlungen zum Beispiel. Sie sind das Eigentliche, nicht wahr? Ohne diese hätte die Geschichte nicht funktioniert. Viermal im Jahr trafen die Zahlungen auf dem Konto meiner Mutter ein. Wahrscheinlich nicht von Ihrer Frau angewiesen, denke ich mal. Wie auch immer. Jedenfalls hob meine Mutter, dumm und impulsiv, wie sie damals war und auch heute noch ist, die ganze Summe auf einmal ab, zerrte mich in die Stadt und verprasste das ganze Geld innerhalb weniger Stunden. So war sie. Sie konnte einfach nicht anders. Gab das Geld für die sinnlosesten Sachen aus, die man sich vorstellen kann. Schuhe, immer wieder Schuhe, Unterwäsche en masse, jedes Jahr neue Vorhänge, Massagegeräte, die sofort kaputtgingen, Kaffeemaschinen und so weiter. Sie wollte es schon anders machen, glauben Sie mir. Immer wieder nahm sie sich's vor, bei der nächsten Zahlung klüger zu sein. Und schaffte es nie. Warum? Ein altes Trauma vielleicht, vielleicht auch pure Dummheit, wir wollen darüber nicht spekulieren. Jedenfalls, dies war meine Kindheit, im schönen St. Galler Rheintal. Da war noch anderes natürlich, aber die Zahlungen und was dahintersteckte, das war das Eigentliche dieser Kindheit. Auch Sie werden ein Eigentliches haben in Ihrem Leben, Monsieur. Vielleicht war's Ihre Firma. Vielleicht waren's die Kinder. Vielleicht war's das separate Büro im Haus, wo Sie es Ihren Assistentinnen tüchtig besorgten, und wenn sie schwanger wurden, schickten Sie sie fort, und irgendein namenloser Mitarbeiter richtete einen Dauerauftrag ein, und erledigt war die Sache. So war's doch, nicht?«

Der Alte, ratlos den Kopf schüttelnd und zugleich mit verärgerter Geste: »Was soll ich denn ... Ja! Ja, Mischa, es war nicht richtig. Ist es das, was du hören willst? Es wäre allerdings noch schlimmer geworden, wenn wir's anders gemacht hätten, glaub mir. Ich weiß es ja, mon Dieu, ich weiß, dass die Zahlungen deinen Schmerz nicht kompensieren konnten, ich ...«

»Nicht nur heute, auch damals haben Sie's gewusst. Nicht?«

»Ja. Natürlich, Herrgott noch mal, natürlich hab ich's auch damals gewusst, aber das ist alles viel zu ...«

»Und Sie haben's trotzdem gemacht. Warum? Ich sag's Ihnen. Weil es eine Frage der Kultur ist. Nicht der welschen Kultur natürlich, die der deutschschweizerischen Kultur meinetwegen überlegen sein mag, sondern der Kultur Ihrer sozialen Klasse. Sie sind ein gebildeter Mann, Monsieur Rance, auch Sie kennen Ihren Bourdieu. La distinction, die feinen Unterschiede, Sie wissen schon.«

Im Sessel noch immer das Kopfschütteln. Ärger. Wachsende Wut. Und Sprachlosigkeit. Die sich nun in einem leeren Mundschnappen ausdrückt.

»Als ich Ihren Brief bekam, Monsieur Rance ...«

»Ach, jetzt lass doch das mal mit dem Monsieur, Mischa! Du bist trotz allem mein Soh...«

»Als ich Ihren Brief bekam, habe ich beschlossen, Ihrem Ruf zu folgen. Und ich habe beschlossen, mich anzukündigen. Mit einer breiten, gut sichtbaren Spur. Der Überfall, die Schießerei, die Geldbescherung auf der Autobahn, die

Sabotage, die sind die Spur. Spur und zugleich Zeichen gegen die Kultur Ihrer sozialen Klasse, Monsieur Rance, der Klasse, die in diesem Land noch immer zu viele Regeln bestimmt, die alleinerziehenden Müttern das Schicksal zuteilt, das noch immer zu viele von ihnen stillschweigend erdulden, Regeln, die …«

»Nanana, jetzt aber! Das reicht!«

»Wenn Ana und ich unsere Spur nicht so drastisch gezogen hätten«, fährt der junge Mann fort, »hätten Sie sie wohl kaum bemerkt, Monsieur, in dem abgeschotteten Gärtchen Ihres sozialen Milieus, hinter Ihrer bourgeoisen Ligusterhecke, an Ihrem Südhang mit Seesicht. Wir wollten aber genau das. Bemerkt werden. Von Ihnen!«

»Was für eine Kinderei, Mischa, was für eine grenzenlose Kinderei!« Der Alte versucht, in seinem Sessel hochzufahren, sich irgendwie in die Vertikale zu drücken, es gelingt ihm nicht. »Fünfunddreißig Jahre alt bist du jetzt. Das mit deiner Mutter tut mir leid, wirklich, aber in deinem Alter kann man sich doch anständig benehmen.«

Der junge Mann steht auf, reißt die Hände zornig in die Höhe. »Anständig! Hab ich richtig gehört?« Seine Stimme überschlägt sich, die Hände senken sich und krallen sich an seiner Hose fest, dann schießen sie erneut hoch. »Und was ist mit dem Angebot in Ihrem Brief? Ist das etwa anständig?«

Im Sessel nun ebenfalls ein Händeverwerfen, zumindest angedeutet. Es wird von einem Schnauben begleitet, dann folgt eine Hustkaskade. Nach ihrem Abflauen der Versuch, den Schleim wegzuräuspern, dann die Erschöpfung.

»Acht Empire-Stühle aus dem frühen 19. Jahrhundert, einen Tisch aus dem mittleren 19. Jahrhundert und einen

Rokoko-Schrank aus dem 18. Jahrhundert«, ruft der junge Mann. »Das wollen Sie mir vermachen, Monsieur. Als, wie haben Sie's noch mal genannt? Als Grundstock für eine rechtschaffene Existenz.«

Der junge Mann beginnt nun, auf dem Teppich Kreise zu ziehen, die Hände zu Fäusten geballt. »EINE RECHTSCHAFFENE EXISTENZ!«, schreit er und bleibt stehen. Im Sessel ein verschrecktes Zucken. »Sie wollen mir zu einer rechtschaffenen Existenz verhelfen! Dass ich nicht lache, Rance! Wer es da noch schafft, nicht an soziale Klassen zu denken, die anderen sozialen Klassen ihre Re…«

»Ruhe!«, krächzt es im Sessel. »Ruhe in meinem Haus. Ich ertrage das nicht. Das hier ist mein Haus. Und ich möchte Ruhe hier!«

Das Bündel sinkt in sich zusammen. Für einen Moment herrscht Stille im Raum. Die Frau stellt einen Fuß auf das Sofatischchen, ihr Blick wandert vom alten zum jungen Mann. Es scheint, als amüsiere sie sich über die Auseinandersetzung zwischen den beiden Männern. Der junge Mann schaut zu ihr hin, erlangt seine Fassung zurück.

»Ruhe?«, sagt er leise. »Können Sie gleich haben, Monsieur. Ich habe nämlich nicht vor, lange zu bleiben.« Pause, in seinem Gesicht jetzt ein Lächeln. »Ich nehme Ihr Angebot selbstverständlich nicht an, wie Sie sich vorstellen können. Stattdessen möchte ich Ihnen die acht Empire-Stühle, den Tisch und den Rokoko-Schrank abkaufen. Da staunen Sie, was? Aber mir ist es ernst. Wir wickeln ein Geschäft ab. Ein anständiges, ehrliches Geschäft. Ohne Tricks.«

Der junge Mann dreht sich um, greift zum Rucksack, der hinter ihm auf dem Boden steht, und nestelt an dem Reißverschluss. Er ist nervös, reißt und rupft, ohne dass der

Reißverschluss aufgehen würde. Er dreht den Rucksack um, klaubt nach dem Reißverschluss auf der anderen Seite, jetzt funktioniert es. Er greift in den Rucksack hinein, nimmt zwei Geldbündel heraus.

»Voilà! Wie viel wollen Sie, Rance? Wie gesagt, das soll ein ehrliches Geschäft sein. Kein Übervorteilen, keine faulen Sachen. Nennen Sie eine Summe!«

»Ach, Mischa ...«

»Zehntausend? Zwölf?«

Der Alte legt die Hände aufs Gesicht, schüttelt den Kopf.

»Nicht genug? Okay, der Kram hat einen Scheißwert, ich sehe schon. Alles historisch. Historisch ist immer gut als Anlage. Ich lege drei drauf, das wären dann fünfzehn. Stühle, Tisch und Schrank, alles zusammen.«

Stille.

»Ich verstehe. Also nochmals fünf drauf, wir wollen nicht kleinlich sein. Zwanzigtausend werden reichen. Ich hab mich ein bisschen kundig gemacht im Internet, ich kenne die preislichen Eckpunkte bei einer solchen Garnitur. Zwanzigtausend, voilà, Monsieur. Sind Sie jetzt einverstanden? Wenn nicht, geben Sie mir ein Zeichen!«

Das Häufchen in dem Sessel windet sich, will sich abwenden, sich vergraben im Lederpolster.

»Ach so, Sie glauben vielleicht, das ist gestohlenes Geld. Nein, ist es nicht. Wir haben nie Geld gestohlen. Das in Romanshorn, das waren andere, die offenbar die Gelegenheit genutzt haben, als wir schon weg waren. Das hier ist ehrlich verdientes Geld, keine Angst, Rance.«

Im Sessel ein leises Schluchzen.

»Nehmen wir das doch mal als Zustimmung. Hey, Ana, wir haben unseren Deal! Dann also an die Arbeit!«

Die Frau lächelt, greift in den Rucksack, zieht etwas Langes, Hakenartiges daraus hervor. Die Augen des Alten verengen sich zu Schlitzen. Die Frau steht auf und geht zum Tisch, und erst, als das Lange, Hakenartige im Licht zu blitzen beginnt, erkennt der Alte: Es ist eine Axt. Schon holt die Frau aus und rammt die Axt in die Tischplatte. Ein wuchtiger Knall, der Alte schreit auf.

»Sie müssen verstehen, Monsieur, wir heizen mit Kachelofen«, sagt der junge Mann. »Herrliches Exemplar übrigens, 19. Jahrhundert, wunderschön gearbeitete Kacheln, mit Hirschmotiven, sehr rar. Jedenfalls brauchen wir für die alte Tante Unmengen Holz, gerade jetzt, wo der Winter bevorsteht.«

Die Frau holt zum zweiten Schlag aus. Auch dieser sitzt. Ein Ausdruck von Zufriedenheit breitet sich auf ihrem Gesicht aus.

»Aufhören! Das ist ... das ist ... ein Unikat, dieser Tisch! Aufhören mit der Barbarei, jetzt sofort«, schreit der Alte. Die Frau haut weiter. Der Alte versucht sich zu erheben.

»Hören Sie sofort auf, verlassen Sie mein Haus, oder ich rufe die Polizei.«

Noch einmal bietet der Alte all seine Energie auf. Doch statt vom Sessel hochzukommen, kippt er vornüber und sinkt auf den Teppich.

»Ich werde ... Sie dafür be...be... belangen, Sie, und Sie ... Sie werden zahlen dafür ...«, tönt es nun vom Boden her.

Die Frau arbeitet ungerührt weiter, der junge Mann schmeißt die Geldscheine dem Alten vors Gesicht. »Aber wir zahlen doch, Monsieur«, sagt er. »Und wegen den Spänen und allem: Machen Sie sich keine Sorgen. Wir legen noch einen Tausender drauf für die Reinigung. Mit Geld lässt sich jedes Problem aus der Welt schaffen, nicht wahr?«

Die Tischplatte ist nun zerborsten. Man könnte sie weiter verkleinern, aber jetzt legt die Frau die Axt hin, greift einen der Stühle an der Lehne, stemmt ihn hoch und lässt ihn auf den Tisch sausen. Ein Krachen, ein Splittern. Hinter ihrem Rücken schreit, wimmert, quietscht und flennt der Alte, versucht aufzustehen, sinkt auf den Boden, der junge Mann schaut ihm zu, streckt mehrmals eine vermeintlich helfende Hand aus, zieht sie im letzten Moment zurück.

Die Frau arbeitet weiter, ohne ein einziges Mal hinzuschauen. Dieser Sadismus, nein, daran will sie sich nicht beteiligen. Sie konzentriert sich jetzt einfach darauf, die Möbel hier auseinanderzunehmen. Nicht mehr, nicht weniger. Alles andere verschwindet hinter ihrem Rücken, wird mit jedem Hieb kleiner. Sie nimmt die Axt erneut in die Hand und holt aus. Lässt das Werkzeug sausen. Wieder und wieder. Bis am Schluss das ganze Holz in schönen Scheiten nebeneinanderliegt. Genauso wie die Ereignisse des letzten halben Jahres, denkt sie. Die liegen auch alle lose nebeneinander. Und sie weiß noch immer nicht, was sie damit machen soll. Ob sie noch einmal versuchen soll, die Ereignisse zu einem Ganzen zusammenzufügen, für sich eine Bilanz daraus zu ziehen. Oder ob sie sie einfach liegen lassen soll. Sie liegen lassen und weitergehen.

Sie denkt an die lange Fahrt, erst im geklauten Transporter, dann im geklauten SUV, dann auf dem Traktoranhänger, dann wieder in diversen Autos, auch diese allesamt geklaut. Sie denkt daran, wie irritierend einfach das mit dem Klauen gewesen war. Sie denkt an die Bank, die Raststätte, die

Ferienhäuser. An diesen Jungen, mit dem sie nichts richtig anzufangen wusste, abgesehen von diesem einen Moment, als er auf der Rückbank eingeschlafen war und seine Hände über den Sitzrand hingen wie frisch gefangene, noch immer feuchte Meerestiere. Da hatte sie so etwas wie ein Große-Schwester-Gefühl verspürt, eine Zuneigung, halb aus einer unbestimmten Intuition, halb aus einem Verantwortungsbewusstsein heraus.

Sie nimmt den nächsten Stuhl und denkt an den Mann, der sie zwei Tage nach der Beerdigung ihrer Mutter angesprochen hatte. Mischa. Den sie nach langem Zögern, einen Tag vor ihrer Rückreise nach Lorca, dann doch noch getroffen und der ihr an jenem Tag die traurige Geschichte seiner Familie erzählt hatte und hinzufügte, dass ihre verstorbene Mutter doch irgendwie Teil dieser Geschichte gewesen war. Die Geschichte der Opfer des Jacques Rance. Sie hatte nie überprüft, ob diese Behauptung auch wirklich stimmte. Hatte sich Mischa einfach angeschlossen, ohne darüber nachzudenken. Weil es die innere Leere vergessen ließ. Auch die Ratlosigkeit, die Unbestimmtheit der Gefühle ihrer Mutter gegenüber. Einer Mutter, die sie nach all den Jahren beim Onkel in Lorca nicht mehr so richtig gekannt hatte.

Sie wuchtet den halb zerfetzten Stuhl gegen den Schrank und denkt an die Liebesgeschichte, die sich in den darauffolgenden Wochen zwischen ihr und Mischa entsponnen hatte. Wobei, Liebesgeschichte ist das falsche Wort. Nicht einmal eine körperliche Anziehung hatte sie verspürt. Es war vielmehr eine Gelegenheit gewesen, wieder einmal eine Lektion in der Physik des Liebemachens zu nehmen. Kann nicht schaden, hatte sie gedacht. Und herausgefunden, dass die Physik des Liebemachens gewisse Männer schamlos dazu benutzt, um einen traurigen Slapstick nach dem anderen zu produzieren.

Sie denkt an den merkwürdigen, aber irgendwie auch grandiosen Racheplan, den Mischa ihr eines Nachts dargelegt hatte, und fragt sich, ob dieser Plan am Ende nur die bittere Frucht seiner Ungeschicklichkeit im Bett war, eine Art Kompensationsfantasie. Er wolle die Öffentlichkeit zur Geisel machen, verkündete er, deren Sensationsgier benutzen für seinen eigenen Zweck, und dieser bestünde darin, Jacques Rance ins Bein zu beißen. Und dann war da noch diese irritierende Nebengeschichte gewesen: Während der Kamikazefahrt quer durchs Land wollte Mischa jemand ganz Bestimmtem einen Besuch abstatten, und zwar dem besten Freund seiner Kindheit, dem einzigen Menschen, der damals zu ihm gehalten habe, er sei es ihm schuldig. Als sie bei diesem Freund ankamen, war dieser nicht daheim, doch anstatt den Rückzug anzutreten, sind sie in dessen Haus eingebrochen. Noch immer begreift sie nicht, was Mischa bei dem Freund wirklich wollte, ob der Einbruch letztlich nicht auch eine Art Rache sein sollte, Rache aus Neid, Rache aufgrund einer alten Kränkung vielleicht.

Ja, diese Geschichte kommt ihr wie die Kompensation eines ungeschickten Liebhabers vor. Dafür spricht, dass der Plan erst als harmloser Witz dahergekommen war, über den sie beide herzhaft gelacht hatten. Dafür spricht auch, dass der lustige Lack an dem Witz nach und nach abgeblättert und am Schluss nur noch die kalte Form des Plans übrig geblieben war. An all dies und noch mehr denkt sie. Alles, was nun in ihrem Gedächtnis herumliegt. Und sie weiß noch immer nicht, was sie damit anfangen soll.

Sie nimmt die Axt und wuchtet die scharfe Klinge in die Schranktür. Möbel zerkleinern ist eine schöne Arbeit. Vor ein paar Jahren hat sie in den Sommerferien bei einem befreundeten Künstler eine Holzskulptur gemacht. Das Grobe und das Feine, sie mag beides. Auch den Lärm, den sie mit dem Werkzeug machen kann. Das Knirschen, Knallen, Bersten. Als sie sich den Schweiß von der Stirn wischt, sieht sie, wie Mischa die rechte Wange des Alten tätschelt. Woraus nährt sich dieser Hass? Sind es nur seine Lebensgeschichte und die Wut gegen eine gesellschaftliche Schicht, die zugegebenermaßen allzu oft den Tarif durchgibt? Oder steckt da noch mehr dahinter? Ist das alles nur eine Gelegenheit, die ihn von anderem ablenkt? Der Alte beginnt, wimmernd von historischem Kulturgut und gesellschaftlicher Verantwortung für die Geschichte zu reden, und versucht noch immer, sich vom Boden zu erheben. Keine Chance. Er hat die Kraft nicht mehr. Mischa streichelt den Kopf des Alten. Keine Anteilnahme, aber auch keine Häme. Nur diese kalte Geste, wie einstudiert. Vielleicht hat sie doch ein bisschen Mitleid mit dem Alten. Nicht wegen des Kulturguts, das nun zerstückelt auf dem Boden herumliegt. Es ist eher, nein, sie weiß es nicht. Einfach Mitleid.

Sie dreht sich um, arbeitet weiter. Die Entscheidung ist in diesem Moment gefallen: Sie wird diese Möbel hier säuberlich zerlegen und wenn sie damit fertig ist, wird sie all das lose Nebeneinanderliegende in diesem Raum und in dieser Geschichte zurücklassen. Sie wird gehen, wird verschwinden aus diesen Trümmern hier und nach Lorca zurückkehren. Zurück ins ewige Warten unter der südspanischen Sonne. Denn nichts anderes ist das Leben dort. Man tratscht, man kauft ein, man schaut sich die Fische im Teich an oder sitzt einfach nur da, aber im Grunde genommen sind das alles bloß verschiedene Formen desselben Wartens. Auf Gott, auf die Rente oder beides zusammen.

XI.

Das Krachen und Bersten in der Villa ist verstummt, genauso wie das Wimmern im Kleinwagen vor der Doppelgarage. Wieder herrscht Ruhe über dem Sonnenhang von Belmont-sur-Lausanne. Unten der Genfersee, seine Oberfläche wie frisch gebohnert, gegenüber schroffe Berghänge über ausfransenden Fichtenwäldern. Die ganze bananenförmige Wanne zwischen Mittellandplateau und Savoyer Alpen auf einen Blick. Eine Landschaft wie ein Modell im Dienste der Wissenschaft. Mikroklimata, Warenströme, Freizeitgewohnheiten, Bienensterben, alles Mögliche ließe sich an diesem Modell durchspielen, auf einem kleinen Raum, der einen viel größeren Raum nachbildete. Man stellt sie sich auf Stelzen vor, diese Modelllandschaft, damit der Versuchsleiter stets komfortablen Zugriff hätte, ohne sich bücken zu müssen. Man stellt sich vor, wie der Versuchsleiter den Arm ausstreckte und die Figuren auf der Landschaft verschöbe, wie er sie aufeinanderprallen oder sich gegenseitig verfolgen ließe. Man stellt sich die Geräusche vor, die dabei seinem Mund entwichen: »Pffsch«, »Boing«, »Waffff!«, »Hopp!« Im Hintergrund sein Publikum, das Geschehen auf der Modelllandschaft gebannt verfolgend oder still vor sich hin dösend. Und man würde sich fragen: Ist das nun Wissenschaft? Ist es Kunst? Ist es Kunst, die tut, als wäre sie Wissenschaft?

Man stellt sich im abgedunkelten Hintergrund weitere Landschaftsmodelle vor. Sie werden aktuell nicht benutzt, ihre Figuren sind dennoch da und warten darauf, dass es weitergeht. In einer riesigen bäuerlichen Patchworkdecke aus abgemähten Maisfeldern und Grünflächen knien zwei Männer vor einer Drohne. Das Zucken und Flattern in Martin Bolls Gesicht ist jetzt weg. Irgendwo am Horizont seiner Gedanken dräuen Mitarbeitergespräch und Familiendienst, doch in diesem Augenblick ist er einfach da, und seine Verzweiflung, seine Angst und seine Erschöpfung geben sich friedfertig die Hand, lassen den Moment für einen Moment Moment sein. In einer ganz ähnlichen Landschaft, die von einem begradigten Fluss durchkreuzt wird, ein kleiner Stall. Auf seinem Heuboden, im herrlich duftenden Knistergras, liegt Regina Novotny und schläft. Wie ein vergessenes Osterei liegt sie da, die Beine angezogen, und ihre Brust hebt und senkt sich sanft. Früher oder später wird der Tag sie sich schnappen und sie weiter durch ihr Leben kullern lassen. Doch noch hat der Schlummer sie fest im Griff. In einer anderen Landschaft, im achtzehnten Stock eines Scheibenhauses, liegt Toni Manfredi auf seinem Sofa. Glück fährt durch seinen Körper wie ein sanfter Regenschauer. Vor ihm auf dem Boden sitzend Roselle Hausmann. Sie betrachtet die Schnitzfiguren auf dem Tisch, die gerahmten Fotos an der Wand, wartet geduldig auf die Zukunft. In den lang gezogenen Rümpfen einer Juralandschaft der Junge. Auch er wartet, unter einer Brücke, auf das Ende eines Regenschauers. Obdachlos unter der Brücke, genau so, wie er es sich immer vorgestellt hat. Wenn der Regen vorbei ist, wird er dennoch gehen. Den Heimweg suchen.

Man stellt sich schließlich vor, wie der Versuchsleiter

seine Arbeit am Genfersee-Landschaftsmodell für diesen Tag beendete, wie das Publikum das Labor verließe und sich gestikulierend verstreute. Man stellt sich weiter vor, wie der Versuchsleiter den obligatorischen Kontrollgang absolvieren, die Lichter löschen und dann in den Taschen seines Versuchsleiterkittels nach den Schlüsseln kramen würde. Und just in dem Moment, in dem er die Tür zuzöge, würde man im dunklen Raum eine Bewegung bemerken, dann eine zweite, und man schlüpfte hinter seinem Rücken schnell zurück in den Raum, sähe immer mehr Bewegungen auf den Modelllandschaften und begriffe mit einem Mal, dass das alles ein einziger Scherz ist, den die Figuren sich mit der Kunst erlauben, denn nun stecken sie die Köpfe zusammen und kichern sich eins, einige halten sich den Bauch und wiehern vor Freude, andere wischen sich die Tränen aus dem Gesicht und seufzen wohlig.

Dann, als sie sich wieder beruhigt haben, gehen sie zurück auf ihre Plätze und machen weiter mit ihrem Tagewerk, ohne die ordnende Hand des Versuchsleiters und Kunstwissenschaftlers: einander auflauern, einander ausweichen, einander belügen, fluchen, ablästern, schmähen, einander anrempeln, einander verhauen, sich filmen beim Einander-Anrempeln, sich filmen beim Einander-Verhauen, sich filmen beim Sich-Filmen, sich kommentieren beim Sich-Filmen, sich filmen beim Sich-Kommentieren, sich kommentieren beim Sich-Kommentieren. Und so weiter.

S. 78: Zitat aus: Michel de Montaigne. *Essais.*
Erste moderne Gesamtübersetzung von Hans Stilett
(zuerst erschienen als Sonderband der Anderen Bibliothek
im Eichborn Verlag, Frankfurt am Main, 1998)

S. 215: Zitat aus: Seneca, *Der gute Tod*, übersetzt von
Gerd König, Reclam Verlag, Stuttgart 2017, S. 21

MIX
Papier aus verantwortungsvollen Quellen
FSC® C014496

Originalausgabe
1. Auflage 2020

Lektorat: Angelika Künne, Erfurt
Gesetzt aus der Garamond Premier
Satz: Pinkuin Satz und Datentechnik, Berlin
Druck und Bindung: GGP Media GmbH, Pößneck
Printed in Germany
ISBN 978-3-7160-2790-5

www.arche-verlag.com
www.facebook.com/ArcheVerlag
www.instagram.com/arche_verlag